君の名前の横顔

河野裕

Yutaka Kono

ポプラ社

君の名前の横顔

よこ-がお【横顔】
《名》
①横から見た顔。横向きの顔。
②(━する)意識的に、横に顔をそむけること。また、その顔。
③ある人物の日常的な、あるいは、あまり人に知られていないような一面。〔新語新知識(1934)〕
――精選版 日本国語大辞典

目次

装幀　鈴木久美
写真　小嶋淑子
撮影協力　後藤嶺冴
（かぼすモデル）

プロローグ

空の色はピンクに決めた。赤じゃさすがに、重たい気がして。

でも実際に塗ってみると、そのピンクは想像より少し薄い。バスのイエローとの取り合わせは悪くないけれど、期待したほど目を惹かない。さて、こうなると、街路樹はどう塗ろう？

クローゼットを整理していてみつけた三冊の塗り絵は、どれも半分ほど白いままだった。それで、暇つぶしに、オレたちは色鉛筆を引っ張り出してきた。

隣に座った冬明《ふゆあき》は、空を素直に青で塗る。真夏の空の天頂の、気圧《けお》されるくらい純真な青だ。やっぱり空には青が合う。

その手元をみていると、冬明がこちらに顔を向けた。

「青、使う？」

「いや。木の色で悩んでただけだよ」

「そっか」

冬明は黒縁の眼鏡をかけた、クールな一〇歳の少年だ。オレの方はもう二〇歳――一二月には、二一歳になる。ずいぶん歳が離れているけれど、オレたちは仲の良い友達をやっている。

まだクーラーを消せない九月の午後五時に、ふたりで真面目な顔をして塗り絵に取り組んでいた。色鉛筆が走るたびに鳴る、ざらついた音が心地よかった。でもやがて、冬明が手を止めて言った。

「チャロは、馬鹿じゃないんだよ」

「チャロ？」

「友達の。話したことなかったかな」

「聞いたかもな」

冬明の話は、ずいぶん唐突だった。でもあいつは頭の中で、何度もそのことを言葉にするのか、胸の中に留めておくのか迷ったんじゃないかと思う。冬明は、寡黙ってわけじゃないけれど、繊細な奴なんだ。もしもなにか不用意なことを口にしたなら、相手よりも先に自分自身が傷ついてしまうような。

それで？　とオレは先を促す。冬明が続けた。

「チャロはちょっと、喋るのが苦手なんだ。たぶん頭の中で考えたことを、なかなか言葉にできないんだよ。でもそれは、馬鹿ってことじゃないんだ」

「わかるよ」

以前、オレのアルバイト先にも似たような女の子がいた。ホールの担当だったけれど、マニュアルには書かれていない言葉がなかなか出てこないみたいで、それでひどく高圧的なクレームを受けたこともあった。仲間内でも「仕事ができない子」ってレッテルが貼られていた。

でも落ち着いて話をすると、彼女の言葉はとても賢明だった。思考が澄んでいて、頭の回転も速い。ただ、その速度に言葉がついてこないようだった。最新のコンピュータにずいぶん古くて整備もされていないプリンターがくっついているみたいに、アウトプットだけ苦手なのだろう。それは決して、馬鹿だってことじゃない。でも周りからは評価されないし、本人も自信を持てないでいる。

鮮明な青で空と雲との境を丁寧に塗りながら、冬明は続けた。

「先生はチャロが嫌いなんだよ。それで、よくチャロを怒るんだ。常識的に考えて貴方はおかしい、みたいなことを、すぐに言うんだよ」

冬明の声は、「常識的に考えて」というところで少し裏返った。自分の言葉に苛立っているようだった。

オレは、なにかの本で読んだ知識を口にする。

「アインシュタインって賢いおじさんの話じゃ、常識ってのは一八歳までに身につけた偏見のコレクションらしいよ」

「そっか」

「もちろん、常識のなにもかもが偏見ってわけじゃない。太陽が東から昇るのは常識だけど、偏見じゃないもんな。でも、だいたいは納得してる」

それはつまり、自戒の言葉として。物事を考えたり、人と話をしたりするときに、常識なんてものを持ち出すのは的外れなんだろう。本当は検証が必要なことを都合よくすっ飛ばして自分の価値観を押しつける怠慢を感じる。

街路樹の色は、水色に決めた。淡い色で全体をまとめることにした。色鉛筆を手に取りながら続ける。

「アインシュタインの言うことを信じるなら、大人より、子供の常識の方がまだましなはずなんだよ」

「そう?」

「だって五〇歳なら、もう三二年も前に偏見のコレクションを済ませてるわけだろ? そんなの、ずいぶん古びちゃってるよ。でもオレの常識はまだ二年前にできあがったばかりだし、お前はコレクションの真っ最中ってわけだ。わかるか?」

「うん」

「つまり、本当に常識ってのが偏見の塊だったとしても、若い奴の常識ほど新しくて、まだましなはずなんだよ。先生が言う、古臭い常識なんて聞き流していればいいんだ」

冬明はしばらく黙り込んでいた。

そのあいだにあいつは空を塗り終えて、青い色鉛筆をケースに戻した。でも、次の色鉛筆は手に取らなかった。眼鏡の向こうの真剣な目を塗り絵の中のまだ白いところに向けたまま言った。

「古いものより、新しいものの方が正しいのかな?」

なんだか不意を突かれた気がして、オレは微笑む。

「どうかな。たしかに、わかんないな」

オレはなんとなく、「古い考え」ってのは、ほとんどイコールで「間違った考え」なんだと思い込んでいた。でも、たしかにそうとは限らない。それもオレの、偏見のコレクションのひとつなんだろう。

冬明はこんな風に、しばしばこちらの間違いを指摘してくれる。小学五年生のこいつは、オレよりもずっとフェアで綺麗な視点を持っている。

「それでもオレは、大人が子供と話をするときに、常識なんてものを持ち出すのはずるいと思うよ」

「どうして?」

「常識なんて、人それぞれ別のものだから。それは中身が違って当然なのに、立場で自分の方の常識だけを押し通すのはずるいだろ」

冬明はわずかに頷いて、「そっか」と答えた。こいつはそのひと言で、いろんな感情を表現する。嬉しそうな「そっか」があり、悲しそうな「そっか」がある。だいたいは納得しているけれど少しひっかかってもいて、でもそのひっかかりを上手く言葉にできないときの困ったような「そっか」もある。

オレは手早く街路樹を塗っていく。ピンク色の空と水色の街路樹の組み合わせは、それなりに美しい。どこか遠い惑星の懐かしい景色みたいで、タコに似た宇宙人によく似合いそうだった。でもその手前を走る黄色いバスはディテールがリアルで浮いていた。

しゅるしゅると色鉛筆を動かしながら、常識ってものについて考える。オレたちが偏見を常識だって呼び変えて暮らすのは、ある程度仕方がないんだろう。どうしたところで、世の中のなにもかもの客観的な真実を知れるわけがない。それでもなにかを決めるとき――法律を作ったり、誰かを愛したり、小さな子の純粋な質問に答えたりするとき、本当はわからないものをわかった気にならないといけない。常識と呼ばれる偏見を使ってでも。

だとしても、それを当然だって風に振りかざすべきではないんだろう。本当はわからないことを覚えておいて、注意深く扱わないといけない。

冬明が言った。

「先生は、常識が大好きなんだよ。チャロを怒るときなんかに、よく使うんだ」

「うん。それで?」

「それで、今日は絵具がなくなった」

街路樹はまだ一本、白いままで残っていた。けれどオレは、色鉛筆を止めた。できるだけ平気な顔をして尋ねる。

「絵具って?」

「学校の、絵具セット。本当は一三色入りなのに、一一色になってたんだよ。紫色があったはずなのに、でもなくなった」

「どうして、なくなったんだ?」

「ジャバウォックに盗られたから」

冬明は紫色の色鉛筆を手に取った。それを、眼鏡の向こうの生真面目な瞳でじっとみつめていた。

「先生が怒ったから、ジャバウォックが来たんだよ。それで、僕たちの絵具セットから紫色の絵具が欠けちゃったんだ」

なんだか困った風に眉を寄せて、冬明はそう言った。

1話　私は七年ほど牧野として暮らした——三好愛

なんでもないことなのに、鮮明に覚えている場面がある。

リビングのテレビに幼児向けのアニメのヒーローが映っていた。玩具のCMだった。ヒーローが朗らかな笑顔で「一緒に遊ぼう」と呼びかける。それに冬明が、大きな声で「遊ぼう」と返す。

その声は私を、無性に寂しいような、悲しいような気持ちにさせる。この無垢なものが重たすぎて、そう長くは支えられないだろうという気がするから。でも私は決して、冬明を手放してはいけないのだ。無理やりにでも支え続けなければならない。

当時、冬明はまだ三歳だった。

あのころの冬明は、同年代の他の子供たちとなにも違わないようにみえた。言葉の発達はやや遅かったけれど、個性と言える範囲に収まっていた。指先が器用な子で、自分で靴を履いたり、ボタンを留めたりするのは早かった。

冬明にはなにか異常なところがあるのではないか、と疑い始めたのは、あの子が五歳を過ぎたころだった。その時期から冬明は、外出をひどく嫌がるようになった。以前は私が買い物や散歩に誘うと喜んで、自分から靴を履いて「はやく」と声を上げていたのに。

ただ外出が嫌だというだけなら、もちろんそんな子供もたくさんいるだろう。けれど冬明が好きなチョコレートやカプセルトイを買ってあげる約束をしてどうにか外に連れ出すと、スーパーマーケットだとか、公園だとかで、耳を塞いでうずくまるようになった。

「音が大きい」

とあの子は言った。

はじめは広告を流しているラジカセの音量のせいだろうか、近くで遊んでいる子供たちの声だろうか、という風に私は原因を探していたけれど、どうやら違う。実際の音の大小にかかわらず、近くに知らない人が何人かいると、冬明にはうるさく感じるようだった。感覚過敏という言葉に思い当たり、インターネットで調べてみると、発達障害に合併する場合が多いとの記述があった。

発達障害の四文字は、ずいぶん寒々しく感じた。フェンスのない高所に立ち遥かに離れた地面を見下ろすようだった。

――違う。冬明はそうじゃない。

なんて、無根拠に首を振りたかった。けれど放ってもおけない。

私はある月曜日に――仕事柄、私の休日はたいていが月曜と火曜だ――市のこども相談センターを訪ねた。けれど、そんなときに限ってあの子は落ち着いていて、質問にもすらすらと答えた。知能にも運動能力にもこれといった問題がないものだから、職員の雰囲気も「心配のしすぎではないですか」という感じになる。それでも念のため、紹介された病院で検査をしてもらったけれど、なにもみつからなかった。

たしかに私は少し、心配性なところがあるのだろう。人混みが苦手だなんてありきたりだし、冬明にはその不快感を上手く表現する語彙がまだなくて、「音が大きい」という言葉で代用したのかもしれない。

　私はなんとか自分を納得させて、しばらくのあいだは仕事に打ち込んでいた。働くことは好きだった。それでも上手く眠れない夜なんかに、冬明の発育への不安が、ふと目の前に現れるようになった。不安というのはなんだか、浴室の黒カビみたいだ。いつの間にか範囲を広げ、一度気になると目について仕方がない。でも我が子に向けた不安に効く漂白剤なんてありはしない。

　私にとって冬明は、疑いのない「良い子」だった。

　多少の贔屓目は入っているのだろう。でも、聞き分けが良い優しい子だ。大好きなお菓子だっていつも「お母さんも食べる?」と訊いてくれる。歯磨きは嫌いだけど、怠けもしない。玩具で部屋を散らかしていても、ひと言注意すると素直に片付けるし、小学校に入ってからは勉強にも真面目に取り組んでいる。漢字を覚えるのは少し苦手みたいだけど、文章読解は問題ないから国語の成績が悪いわけでもない。

　優しく、真面目な、自慢の冬明。でもこの子には、やはり気になるところがあった。たとえば、自分の空想の世界を強固に信じすぎていた。

　目につくのは、初めから存在しないものが「なくなった」と騒ぎ出す癖だ。本だとか、玩具だとか、場合によっては公園なんかも。元々どこにもないものを「昨日まであった」と言って懸命に捜し始める。以前は私もそれに付き合って一緒に捜すふりをしていたけれど、なんだか疲れてしまって、最近は返事がぞんざいになっている。

　それから、強い人見知りも心配だ。どうやら冬明は知らない人に会ったとき、第一印象でその相手が善人なのか悪人なのか、味方なのか敵なのかを決めてしまうようだ。その思い込みに関してはずいぶん頑なで、相手が優しく声をかけてくれても、じっとうつむいて口をつぐんでいる。

この性質のせいだろう、冬明には学校でもあまり友達ができないようだった。今年の春から「頭が痛い」と言って早退することが増えたが、病院で検査してみても原因がわからず、心因性のものではないかと言われた。その頭痛は改善せず、最近では登校自体をひどく嫌がっている。

今、一〇歳になった冬明が、私を見上げて言った。

「絵具がひとつ、なくなったんだよ」

九月九日、木曜日。昼を過ぎたころから、激しい雨が降った日だった。

この子の絵具セットには、一二本の絵具のチューブがすべてそろっている。それが初めから一二本入りだったことは間違いない。学校の指定に従って、私が買ってきたものなのだから。

なのに冬明は、その絵具が一三本入りだと信じているようだ。

「紫色の絵具がなくなったんだ。ジャバウォックが盗っちゃったんだよ」

ジャバウォックは、もうずいぶん前からこの子のお気に入りだ。どうやら怪物の名前のようで、おそらくアニメかなにかでみたのだろう。冬明は、自分の周りから物がなくなるのは、ジャバウォックのせいなのだと信じている。

子供は空想で遊ぶものなのだろう。でも、冬明はもう一〇歳――小学五年生だ。さすがにそろそろ、現実と空想の区別がついていなければおかしいのではないか。サンタクロースを信じているくらいであれば、親の苦労が報われたようで可愛らしいけれど、プレゼントのひとつも残さない怪物の話を真面目にされても困ってしまう。

冬明に対して、苛立つことはないつもりだった。不安で、少し悲しいだけだった。

でも。

「それは初めから、一二本入りでしょ」

私の返事は、自分でも怒っているように聞こえて、ついため息をつきたくなる。

＊

「あの子は、ＨＳＣじゃないかと思う」

そう切り出すと、楓《かえで》は缶に入ったままのビールに口をつけて、「なにそれ」と首を傾げてみせた。

私はウェブのページで読んだままの言葉を答える。

「ハイリーセンシティブチャイルド。感受性が豊かで、敏感で繊細で、傷つきやすい子」

すると楓は、鼻から息を吐いて笑った。

「なんにでも名前がついているもんだな」

「真面目に聞いてよ」

「ごめん。でも、わざわざ横文字のイニシャルで呼ばなくたって、そんなのわかってたことだろ？　冬明は敏感で、ちょっと傷つきやすい子だよ」

「ちょっとかな」

「それはわかんないけど」

私は楓が買ってきてくれたスミノフアイスに口をつける。週に一度、日曜の夜はこんな風に、うちのリビングで乾杯するのが習慣になりつつある。冬明は隣の部屋で眠っている。あの子は午後九時を過ぎたあたりで眠る。

楓が、皿の上のピーナッツを口に放り込んで言った。

「でも、名前があるっていうのは良いことだよね。なんとなく安心する」

「そう？」

「傾向と対策みたいなのも、検索すればすぐにわかるんでしょ？」

「あんまり干渉しすぎない方が良いみたい。逃げ込める場所を作って、早めに休ませて。だから、学校に行けとも言いづらくて」

「困る？」

「まあね」

やっぱり、小学校にはしっかりと通わせるべきだろう。今のところ冬明は、完全に不登校というわけではない。でもこのままだと、いずれそうなるかもしれない。

「別に小学校なんて、そこそこで良いとオレは思うけどね」

「でも勉強で遅れると、取り戻すのが大変だよ」

「家でだって勉強はできるよ」

「ひとりきりで？　私だって、仕事があるし」

「オレが家庭教師をしようか？」

「貴方だって自分のことがあるでしょう。単位は？」

「二年のときに頑張ったから、今年はちょっと余裕がある」

だとしても、まさか本当に、楓に冬明のことを任せきりにするわけにはいかない。かといって家庭教師を雇うような余裕はないし、私が冬明の勉強をしっかりみるというのはもっと現実的ではない。仕事と家事で手一杯、というか、正直なところすでに両手からあふれ出している状況だ。冬明の食事は出来合いのものばかりだし、休日には洗濯物の山をコインランドリーに突っ込むのが常だし、いちおう楓が訪ねてくる前にはリビングの見栄えを整えるけれど、それは片付けと呼べるものではない。リビングのぐちゃぐちゃをまるっと寝室に突っ込んで、散らかりの座標をスライドさせているだけだ。社会というのは構造上、まともに働きながら家事までこなせるようにはできていない。

「愛《あい》さんは、ちょっと頑張りすぎじゃないかな。上手く手を抜くっていうのは、なかなか難しいと思うんだけど、でも自分のお母さんがたいへんな感じなんかも、冬明は気づいているだろうし」

じゃあどうしろっていうの、みたいな言葉が思わず口をつきかけて、スミノフアイスでどうにか呑み込む。楓はあんまりアルコールに強くないから、もう頬を赤くして、心優しい大型犬みたいな少し潤んだ目でこちらをみつめている。

「週に三日くらいなら、冬明の相手をできると思うんだよ。あいつの勉強をみたり、一緒に部屋の掃除をしたりして、愛さんが帰ってくるのを待ってるよ」

とりあえず、「ありがとう」と私は答えた。

でもそれに続ける言葉には、ずいぶん悩んだ。

冬明のことを考えるなら、楓に無理をさせてでも、この子の優しさに甘えるべきなのかもしれない。でも、それで本格的に、冬明から学校にいく習慣が失われてしまわないだろうか。

それにやっぱり冬明や私のことで、楓に無理をさせるのは違う。

けっきょく私は、逃げるように答える。

「登校のことは、担任の先生にも相談しているから。もしかしたら、誰かに意地悪をされているのかもしれないし」

「その人は、信頼できるの？」

「うん？」

「担任の先生」

そんなことはわからない。でも、楓を過度に不安にさせても仕方がない。

「評判の良い先生みたいだよ。生徒とも仲が良くて」

「でもさ、冬明はなんだか、先生が苦手みたいだよ」

「あの子は、思い込みが強いところがあるから」

第一印象で「嫌いだ」と決めてしまった相手とは、なかなか上手くいかない。学校のような、運任せの人間関係を強制される場所には馴染みづらい子なのだろうけれど、親としては、じゃあ登校しなくて良いとも言えない。

「近々、スクールカウンセラーの先生に会うつもりなの。そのとき、担任の先生とも話をしてみる」

私の返事に楓が納得していないことは、表情でよくわかった。でも、この子の立場で口出しすることでもないと思ったのだろう、楓は小さな声で「そう」と答えた。それからこちらを気遣うような、小さな声で切り出した。

「ジャバウォックの話は聞いた？」

思わず顔をしかめて、私は頷く。

冬明はどうして、あんなに荒唐無稽な想像を信じているんだろう。子供とはそういうものなのだろうか。私自身が一〇歳だったころを思い出そうとしてみるが、上手くいかない。けれどさすがに、もう少し現実的だったのではないか。

「楓は？　何歳まで、ああいうのを信じてた？」

彼は缶ビールに口をつけて、時間をかけて答える。

「覚えてない。初めから、信じてなかったような気がする」

うん。そんなものだろう。普通は物心がつくころにはもう、漠然とでも現実とフィクションの区別がついているだろう。

HSCについて調べると、冬明はいくつも、それに当てはまる特徴を持っていた。人混みが苦手。音に敏感。良心的。周りの人の気分に左右される。忘れ物や間違いをしないように過度に注意深いというのもそうだ。一度にいろいろなことが起こると不快に感じるというのも思い当たるところがある。それから、豊かな想像力を持っていて空想が好きだというのは、まさにジャバウォックのことを言っているように感じる。

楓が缶ビールをテーブルに置く。その小さな音は、妙に寒々しい。

「オレは、あながち嘘じゃないような気がするんだよ」

「ジャバウォックが？」

「もちろん、実際にそんな怪物がいるってわけじゃないよ。でも、なんていうのかな。現実に起こっていることを、冬明の目を通して見るとそうなるんじゃないかな」

「もともとは絵具が一三本入りだったたっていうの？」

「そうじゃないけど。でも生きていると、不思議なこともあるから」

「そう？」

「上手く記憶が繋がらないっていうか、事実と思い出に齟齬があるっていうか」

「たとえば？」

楓は考え事をするときの癖で、ややうつむいて眉間に皺を寄せた。そんな風な楓の表情は、この子の父親に少し似ている。

「小学校のころ、好きだった女の子がいるんだよ」

「それは初耳だね。クラスメイト？」

「うん。でも、その子の名前を思い出せないんだ。ジャバウォックに盗まれたのかもしれない」

「ただ忘れちゃっただけじゃなくて？」

「忘れられるものかな。初恋の子の名前なんて」

どうだろう。私の初恋も、小学生のころだった。その相手の顔は少しだけあやふやで、声はまったく思い出せない。けれど名前は、はっきりと覚えている。

私はまたスミノフアイスに口をつける。このお酒が好きだ、というより、瓶に直接口をつけて飲める種類のお酒が好きだ。

「怪物が思い出を盗んでいったなんて考えるより、ただ忘れているだけの方が、ずっと納得できるでしょう？」

楓は頷いてみせたけれど、それで話を終わらせるつもりはないようだった。

眉間に皺を刻んだまま、慎重に続ける。

「でも、それはオレたちに、常識があるからだよね。もっとフラットな視点で考えれば、大好きだった子の名前を思い出せないっていうのは、怪物がいるのと変わらないくらい奇妙なことなのかもしれない」

「本気で言ってる？」

「わりと」

楓は過剰に、冬明を肯定しようとしているように思える。その姿勢は少しだけ私を苛立たせる。なんだか私が、母親として足りていないのではないかという気がして。

でも楓のスタンスは、この子の立場だから取れるのだろう。私まで冬明のなにもかもを肯定するわけにはいかない。「常識」というやつを冬明に教えるのも、私の義務だから。

楓は、出会ったころから変わらないナイーブな目で私をみつめていた。

「もうひとつ、オレには不思議な記憶があるんだよ。父さんの死体を、みたような気がするんだ」

私はその言葉に、上手く答えられない。口元に力を込めて、左手の中指にした指輪をわけもなくいじっていた。

でも、そんなはずがない。あの日、楓は自宅にいたのだから。

ごめん、と小さな声で、楓が言った。

＊

将来の夢みたいなものに関して、私は小学生のころから一貫していた。

誰にも打ち明けはしなかったし、卒業文集には「地球を守るためにリサイクルの効率を上げる研究を」なんて小賢しいことを書いたように思うけれど、これはたまたま記憶に残っていたニュースの特集を拝借しただけだった。本当の夢は違う。

可愛らしいお嫁さんになること——というのは質《たち》の悪い冗談だけど、まったくの嘘でもなくて、幸せな家庭を築くことを目標に生きてきた。

これは、間違いなく両親の影響だ。私の両親は明らかに相性が悪かった。原因はおそらく父の方にあった。とにかく古臭い人で、家のことなんかなにもしないくせに母や私には妙に高圧的だった。けれど私は、どちらかというと、母をより見下していた。母は平然と父の愚痴を私に話した。自分が悲劇のヒロインだと信じているようだった。まだ小学生だった私を仲間に引き込んで、一緒になって父を責めて欲しいのが見え透いていて、その姿勢がひどく気持ち悪かった。

父のことが嫌いなら、さっさと別れてしまえば良いのに。だいたい、どうして、こんなにも価値観が合わない相手と結婚したんだ。見る目がなさすぎる、というか、未来のビジョンをイメージできてなさすぎるんじゃないか。私はこの人と同じ失敗はしない、と固く誓って生きてきた。

だから学生のころは、周りと話が合わなかった。私の友人たちはどうやら、目先の恋愛と地続きで結婚があると信じているようだった。けれど私にとっては、なんとなく憧れる相手や休日に一緒に遊んで楽しい相手と、力を合わせて家庭という共同体を運営する相手に求める能力がまったく異なることは明白で、そこを混同すると私の母のようになるぞと言ってやりたかった。本当にそれを口にして、わざわざ雰囲気を悪くするようなことはしなかったけれど。

私が結婚相手に求めていた条件は、細分化すればきりがない。

けれど本質はたったひとつで、意見が合わないとき、しっかりと話し合い、共に妥協点をみつけられる人――ということになる。高校生のときに初めて付き合った相手がこれの正反対で、なにか嫌なことがあるとすぐに黙り込むし、自分が正しいと信じていることに関してはこちらの話なんか聞く耳を持たないタイプだった。彼は私にとって良い反面教師になった。付き合う前は優しく真面目そうにみえる相手にも、この手の地雷が埋まっているのだと気づかせてくれたのがよかった。

私は恋愛からスリルやときめきを捨て去ることと引き換えに、完璧な結婚生活を手にできるのだと信じていた。求めているのは顔が良い男でも、高給を取る男でもなかった。仕事と家事とを共に家庭の運営に必要なタスクとしてフェアな価値観で天秤にかけられることが重要だった。そのために、炊事や洗濯に関して、最低限の経験を持っていなければならなかった。

別にまったく高望みではないつもりだけれど、その条件を満たす相手は、決して多くはなかった。大学生のころの恋人に、「結婚に対して夢がなさすぎる」と言われたことはしっかりと覚えている。日常的な会話では気が合う相手だったのだけど、結婚生活のビジョンに関してはまったく話が嚙み合わなくて、口論になったときのことだった。

たしかに私は、結婚に夢をみていないのだろう。

でも、夢で結婚してどうするんだ。生活は現実で送るものなのに。

私が牧野《まきの》英哉《ひでなり》に出会ったのは、二四歳のことだった。彼は九つも年上で、離婚したばかりで、ひとり息子と共に生活していた。英哉さんは、これまで出会った男性とは違うような気がした。ずいぶん早い段階でぴんときたというか、本能的な部分で相性の良さを感じていた。けれどそんな、抽象的な感覚で、結婚なんて一生に関わる決定を下すわけにはいかない。

冷静な目でみたとき、英哉さんはジャッジが難しい相手だった。ひとりで子供を育てているのだから、家事に対する理解はあるだろう。話しやすい人で、私の質問だとか、反論だとかにも誠実に答えてくれるのは素敵だった。歳のわりになんだか子供っぽいところがあり、カプセルトイのマシンが上下二段の列になっているのをみかけると、それをひとつずつチェックしていた。そんなところも嫌いではないのだけれど、家に細々とした玩具が増えるのは困るなという気もした。それからやはり、離婚歴は気になった。上辺の付き合いではみえない彼の問題が原因にあったのかもしれないから。

彼の息子――楓に会ったのは、英哉さんに出会ってから二年経ったころだった。そのとき私は二六歳、英哉さんは三五歳で、楓は八歳だった。もしも英哉さんと結婚すれば、この子が私の息子になるのだ。その想像に私の方は緊張していたけれど、楓は快活で、壁を感じさせない子だった。でもじっと顔をみつめると、あの子の瞳はナイーブで、なにか無理をしているのではないかと予感した。

もう一二年も前の八月だ。私たちは三人で、近場の小さな遊園地に行った。

英哉さんと楓の関係は、なかなかに素敵なものだった。まるで歳の離れた兄弟のようでもあったし、しっかりと親子でもあった。互いが無理なく相手を信頼し合っている感じがして、私は英哉さんへの評価を上方に修正した。

彼がアイスクリームを買いにいったとき、私は楓とふたりきりになり、そのときに思い切って訊いてみた。

「どうして、お父さんの方を選んだの？　その、お母さんではなくて」

英哉さんと共に生活しているのは、楓自身の意思のようだった。

そのとき楓は、妙に大人びた顔で、困った風に笑って答えた。

「オレもよく覚えてないいんだけど」

「そう」

「でも、お母さんの方は、自分が選ばれて当然だって顔をしてたんだよ。話し方も、こっちの好きにさせるって言いながら、答えは決まってるでしょって感じだったんだ。なんかさ、そういうのって嫌だよ」

私は楓の言葉に、妙に納得してしまって、この子となら仲良くやっていけるのではないか、なんて考えていた。「へんなことを訊いてごめんね」という私に、「別にへんでもないけど」と彼は軽く答えた。

その日、帰りの車の中で、遊び疲れた楓が眠っていた。隣の寝息を聞きながら、私はこの子と英哉さんがいる家庭を想像した。こんな風に三人で車に乗って、でも私がワンルームのマンションの前でひとり取り残されるのではなくて、一緒に同じ家に帰り共に玄関を開ける場面を思い描いた。

できるだけリアルにイメージするつもりだったのに、上手くいかなくて、それは夢のように幸福な想像だった。

英哉さんからプロポーズを受けたのは、その三日後のことだ。

想定よりずいぶん早く、もう少し互いが外堀を埋め合う消化試合のような展開があるだろうと思い込んでいた私は慌ててしまって、その混乱のまま思わず、「了解いたしました」と場違いに事務的な言葉で答えていた。それから我に返って、言い直した。

「ああ、待ってください。嘘です」

私の言葉で、真面目な顔を保っていた英哉さんが、噴き出すように笑った。

「結婚してくれないの？」

「そうじゃなくて。返事の前に、訊かせてください」

私は膨大な「結婚相手に確認すべき質問のリスト」を用意していた。幼いころから一行ずつ書き足し、推敲を重ねてきた。そのはずだったのに、このときは項目のひとつも思い出せなかった。

代わりに、馬鹿みたいな質問が、ほとんど無意識に口をついて出た。

「どうして、私なんですか？」

本当はもっと、現実的な話をしたかったのに。家事の分担だとか、働き方だとか、教育に対する姿勢だとかを確認したかったのに。でもその馬鹿みたいな質問が、たしかにいちばん訊きたいことだった。

苦笑を引っ込めて、英哉さんは言った。

「素直に答えたら、君に嫌われてしまうかもしれないんだけど」

「もしもこんなことで嘘をつくような人なら、絶対に結婚なんてしません」

「うん。実は、楓がとても君を気に入っているんだ」

なんだそれ、という気がしなくもなかった。

「貴方の意思では、ないんですか？」

「もちろん僕の意思でもある。でも、優先順位をつけると、どうしても楓になる」

「そっか」

実のところ、それは非常に、私の好みの回答だった。子供の意思を蔑《ないがし》ろにしないというのは、幸福な家庭を築く上で非常に重要な項目だと考えていたから。

私はもうひとつだけ、彼に確認することにした。

「もしも私と貴方のあいだに、子供ができたとして」

「うん」

「楓くんと同じだけ、その子を愛せますか？」

もちろん、といった答えが聞けるものだと思っていたのに、英哉さんの返事は微妙に歯切れが悪かった。

「愛せる自信はあるよ。かなり強く」そして、私がジャッジに困っていると、英哉さんは続けた。「君は？　楓を愛せる？」

それで、今度は私の方が苦笑する。

素直な言葉が、彼とまったく同じで。

「愛せる自信はあります。かなり強く」

テーブルから転がり落ちた卵が割れるみたいな、私自身にはどうしようもない現象で、私はこの人と家庭を築くのだという気がした。

＊

そして私は、三好《みよし》愛から牧野愛になった。

牧野として生活を送った七年ほどは、大半が幸福な日々だった。充分に周到な婚姻とは言えなかったけれど、まあ結果オーライだ、とあのころは思っていた。

私と英哉さんのあいだには、口論はあったけれど、喧嘩はなかった。家庭内のどんな問題にもそれなりに建設的な答えを出せたし、しばしばどちらかが間違えても、それを改善しようという意思は一貫していた。彼と前妻がどんな過程を辿って離婚することになったのか、私には想像ができなかった。

けれどその結婚生活は、唐突に終わりを迎えることになる。いや、最後の数か月間には予兆があったから、本当に唐突ということはないか。

悪いのはもちろん英哉さんだ。そのことに間違いはない。

だって、彼は死んでしまったから。

病気や事故なら、まだ諦めもついた。彼を愛し続けることもできた。

でも自殺だったから、これはもう、どう考えてもあの人が悪い。

英哉さんはもっとも大切なことを、私には相談しなかったのだ。すべて独りで抱え込んだまま、取り返しのつかない間違いを選んだのだ。あの人は、家族と共に生きていくことを諦めた。

だからやっぱり、私も母と同じように、相手を見る目がなかったのだろう。

けれど英哉さんとの結婚が、間違いだったとは言えない。冬明が生まれたから。

私は独りきりで、あの無垢なものを支え続けられるだろうか。

夜が来るたび、そのプレッシャーに胸を押さえつけられている。

＊

次の週――九月の第三週は、冬明が学校を休まなかった。

このまま学校に馴染んでくれるのではないか。この子は強く、しっかりと育ってくれるのではないか。そんな風に期待していたけれど、金曜の午後、冬明の小学校から連絡があった。頭痛を理由に、あの子が早退するのだと言う。

その日はどうしても仕事を抜けられなくて、私は仕方なく、楓を頼った。私は冬明と同じように、楓も私自身の子として愛している。そのつもりでいる。けれどあの子の方は、私を母親として扱うつもりはないようで、未だに距離感に少し戸惑う。

私が帰宅できたのは、午後八時になるころだった。楓は冬明に夕食を用意して、お風呂にも入れてくれたようだった。キッチンには私のぶんの夕食が、ラップをかけて用意されていて、嬉しさと情けなさで、なんだか泣きそうになる。

このとき冬明は、なんだか気まずげに本を読んでいた。

できるだけ攻撃的にならないように、努めて軽く微笑んで、私は尋ねた。

「どうして、早退したの？」

冬明は視線を本に向けたまま答える。

「ジャバウォックがきたんだよ。近くにジャバウォックがいると、頭が痛くなっちゃうんだ」

また、ジャバウォック。

やっぱりこの子には、なにか精神的な問題があるのだ。

「絵具のレモン色を、ジャバウォックが盗んでいったんだよ。だから僕の絵具が、一色になっちゃったんだ」

そう言って、冬明は絵具セットを指さす。

私はまた泣きそうになり、左手の中指にある指輪を強くつかむ。

「それは初めから、一本入りでしょ」

冬明は奇妙な妄想にとりつかれている。

2話　ガリレオ裁判の真相――牧野楓

バールについて、鮮明な記憶がある。

オレが小学校に入る少し前、祖父が亡くなってからしばらく放置されていた家を取り壊すことになった。古い家だったし、もう誰も住んでいないのだから更地にして売ってしまおうって話だったんだと思う。でも、道路に面した家屋をある程度壊してスペースを作ってからでなければ重機を入れられない構造だったみたいで、まずは人の手で解体を始めることになった。

手壊し解体を業者に頼むと高くつく。そこで父さんは、自分と知り合いとで入り口の家屋を取り壊すことにしたようだ。父さんは建築士をしていて、家の解体に関しても知識があった。

オレの目の前で、父さんはひょろりとした腕で金属製の棒を握り、折れ曲がった先端を壁の木材のあいだにこじ入れた。父さんの腕がぐっと動いて、大きな音が鳴ると壁が裂けていた。その亀裂が、なんだか不思議だった。あのころのオレは、家というのはもっと強固で、絶対的なものだと思っていた。コンピュータゲームだと、街から家の中に入るとまったく別の画面に切り替わったりする。そんな感じで、家の中っていうのは、そもそも存在している空間が違うような気がしていた。

でも父さんは折れ曲がった棒切れで、家の内側と外側の境を打ち壊していく。その光景に、呆気にとられていた。

首にかけていたタオルで顔の汗を拭って、父さんは言った。

「知ってるか？　これはバールっていうんだ」

オレはそのとき、バールを知らなかった。「バールのようなもの」がとても古典的な凶器の表現だということも知らなかった。

首を振るオレに、父さんは続けた。

「油圧ショベルは便利で力強いけれど、入っていけない場所もある。そんなときはバールを使う。叩き壊したり、ひっかけてこじ開けたり、釘を抜いたり。こいつだけで、たいていのものは壊せる」

そのときは、ふーん、と思っただけだった。

バールに関しては興味がなくて、それよりも、だんだん壊れて「室内」って空間を守りきれなくなっていく壁や柱に夢中だった。あんなに強固にみえる家も人の力で解体できるんだってことに打ちひしがれていたし、なんだか少し怖かった。でも、壊れた壁の向こうにみえる空は妙に眩しくて、綺麗だった。

バールのことを思い出したのは、その翌年だ。

オレが小学一年生になった春、両親が離婚した。

あのときの、悲しいとか、寂しいとか、そういう気持ちはもう忘れた。奇妙な怪物が盗んでいったみたいに、綺麗に記憶から抜け落ちている。でも当時のオレが、崩れ落ちる壁と、その向こうにみえる空と、無機質なバールをイメージしたことは鮮明に覚えている。

――家っていうのは、人の力でも解体できるんだよな。

家屋も、家庭も、同じように。見た目ほど強固じゃない。

そんな風に思って、妙に納得していた。

＊

大学で文芸サークルに入った理由を並べると、きっと二〇個くらいはみつかる。

でも上位三つが突出していて、まずは会費や活動費が安かったこと。次にどのイベントも自由参加で、時間を割かれずに済むこと。そして三つ目は、千守遼《せんもりりょう》がいたこと。

オレは千守について、詳しいとは言えない。学年は同じだけど向こうの方が誕生日が早いから、もう二一歳だ。勉強は、おそらくよくできる奴だと思う。学科もうちの大学でいちばん偏差値が高いところに入っている。学力を別にしても、彼はとても頭が良い。そしてサークルのメンバーの大半に言わせればひねくれていて、オレに言わせれば同年代の中じゃあ誰よりも純粋なのが、千守遼だった。

月曜は取っている講義が始まるよりも早く大学に行き、ボックス――サークルの部室に顔を出すのが習慣になっている。午前中のボックスには人が少ない。だいたいは千守がひとりきり、本を読んだり、ノートPCのキーを叩いたりしている。

その日、千守はぶ厚い本を読んでいた。「不思議の国のアリス」とその続編の「鏡の国のアリス」の翻訳をまとめて、さらに大量の注釈をつけた――というか、注釈がメインの読み物でその位置を指し示すために小説を全文載せている――ものらしい。

感想を訊いてみると、千守は言った。

「とにかく高くて、重い」

彼は背を丸め、机で開いた本に覆いかぶさるような姿勢でページを覗き込んでいた。向かいに座ったオレは、こちらに向いたつむじに尋ねる。

「自分で買ったのか？」

「もちろん」

「半分出そうか？」

「どうして？」

「だって、オレの相談のせいだろ」

ジャバウォック。

冬明が口にしたその怪物は、「鏡の国のアリス」に書かれている。

「別に、興味があったから買っただけだよ。君の話がその入り口だとしても、勘定を割る理由はない。でなきゃ、コマーシャルの制作会社は消費者みんなの勘定を半分持たないといけないことになる」

そういう話じゃないんだけどな、という気がしたけれど、上手く言葉にまとめられなかった。千守が本から顔を上げる。

「冬明くんは、興味深いね。一〇歳でジャバウォックなんてものを知っているだけで興味を惹かれるけれど」

「オレも名前くらいは、一〇歳で知ってたけどな」

「君はまあ、へんだから」

「お前に言われると誇らしいな」

千守を知る人たちは、大半が彼を変人だと言う。オレもそう思う。

ジャバウォックというのは、「鏡の国のアリス」に登場する詩でうたわれている怪物だ。でもどんな怪物なのかは、読み返してみたけれどよくわからなかった。だいたい、その詩自体が造語だらけで、やたら難解なんだ。とりあえずジャバウォックというのは怖ろしい怪物だが、ヴォーパルソードって名前の剣で上手いこと退治された、みたいな話だった。

千守は栞紐を挟んでいたページを開き、言った。

「ここにある記述だと、ジャバウォックは『昂揚した議論のたまもの』なんて風に訳されているね。jabber が、淀みない昂揚した議論。wocer は子孫とか、果実みたいな意味らしい」

オレはその名前の成り立ちも、なんとなく知っていた。ずいぶん前に、アリスについては熱心に調べたことがあるのだ。

「それを怪物の名前にするの、センス抜群だよな」

「うん。正体不明の怪物を用意して、あとは好き勝手に議論しろってことかな。やっぱりキャロルはたまらない」

オレの解釈は、千守とは違った。

でもまあ、ルイス・キャロルが怪物にジャバウォックなんて名づけた理由は、今はどうでもいい。大事なのは冬明のジャバウォックだ。

「このあいだは、ジャバウォックが絵具を盗んでいったらしいよ。それであいつの絵具セットから、紫がなくなったってさ」

「へえ。冬明くんの絵具セットには、紫色が入っていたんだ」

「初めから紫なんてなかったってのが、あいつの母親とオレの考えだよ。でもさ、不思議じゃないか？　どうして絵具セットに、紫なんてメジャーな色がないんだろう」

青、赤、黄色の三原色の次は、それぞれを混ぜ合わせた緑とオレンジと紫が選ばれるのが自然だと思う。なのに、一二色もある絵具セットには紫色が含まれていない。

そのオレの素直な疑問に、千守があっけなく答える。

「絵具セットには、混ぜ合わせても綺麗に作りにくい色が優先的に採用される。紫は、赤と青とを混ぜればできるから、色数が少ないセットには入らないことがある」

「でも、緑は二種類も入ってるんだよ。ビリジアンと黄緑色」

「うん。そのふたつを混ぜると、一般的な緑色になる。でも緑色からビリジアンを作るのは難しいよ。つまり、より作りにくいビリジアンを採用するために、そのフォローとして黄緑色も必要だってわけ」

「なるほど。面白いもんだな」

「何事にも理由はある。世の中のものの大半は、専門家が頭を捻ってできている。ゴマ塩のゴマと塩の割合を決めた人だっている」

最後の例示は必要性がよくわからなかったけれど、まあ、その通りなんだろう。

千守は意外なことを知っていて、よくオレを驚かせる。それに、躊躇《ためら》いなくぶ厚いアリスの本を買ったみたいに、疑問に感じたことは徹底的に調べる。おそらく知的好奇心が強いのだろう。

千守はオレに冷たい目を向ける。

「問題は、冬明くんのことだよ。彼はどうして紫色の絵具がないと言ったんだろう。嘘なら、そんな嘘をつく理由はなに？　本当に絵具セットに紫色が入っていたと思い込んでいるなら、そう勘違いした理由はなに？　きっとなにか理由がある」

オレは軽く首を振ってみせた。

「そこはまあ、どうでもいいよ」

「どうして？　冬明くんを助けたいんじゃないの？」

ああ。そんな風に受け取っていたのか。

千守は賢い奴だから、ついこっちも甘えて、言葉足らずになってしまう。でもちょっと誤解があったみたいだ。

「オレは、冬明ってのは面白い奴なんだって話をしただけだよ。ユニークで素敵だってことに、共感して欲しいだけなんだ」

「よくわからない。共感になんの意味があるの？」

「気持ちいいだろ。なんとなく」

どうでもいいようなことで、「あー」とか「おー」とか言って、「だよな」なんて言い合っているのがオレは好きだ。なにか問題を解決してやろうって頭を捻るのも嫌いじゃないけれど、内容によっては傲慢な感じがする。

千守はじっとこちらをみつめていた。それで、なんだか促された気がして、オレはまた口を開いた。

「長いあいだ、勘違いしてたことがあってさ。ガリレオっているじゃん？」

「いるっていうか、いたね」

「大勢が天動説を信じていた時代に、あいつは地動説を唱えて、教会に訴えられて裁判になったわけだろ？　聖書の記述に反してるってことで」

「それでも地球は動いているってやつ？」

「そう。それ」

実際は言ってないらしいんだけど、まあどうでもいい。

本題は、ガリレオ裁判の成り立ちだった。

「オレはこの話を、ずいぶん単純な物語だと思ってたんだよ。ガリレオの主張は正しいのに、教会は聖書を守るための異端審問で地動説を否定した。自分たちの利益を守るために都合の良いフィクションで真実を捻じ曲げた、許せない奴らだなって思ってた」

「わかるよ。よくわかる」

「な？　ありふれた正義感だよ。ドラマをみて熱くなるのと一緒だよ。でも」

どうやらガリレオ裁判の背景は、そんなに単純な話ではないらしい。善対悪の物語にしてしまうには複雑な事情があったらしい。

最近になってオレが読んだ本には、こんな風に書かれていた。

「実際は、教会は別に、地動説を否定していたわけじゃないみたいなんだよ。ガリレオの裁判のことが、権力を持つ教会と真実を追い求める科学者の戦いの話になったのは後付けで、一〇〇年以上も経ってからなんだってさ」

「へえ。面白いね」

「うん。まったく、綺麗なカウンターだよ」

フィクションで真実を捻じ曲げた教会は許せない、なんて風にオレが感じていた話そのものが、真実を捻じ曲げたフィクションだったわけだから。

もちろん、ガリレオ裁判のなにもかもが嘘ってわけではない。ガリレオが教会絡みの裁判で裁かれたのはたしかだろう。その背景に、教会側の都合があったのも事実だろう。けれどガリレオにはおそらく、「地動説を唱えた」なんてことよりも、もっと教会に嫌われる理由があった。だから教会が、ガリレオを攻撃する材料として地動説を使ったというのが事実なんじゃないかと思う。少なくともオレが調べた限りでは、ガリレオの他に、地動説を唱えたことで裁かれた科学者はいなかった。

たとえばガリレオよりも先にコペルニクスが地動説を提唱しているけれど、こっちの方は長らく問題にならなかった。彼の本――「天球の回転について」が禁書になったのは発刊から七〇年も経ってからで、ガリレオの裁判の辻褄を合わせるために一応、くらいのことだったんじゃないかと思う。そもそもコペルニクスに関しては、地動説を世に発表するよう強く勧めたのが教会側の人間だったとも読んだ。

コペルニクスの地動説は、当時の人々にはあまり受け入れられなかった。でも、これは思想の問題というより、コペルニクスの説を元にして作られた星表の精度がいまいちで、当時メジャーだった、天動説をベースにした星表の精度を上回れなかったことが原因みたいだ。実際、ガリレオと同じ時代に生きた、地動説派のケプラーが作った「ルドルフ星表」は従来のものを大きく上回る精度があったから、瞬く間に天動説派の星表を駆逐した。当時の人たちも今の人たちも、明らかに便利なものは否定しない。

千守が言った。

「つまり、ホイッグ史観だね」

「なに、それ？」

「歴史的な事実を、人類の進歩を担った英雄とそれを押さえつけようとした迷惑な人たちの戦いにまとめてしまうこと。多少の齟齬は無視して、あるいは捻じ曲げて、今を生きる僕たちがすっきりと納得できる形に切って揃える」

「なんにでも名前がついているもんだな」

「なんにでもってわけじゃないよ。でも、よくあることにはだいたい名前がある」

うん。それは、よくあることなんだろう。

今のオレたちからみると、ガリレオの裁判は「地動説を迫害していた教会と、それに命懸けで抵抗して人類の進歩に貢献した英雄ガリレオ」って話にまとめた方が、気持ちよく納得できる。でもそれは、客観的に正しい歴史ではない。

「オレが中学生のとき、理科の先生がガリレオの裁判の話をしたんだよ。思い込みで、正しいものを捻じ曲げるのを許してはいけないって風に話をまとめたんだよ。でもその先生が、たぶんなんかの思い込みで、あの裁判のことを科学対宗教の話にしてたんだよ」

それは、悲しいことだ。こんなの笑い話にもならないんだ。純粋に正しいことを求めている正義感みたいなものが、事実よりも過剰なフィクションを信じてしまうのは、きっとありきたりだけど悲しいことだ。

「それで？」

と千守が言った。

オレはようやく、冬明の話に戻る。

「疑う余地のない正解みたいなのって、本当は誰にもわかんなくてさ。だから、もしオレが冬明のジャバウォックを否定し始めたら、それはなにかのフィクションを妄信してるだけなないかな」

だってオレはまだ、地動説の真相を知らない。

もしかしたら「科学対宗教という構図になったのは、後世になってからの後付けだ」って話の方が嘘なのかもしれない。本当は本当に、教会が激しく地動説を迫害していたのかもしれない。そんなことを疑い始めると合わせ鏡みたいに終わりがなくなる。

終わりがないものを終わらせるために、オレはつい、愛だとか正義だとかのハッピーなので答えを決めつけたくなる。でもそこを雑に処理しちゃうと、簡単に真実がみえなくなるだろう。というか、真実はみえないんだって前提を忘れそうになる。

だから、不確かなものを確かなことみたいに語る中学の先生の得意げなあの顔と、「思い込みで真実を捻じ曲げてはいけない」なんて言いながらフィクションを信じきっていたあの声は、胸の中の目立つところに置いておいた方が良い。つい自分の正義みたいなものを掲げたくなったとき、きちんと目に触れるように。

千守が、呆れた風に言った。

「君はソクラテスか」

「うん？」

「いや。でも君だって、冬明くんのことをまったく放っておいて良いと思ってるわけじゃないでしょ？」

それは、その通りだ。

「でもオレがどうにかしたいのは、冬明じゃないんだよ。愛さん——って、冬明の母親なんだけど」

「知ってる。前に聞いた。三好愛さん」

「うん。愛さんは強い人なんだけど、やっぱりまいっちゃっててさ。なにかちょっとでも手助けできるなら、そりゃしたいよ。でも、そのために冬明の世界みたいなものを否定するのは、やっぱり違う」

だからオレは、冬明のジャバウォックをどうにかしたいわけじゃない。もっとささやかなことができたら嬉しい。たとえば愛さんが帰ってくる前に美味い味噌汁を作っておくとか、ちょっと部屋を片付けておくとか。そんな風に、あの人の多種多様なストレスをほんの少しでも軽減できるなら、それで満足するべきなんだろう。

千守はしばらく視線を長机に落としていた。彼は珍しく話しづらそうに、繰り返しまばたきをしたり、左手で鼻の辺りに触れたりして、それからようやく口を開いた。

「僕は好奇心が強い方なんだよ」

「知ってるよ。急にどうした？」

「だから、自分でもどうかと思うんだけどね。やっぱり冬明くんが、架空の怪物にジャバウォックなんて名づけた理由が気になって、少し調べてみた」

「そんなの調べようがあるか？」

「つまり、冬明くんにはなにか、トラウマの原因があるんじゃないかと思ったんだよ。わかる？」

もちろん、わかる。オレたちには明確なトラウマがある。

愛さんと冬明は、五年前までオレと同じ、牧野という名字だった。当時、冬明は五歳。あのときのことを、あいつが覚えていても不思議はない。

「五年前にも、ジャバウォックはいたんだよ」

千守はそう言って、プリント用紙の束を差し出した。

＊

オレの父さん――牧野英哉は、それなりに有名人だった。主にネガティブな意味での有名人だ。今でもその名前でウェブを検索すると、いくつかの記事がみつかる。

きっかけは、ある男性の自殺だ。

当時、三九歳。妻と、ひとりのまだ小さな娘がいたようだ。彼の状況を箇条書きにすると、だいたいが幸福そうにみえるけれど、二年ほど前から気分障害を患っていたらしい。

彼は自ら命を絶つ直前、フェイスブックに長い記事を載せた。オレも読んだから、内容は知っている。

彼は三七歳のときに家を建てた。自分の家を持つことが夢だった彼は、収入に対してかなり無理をして、妻との連名で上限いっぱいのローンを組み、何年間も思い描いていた理想通りの家を作り上げようとしたらしい。本人がそう書いているのだから、まあ嘘じゃないんだろう。でも、その家は――彼に言わせれば――欠陥だらけだった。

別に、そこで暮らせないほどひどい家ではなかったようだ。でも工務店との打ち合わせとは違うところがあったのも事実みたいで、彼は一七もの項目を羅列していた。繰り返し確認したのにリビングに陽が入らなくて日中でも蛍光灯をつけないといけないとか、壁に使われている断熱材の量が予定よりも少なくて冬場は寒すぎるとか、そういった内容だった。彼は工務店にクレームを入れたが、まともには取り合ってもらえなかった。続いて弁護士に相談したけれど、打ち合わせの記録はほとんど残されておらず、あるのは建築士が図面に走り書きをしたメモだけで、そのメモは——彼の認識では——打ち合わせの内容が充分に反映されているとは言い難かった。いくつもの抜けがあるのに、それを証明する記録がないから、法的に工務店を訴えることは難しいそうだ。

彼のフェイスブックには、工務店の営業担当者から受け取ったメールの文面が抜粋して掲載されていた。たしかにその文章を読む限りでは、工務店側の対応はずいぶん突き放したものに感じた。でも彼自身は、工務店よりも、営業担当者よりも、杜撰《ずさん》な仕事で家を建てた建築士への不満が大きいようだった。

最近は家に帰るのが苦痛でならない。どうしてこんな家のためにローンを払い続けなければならないのかわからない。本来は安らげるはずの自宅にいる時間がなによりも辛く、あんな建築士が設計した家だと思うと焼き払ってしまいたくなる。打ち合わせをすべて録音しておけばよかった。内容を書面にまとめて、毎度確認のサインをさせればよかった。でも、あのころはまだ建築士を信じていたんだ。あんな男を信じていた自分が許せないし、大嫌いな男が建てた家で暮らし、子供を育てていくのだと考えると怒りに震えてなにも手につかなくなる。そのせいで心を病み、もう自分の生活はぼろぼろだ。——なんて風な話が、長々と書き綴られていた。

その記事に、こんな文章があった。

——家というのは家庭の基盤であり、象徴であるはずです。それをいちばん理解しているはずの専門家が、こんなにも心のない仕事をすることに、どうしても納得できないのです。

オレはそれを読んで、またバールのことを考えた。

家庭なんていう、本当は不確かなのに、でもいかにも強固そうな幻想みたいなもの。それを人の手で壊すための道具。

法的に工務店や建築士を訴えるには、被害を明確に証明しなければならない、と弁護士に言われたらしい。

——だから私は、死ぬことにしました。貴方が軽い気持ちで扱ったものは、本当は、人の命を奪うほど重要なものなのだと証明するためです。

それが記事の結末で、どうやら本当に、彼は死んでしまったようだった。

断罪を目的としたフェイスブックの記事には、もちろん工務店と、担当の建築士が実名で公開されていた。

言うまでもないことだけど、その建築士というのがオレの父さんだ。

オレはこの出来事について、とくにこれといった意見を持っていない。

家というのは高い買い物だから、失敗すればまいってしまう人もいるんだろうな、というのは理解できる。父さんが仕事で手を抜いたというのは、なんだかあんまり腑に落ちなかった——あの人はいつも真面目だったし、仕事に誇りを持っているようだった——けれど、真実はわからない。父さんへの印象だけで、なにもかもみんな逆恨みだって断言することはできない。

オレが不思議だったのは、その記事が公開されてからの出来事だ。

彼の文章は四か月間も、人目に触れはしなかった。まあ、何人かは読んでいたのだろうけれど、とくに注目されることはなかった。でもある日、この記事を紹介するＳＮＳの短い書き込みが急速に広まって、ほんの数日のうちに何万人もが父さんに対する怒りを燃やし始めた。

　明らかに的外れな法律を持ち出して、こんな罪になるなんて得意げに書くアカウントもあった。誰かひとりがそういうことを書き込むと、周りもそれを鵜呑みにして、コピーアンドペーストみたいな文章が大量に生まれるんだなとそのときに知った。ＳＮＳ上の怒りは大した熱量で、間もなくぽんぽんとまとめ記事が生まれ始めた。そこには愛さんやオレの名前が書かれていることもあったし、当時暮らしていたマンションの住所が晒されることもあったし、まったくでたらめな父さんの経歴が事実みたいに広まったりもした。そしてその記事がまたＳＮＳで拡散され、似通ったテキストがパンデミック的に増殖した。うちには脅迫めいたいたずら電話がかかってくるようになったものだから、固定電話の線は引っこ抜かれた。

　オレは事件の渦中にいたのに、誰がなにに対して怒っているのか、上手く理解できないでいた。きっといろんな論点があって、中には勘違いだとか思い込みだとかもあって、実のところ誰もその怒りの全体像は知らないんじゃないかって気がした。

　ＳＮＳの熱狂は、さらに三か月後、父さんが自殺したことがわかると急速に冷めていった。きっと代わりに、オレは知らないどこかの誰かが、中身がブラックボックス化した怒りの標的になったのだろう。

　一方でその熱狂が別の誰かにスライドしても、現実のなにもかもが元通りになるわけではなかった。壊れたものは壊れたままで、疲れたものは疲れたままだった。余震のような攻撃もしばらく続き、父さんに宛てた「死んでください」と書かれた手紙が届いたときには、

「もう死んだよ」と思ったけれど笑いもできなかった。

当時のオレは、高校一年生だった。学校での生活がとくにきつくて、退学して高卒認定試験を使おうかと真剣に思い悩んでいたけれど、とりあえず不登校になってうじうじとしているあいだに愛さんが手早く引っ越しを決めた。あのとき、いちばんダメージを受けていたのは間違いなく愛さんなのに、あの人はクールで、ひとつひとつの判断が速かった。とにかく冬明を守らなければならないから、必死だったのだろうと思う。

愛さんは引っ越しの前に復氏届を出し、名字を三好に戻した。父さん——牧野という名前は知れ渡っていたものだから、旧姓に戻るのは適切な判断だとオレも思った。

あの人はオレにも、三好という名字になることを提案してくれた。そうするには子供であれひとりずつ届け出が必要で、望むならオレひとりが牧野のままでいられるようだった。

たぶん、オレのまだ長いとは言えない人生で決断と呼べるものがあったなら、あのときだったんじゃないかと思う。やっぱりオレにとっても、父さんの名字は重荷で、そのことは充分に実感していたから。でもけっきょく、オレは牧野のままで暮らすことを選んだ。

それは、父さんの名誉を守りたかった、みたいなことではなくて。死んだあの人になんらかの配慮をしたわけではなくて。正直なところ、どうしてもオレには、愛さんや冬明が家族だとは思えないでいた。ふたりのことは大好きだけど、そもそも「家族」という、生まれたときに勝手に与えられたものに寄りかかって生きるのが胡散臭いような気がして、だからあのふたりが大切であればあるほど、もっと能動的な、たとえば友達だとか、恩人だとか、自分で決めた関係を名乗りたかった。

だからオレは、牧野のまま残りの高校生活を送った。

愛さんが引っ越し先に選んだのは、あの人が出た大学の近くだった。もともと暮らしていた街からはそれなりに離れているけれど、新幹線を使えば一時間程度の距離だ。暮らす街をじっくり選んでいる時間はなかったから、とにかく土地勘のある場所で、ということだったのだろう。

新たな高校では、オレが牧野英哉の息子だということは気づかれなかった。そもそも、もうみんな父さんのことなんか忘れていたんだろう。いや、もしかしたら新しい学校の連中は初めからあの事件自体知りもしなかったのかもしれない。当時、オレの目には世間のみんながひとり残らず敵に回ったような気がしていたけれど、それは錯覚で、ほんの少しの人が、まるで自分たちが世界の全部だって風に物事を語っていたんじゃないかと、今となっては思う。

父さんが死んでから、オレがあの人の話をすることはなくなった。

例外は、ただひとり。千守だけだった。

たまにふと打ち明け話をしたい気持ちになることがあった。そのとき、たまたま目の前に千守がいて、こいつにだけはみんな話しても別に良いような気がした。千守が優しいとか、特別に仲が良いとか、そういうことではなくて。いや、多少はそういうのもあるんだけど、根っこのところは違っていて、千守はとっても頭が良い奴だったから。

フェアな姿勢ってのは、知性が生むものだと、オレは思っている。

だから千守はフェアで、オレへの態度を無意味に父さんと繋げて変えたりしないし、父さんの事件そのものも一方的に善悪を決めてかからない。的外れな慰めみたいなことを口にすることもなかった。深夜のファミレスで千守に父さんのことを話したとき、あいつは「いろんな人生があるね」と言ったきりだった。

そして、千守は徹底してフェアな奴だから。

もし冬明にトラウマがあるんだとすれば、それと父さんのこととの繋がりを疑うのも、やっぱり当然なんだろう。

＊

千守が差し出したプリント用紙は、当時のツイッターの書き込みを印刷したものだった。たった五年前。あのころの感情は、今も生々しく覚えている。

オレは顔をしかめていた。目から入ってきた情報で吐き気を感じたのは初めてだった。書き込みというより、その隣にひっついているアイコンだとか名前だとかがオレの感情を刺激した。当時のオレは部屋に閉じこもって、自傷みたいに父さんの名前を検索し続けていた。

千守は、その書き込みのひとつを指さす。

「アカウント名、キササゲ。わかる？」

「ああ。わかる」

濃紺色の背景に、デフォルメされた誰かの顔のイラスト――少年にもみえるし、ショートカットの少女にもみえる――をアイコンにしているアカウントだ。父さんのことが問題になったとき、かなり初期から継続的に、怒りに燃えた書き込みをしていた。

千守が指先をわずかにスライドさせる。

「問題は、ユーザー名の方だよ」

ツイッターのアカウントには、「アカウント名」と「ユーザー名」のふたつが設定されている。千守の指の先、キササゲというアカウント名の隣にほんの小さく書かれたユーザー名は、「jabberwock」となっていた。――ジャバウォック。

「ログを辿れば明白だ。このアカウントが積極的に発言して、君のお父さんのことを大問題にしたのがみてとれる。まずはキササゲの友人が反応して、続いてその周囲の人たちが、という風に」

ジャバウォック。冬明が繰り返し口にする怪物。

「こんなの、オレも知らなかったよ。どうして」

冬明も父さんのことを調べたのだろうか。それで、このユーザー名に注目して、空想の怪物にジャバウォックと名づけたのだろうか。本当に？

プリント用紙の束を鞄に戻しながら、千守が言った。

「君が冬明くんの、特有の世界みたいなものを守りたいと思っているのはよくわかるよ。それは、とても正しいことだと思う。本当に。でも、なんだか僕は、ジャバウォックってものを放っておいてはいけないような気がするんだよ」

彼の言葉にどう答えればいいのかわからなくて、オレはまだ顔をしかめていた。

3話　病の一覧にはないもの——三好愛

私は工務店で営業をしている。大学生のころのアルバイトを別にすれば、他の仕事に就いたことはない。

家を建てる会社は、三種類に大別される。全国展開している大手がハウスメーカー、地域密着型の小規模な職人の集団が工務店、だいたいそのふたつの中間に位置するのが地域ビルダーだ。

工務店と地域ビルダーの線引きは難しい。現在、私が勤めている「泰住《たいじゅう》工務店」は名前に工務店と入っているけれど、一般的な定義では地域ビルダーに含まれる。うちの規模はそれほど大きくないが、同じ経営母体なのに名前が違う会社が七つあり、グループ全体では年間に六〇〇棟ほどの家を建てている。一見すると別の会社にみえる複数の工務店を経営することで、幅広い客層にアピールする、というのがうちのグループの狙いだ。中の技術が同じでも、名前が「泰住工務店」と「ひまわりハウス」では、やはり興味を持ってくれる人も変わる。

その日曜日は、午前と午後に一件ずつあった打ち合わせを終えてしまうと、あとは落ち着いていた。私は自分のデスクで、土地の物件情報のリストアップや、顧客から届いたメールへの返信をして過ごした。

メールの中にひとつ、施工中の家に関する少し複雑なクレームがあり、私はその返信内容を隣のデスクの園田《そのだ》さんに確認した。園田さんは同じ営業の先輩で、私がこの工務店に入ったとき教育係についてくれた人でもある。もう四〇代の半ばだと思うけれど、なんだか品の良い家族写真から抜け出してきた少年みたいな印象の小柄な男性で、今もあれこれと仕事の相談をする。

入り口のドアが開いたのは、午後四時を少し回ったころだった。

予約のないお客様——おそらく初来店だろう、三〇代の夫婦と小さな子供がふたりだ。子供連れの客は、冷やかしではない可能性が高い。

咄嗟に私は、園田さんを確認する。うちではたいてい、最初にお客様に声をかけた営業がそのまま担当につく。

——どうしますか？

と目で尋ねた。

——君が行ってよ。

という風に、園田さんの視線が動いたから、私は椅子から立ち上がる。仕事用の笑顔を作って、「いらっしゃいませ」と声をかけた。

口を開いたのは、女性の方だった。

「あの。まだなんにも決まってないんですけど、家のことで相談したくて。予約をしていなくても大丈夫ですか？」

「もちろんです。ご来店ありがとうございます」

私はその一家を、二階にある打ち合わせ用の大部屋に案内する。白いテーブルとパステルカラーの椅子が三組並び、その奥には建材のサンプルやパンフレットを、手前には子供が遊べるようマットのスペースを用意している。壁の一面は窓になっていて、向かいにある大きな公園がみえる。城跡にできた公園で、立派な堀がまだ残っている。

一家をテーブルに案内するつもりだったけれど、席に着いたのは奥様だけだった。旦那様の方は子供用のスペースを一瞥し、「あそこ、使って大丈夫ですか？」と言った。私は「もちろんです」と答えて、続けて飲み物を尋ねた。テーブルには、数種類の飲み物を記載した簡単なメニューを用意している。

四人ぶんの注文を受けてから、席に着いた奥様にアンケート用紙を差し出した。

「よろしければ、ご記入をお願いします。みんな埋めなくても大丈夫です」

「これ、住所を書いたら広告が届きますか？」

「ご案内をお送りしていますが、ひと言いただければ止められますよ」

「じゃあ、なしでお願いします」

私は階段の前に子供用の転落防止柵を出し、一階に下りて飲み物の準備をする。アイスコーヒーとオレンジジュースがひとつずつ、それからカルピスがふたつ。そういえば今日は、ずいぶん暑い。

それぞれをカップに注いでいるあいだに、園田さんに声をかけられた。

「どう？」

「旦那さんより、奥さんの方が積極的な感じですね」

「飲み物占いは？」

「悪くないですよ。中吉かな」

飲み物占いは、前の工務店にいたとき、後輩だった営業の女の子が提唱した。彼女いわく、コーヒーよりも紅茶を、紅茶よりもジュース類を選ぶ人の方が商談がまとまりやすいらしい。おそらくなんの根拠もないはずだ。

私は飲み物に個包装のクッキーを添えて、トレイに載せる。初来店のお客様のお茶の準備には、わざと少し時間をかける。アンケートの記入中は私がいない方が気楽だろうし、そのあいだの夫婦の会話で、なんとなくみえるものもある。

けれど今回は、アンケートに関する会話はとくになかった。旦那の方はずっと子供の相手をしているようで、その優しい声だけが聞こえていた。「夕食はなにを食べたい?」「ホットケーキ」「甘いのはだめだよ」という風に。

二階に戻った私は、奥様の前にアイスコーヒーを、あとの三つをそれぞれ空いた席に並べながら、アンケート用紙を盗み見る。

名前は、大沢佐代里《おおざわさより》さん——「オオサワ」と読みたくなるけれど、読み仮名は「オオゾウ」となっている。こういう、一見普通に読めそうでいて、実は変わった名字が難しい。私はゾウの群の中の、とりわけ巨大な一頭をイメージする。オオゾウ。

席に着いた私に、奥様——佐代里さんがアンケートを差し出した。

「これでいいですか?」

「はい。ありがとうございます」

アンケートの項目は、ひと通りすべて埋まっていた。簡潔ではあるけれど、まず知りたい情報が揃っていて、事前に夫婦間でコンセンサスが取れている印象を受ける。——現在は賃貸マンションで暮らしているけれど、その家賃くらいのローンの支払いで済むなら一軒家を持ちたい。予算は土地込み三八〇〇万。

佐代里さんは言った。

「まずはこれくらいの金額で、家を建てられるのか知りたくて」

「問題ないですよ。大丈夫です」

「夫は高額のローンを抱えるのが怖いから、建売りの方が良いんじゃないかって言っているんです。建売りなら、これくらいでも充分なのが買えるって」

「はい。でもうちなら、それほど建売りと値段は変わりません」

うちは基本的に、建売りの物件を扱っていない。モデルハウスとして建てた家を売る程度だ。営業としては、なんとか設計からお客様――施主と共に作り上げる注文住宅の方に興味を向けたい。

アンケートを確認しながら、私は尋ねた。

「小学校区に、ご希望があるんですね」

「はい。ぜひ」

佐代里さんは、この辺りではもっとも評価が高い小学校の名前を口にした。

評価が高い公立の小学校がある地域は、もともと土地の値段も高いことが多い。ある種の経済格差というか、ハイソサエティとされる人たちが多く暮らす地域の方が、教育にも熱心なことが多く、結果的に小学校の質も上がりやすい。そしてその後も高い土地を買える人たちが集まるため、同じ傾向が維持される。

「学区のご希望は、かなり優先順位が高いものでしょうか？」

「夫が唯一、強く希望していることですから」

「なるほど。おうちのサイズは、どれくらいをお考えですか？」

「松陰《まつかげ》にあるモデルハウスをみせていただいて、あれくらいが希望です」

大手のハウスメーカーであれば、モデルハウスは大きく、リッチに作る傾向がある。でもうちの場合は、素材にグレードが高いものを使う程度で、家のサイズは自社で取り扱う平均的な規模のものが多い。

松陰のモデルハウスは二階建ての4LDKで、土地のサイズが一二〇平米ほどだ。アンケートには、庭にこだわりはないけれど、駐車場に二台の車を止められるスペースが欲しいとあった。やはり狭い場所では難しく、土地代だけで二〇〇〇万はみたい。

「難しいですか？」

と佐代里さんが言う。

正直にいえば、少し難しい。できるだけネガティブに聞こえないよう、努めて明るく私は答える。

「良い土地さえみつかれば、という感じですね」

三八〇〇万は、この辺りであれば、場所にこだわらなければ充分に家を建てられる金額だ。ざっくり土地に一五〇〇万、家と諸経費で二三〇〇万みておけば収まる。けれどご希望の小学校区で家を建てるなら、もう五〇〇万ほど予算が欲しかった。

――大沢さん一家の予算は、年収からみればずいぶん控えめだ。

頭金もそれなりにある。銀行のローン審査は、もう一〇〇〇万高くても問題なく通るだろう。かつては家の値段は年収の五倍が相場と言われたけれど、現在ではローンの金利が大幅に下がっているため、もう少し大きく借りても負担はそれほどではない。だがお金の話を始めるのはまだ早い。

「まずは一緒に、土地を探させていただけましたら幸いです。それと並行して、設計案のサンプルを作らせていただけますか？」

土地が決まっていなければ、正確な家の設計はできないが、仮のものでも図面を作ってイメージを膨らませてもらうのが通例だ。建てたい家が明確になれば、予算の増額は意外に簡単に引き出せるお客様が多い。

「お願いします」

と佐代里さんが言った。

――この話は、まとめられる。

わからないけれど、そんな予感があった。

なにより小学校区にこだわりがあるのが有利だ。ご希望の地域は建売りの物件が出にくい。「できるだけ安く一戸建てを」という建売りのメインユーザーに、地価がマッチしないからだ。

あそこで出回る物件は、土地持ちが手放したものをビルダーがまとめて買い取って分譲するパターンか、取り壊し前提の古家《ふるや》付きの土地が売られるパターンが大半だ。後者はそもそも土地のサイズが大沢さんの要望に合いづらい――あの辺りの古い家は大きめで、土地代が高くつく――が、分譲の土地ならうちのグループにもいくつかカードがある。

設計案を作ることで、次の打ち合わせの約束は取れる。土地はそのときまでに候補をピックアップすれば良い。今はまず、とりあえずのライバル――建売りの家との違いをアピールしておきたい。

「おうちのご要望をお聞きしたいんですが、お時間は大丈夫でしょうか？　もし余裕がありましたら、建材のサンプルもご紹介させてください」

「建材ですか？」

「はい。うちは無垢材のフローリングに力を入れていて、メインフロアだけであれば追加料金なしでお選びいただけます。それから、断熱材も最新のもののサンプルがありますから、ぜひ。壁の中の断熱材に良いものを使うと、室温だけじゃなくって、防音の性能もまったく違うんですよ」

建売りと比べたとき、注文住宅の最大のメリットはもちろん、間取りを自由に設計できることだ。でもそれに加えて、建材に良いものを使える、というのも大きな利点になる。建売りは安く販売するためにコストの低い建材を使いがちで、その差をアピールすればこちらの土俵に引き込める。

「パパ」と、大沢さんが、キッズコーナーの方に声をかける。「建材だって。パパがみるなら代わるよ？」

だが彼の方は、あまり家づくりには興味がない様子だった。

「君がみておいて。あとで、話を聞かせて」

そう言った彼は、二歳の女の子を膝に乗せて絵本を広げている。四歳の男の子の方は、うちのグループ自慢の無垢材で作ったパズルに夢中だった。

私は席から立ち上がり、キッズコーナーに歩み寄って身を屈める。

「お父さんは、どんなおうちでお子様と暮らしたいですか？」

小学校区が唯一の要望、とのことだったから、子育てを中心に尋ねた。

彼はなんだか困った風な表情を浮かべて、小さな声で答える。

「見晴らしが良い家かな」

なるほど。子供部屋には、大きな窓をつける提案をしよう。私が内心でそう考えていると、彼はぼそりと付け足した。

「でも、家がどうっていうより、安心できる方が大事かな」

安心。それは、どういう意味だろう。

「もちろん有害物質の危険性があるような建材は、うちでは一切使用しません。階段も安全に配慮した形をご提案していますし、怪我をしにくいように壁の角を丸めたりもできるんですよ」

私の言葉に、彼は興味がないようだった。

「そうですか」

と答えて、膝の娘のために絵本のページをめくった。

＊

九月二一日、火曜日。私にとっての休日に、冬明の小学校を訪ねた。あの子のことで相談するためだ。

まずはスクールカウンセラーに会い、話をしているあいだに放課後になった。それから担任の先生が合流した。

ＨＳＣに対して医学的な診断は下されない、というのは知っていた。

理由は非常に明快で、ＨＳＣというのは医学用語ではないからだ。たとえば自閉スペクトラム症は遺伝的な脳機能障害だけど、ＨＳＣはあくまで気質に特徴的な傾向がある子供ということになる。つまり、こちらは病気ではない――少なくとも今は病とされるものの一覧には入っていない――ため、医療機関が「この子はＨＳＣですよ」と診断を下すことはない。

「病気ではないから、治療の対象でもありません」

と、スクールカウンセラーの小野田《おのだ》先生が言った。小野田先生はおそらく三〇代の半ばで、小柄で、丸い眼鏡をかけた女性だ。

私は、もっとも不安だったことを尋ねる。

「でも他の、たとえば統合失調症なんかの可能性はないですか？」

小野田先生は落ち着いた様子で、ほんの少しだけ首を傾げてみせた。

「もちろん、ないとは言い切れません。統合失調症は治療できる病ですし、早期発見も重要です。診断を受けるのは良いことですが、私は、可能性が低いように思います。一〇歳での発症は稀だし、それに、ジャバウォック？」

「はい」

「馬島《まじま》先生は、その話を聞いたことがありますか？」

冬明の担任――馬島先生が首を振る。

「いいえ。まったく」

こちらはおそらく四〇代の後半で、口元に優しくみえる皺の入った女性だった。いかにも小学校の先生という感じで、明るいグリーンのシャツを着ている。

彼女の返事に、小野田先生が軽く頷く。

「でしたら、おそらく相手を選んで、お母さんやお兄さんだけにその話をしているんでしょう。統合失調症は、病識の障害――症状を自覚しづらくなる傾向がありますが、冬明くんの場合、ジャバウォックのことは信じ難い話だと自分でもわかっているのではないかと思います」

でも、だとすれば冬明は、あの子自身も信じていない怪物の話を私や楓に繰り返していることになる。いったい、どうして。

続いて、馬島先生の方が口を開いた。

「お母さんが、いちばん不安に感じていることはなんでしょう？」

「それはやっぱり、欠席や早退の多さです」

「たしかに少し多いですね」

「はい。できるだけ強くは言わないようにしているのですが、それでも、内心では私が不安に感じているのが冬明にも伝わっているような気がして」

小野田先生が丸眼鏡に触れて、妙に軽い口調で言う。

「そりゃ、伝わってるでしょう」

私は「え？」と小さな声を出していた。

とくに表情も変えず、なんでもない風に彼女は言った。

「そういう察しが良いのも、冬明くんの個性ですよね。そこもＨＳＣの特徴と一致していたから、お母さんは余計に不安になったわけでしょう？」

「ええ、まあ」

「察しが良い子って可愛いですよね。時折、すごく優しくて」

「はい。可愛いです」

「予想外のところで優しくされると、この子はなんて賢いんだろうって思いませんか？」

「思います。親馬鹿だなとも思います」

「だから、それは冬明くんの良い個性です。ただ少し生活しづらいこともあるから、周りが注意してあげましょうというだけです」

そんな風に言われてしまうと、なにも反論できない。

でも反論できないからといって、現実の問題がすべてなくなるわけではない。私は仕事の最中だっていつも、小学校から「冬明が早退する」と連絡があるのではないかと、戦々恐々としている。

私の代わりに小野田先生に反論したのは、馬島先生だった。

「でも、学校に通えなくなるのは困るでしょう？」

小野田先生の方は、あくまで軽い調子のままで答える。

「そりゃ、担任の先生としては困るでしょう。私だって学校に通えないよりは通えた方が良いと思いますよ」

「だったら――」

「ですが、心を痛めながら無理に通学するよりは、もっと冬明くんに合った方法をみつけた方が良いというのが大前提です。それは馬島先生も同じ考えですよね？」

「もちろんです。でも、冬明くんの症状はそれほどひどいわけではないんだから――」

「症状ではありません。あくまで、彼の特徴です。先ほどから言っているように」

小野田先生の言葉に、馬島先生は少しむっとしたようだった。彼女は小さな声で、口早に告げる。

「失礼しました。ですが私が言いたいのは、冬明くんは問題なく学校に通えるはずで、それを諦めるのは早すぎるということです」

立場の違いだろう、小野田先生と馬島先生では、この話し合いの目的に多少の齟齬があるようだった。

小野田先生はあくまで冬明を第一に考えている感じがして、良いスクールカウンセラーの先生だなと思う。一方で馬島先生は、担任教師として、当然冬明がまいにち学校に通える決着を求めている。この構図は、なんとなく楓と私のやり取りに似ている。

馬島先生が、私の方に目を向けて言った。

「もちろんお母さんとしては、学校に通って欲しいわけでしょう?」

「はい。できるなら」

ありのままの冬明を受け入れて、なんて話はわかりきっている。これまでもできるだけそうあろうとしていて、それでも。それでもの先が欲しくて、休日の家事を後回しにしてここに来ている。

小野田先生が、また丸眼鏡に軽く触れる。

「そこが、難しいところですよね。お母さんのお話にもあった通り、親が口では学校なんていかなくても良いと言ったとしても、繊細な子供は、その裏側にある感情まで受け取ってしまうから。やっぱりお母さんは僕を学校に行かせたいんだ。僕が苦しくてもかまわないんだ。――なんて風に思い込んで、余計に苦しむ子もいます」

そうだ。一〇歳児というのは、少なくとも冬明は、驚くほど敏感にこちらの感情を察知する。

自分でも感情的に聞こえる、なんだか情けない声で私は尋ねる。

「でも、じゃあどうすればいいんでしょう?」

小野田先生はこちらを落ち着けるように、ゆっくりと頷いて、言った。

「まずは、お母さんの教育の指針を教えてください」

「指針?」

「通学だけにこだわっていると、選択肢が狭まってしまうでしょう? 学校に行きなさい、いや行きたくないんだ、というやり取りに終始してしまうと互いに苦しくなります。だから別の解決法にも目を向けられるように、いろんな前提を取っ払って、お母さんが冬明くんの教育でいちばん大切にしていることを知りたいんです」

なら、それは明白だ。

「私は未来の――たとえば一〇年後の冬明に、気持ちよくまいにちを過ごして欲しいんです。なんていうか、人生に怯えない子に育って欲しいんです。でも学力を諦めてしまうと、大切な武器をひとつ失くしてしまう気がするんです」

「小学生のあいだに多少の不登校の期間があっても、学力を諦めることにはならないと思いますよ」

「はい。多少であれば」

あの子をひと月休ませれば問題がすっかり解決するのなら、私に不安はない。でも、放っておくと冬明がずるずると教育から離れていってしまうような気がして、その想像が怖ろしい。

小野田先生は、眼鏡の奥の瞳でじっとこちらをみていた。彼女は丸眼鏡のせいで優しい印象だけど、改めてみるとその目は鋭い。

「子供の不登校に関しては、本人を変えるよりもまず親御さんが変わるべきだ、という話から始めるのが一般的です。まずは、ありのままのその子を受け入れられるように」

「はい。私が読んだ本にも、そう書いていました」

わかっている。けれど、しかし、それでも。冬明のことでは、こんな風な逆接の接続詞ばかりが胸に浮かぶ。理想ばかりに身を委ねるのは、親の責任を放棄しているような気がするから。

　小野田先生は、ふいに軽く微笑んでみせた。

「でも、私はそれって、ずいぶん難しいと思うんですよね。だってお母さんの方も、感情を持った人間なわけですから」

　話の展開が想像を外れて、私は思わず眉根を寄せる。

「どういうことですか？」

「つまり、お母さんは冬明くんのことを愛していて、だからこそ将来のために学校に行かせたいわけでしょう？　大人だって、愛情が出発点になっている考えを変えるのは負担が大きいものですよ。大変なことを無理にしようとして、疲れてしまうと、その方がお子さんにも悪影響です」

「でも、それではなにも解決しないですよね？」

「いちばん効果的なのは、協力者をみつけることです。子供の問題をお母さんだけで解決しようとすると、無理が生じて悪循環に陥ることもあります。なので、ある程度は分業できる体制を作れるといいんだけど」

私は左手の中指にした指輪に触れる。

協力者と聞いて、まず思い浮かべたのは、もちろん英哉さんのことだった。でもあの人はもういないのだから、考えても仕方がない。続いて出てきたのは楓で、やっぱり私は、あの血の繋がらない息子に依存しているようだ。

――楓なら、私よりもずっと上手く冬明と話ができるだろう。

残念なことだけど、きっと。冬明が本当に、あの子自身も信じていないジャバウォックの話を繰り返しているのなら、その理由だって聞き出せるかもしれない。

しばらく沈黙していた馬島先生が、私に向かって優しく微笑む。きっと教室で、一〇歳の子供たちにそうしているように。

「もちろん私も、その分業を担うひとりです。とくに冬明くんにはお父さんがいないのだから、お母さんのご負担も大きいかと思います。気になることがあれば、なんなりとおっしゃってください」

「ありがとうございます」

私は馬島先生に、機械的に笑みを返す。被害妄想だとわかってはいるけれど、片親だということに触れられるのは、責められている気がして頬が引きつる。

小野田先生の方は、冗談めかして言った。

「私も、ジャバウォックの話を聞いてみたいな。近々、冬明くんとふたりでお話しさせてください」

そうしてもらえると嬉しいです、と私は答えた。

その返事は本心だった。私でも、楓でもない人が、ジャバウォックのことをどう感じるのか知りたかった。

＊

小学校を出たのは、午後四時三〇分になるころだった。

もう次の角を曲がればうちに着く、という場所の小さな公園のベンチで、ランドセルを背負った冬明をみつけた。

あの子の隣には、大学生くらいだろうか、青い帽子の女の子が座っていた。その子に見覚えはなかった。少し嫌な予感がしたけれど、すぐに「楓の友達だろうか」と思い当たった。楓は冬明を、しばしば自分の友人に紹介する。

私がそちらに近づくと、それに気づいたのか偶然なのか、青い帽子の女の子はベンチから立ち上がってこちらに背を向けた。そのまま、反対側にもある公園の出入り口へと歩いていく。わざわざ後を追いかけて声をかけるのも違うような気がして、私は冬明の前で立ち止まった。

「おかえり。あの子は？」

冬明はベンチに座ったまま、こちらを見上げて「ただいま」と言った。それから、小さな声でなにか言ったようだったけれど、私には上手く聞き取れなかった。

「いま、なんて言ったの？」

「なんでもない」

「そう。あの子は？」

「アリスだって」

「アリスさん？」

「うん」

「楓の友達？」

「たぶん、そうだと思う」

なんだか違和感のある返事だ。たぶん。けれど私が質問を続けるよりも先に、冬明の方が言った。

「学校にきてたでしょ？」

今日のことは、冬明には伝えていなかった。この子が、重く考えすぎてしまうといけないから。とはいえ嘘をつくわけにもいかない。

私は意図して、できるだけ軽く頷く。

「ええ。少しお話があって」

「僕が授業を休みすぎてるってこと？」

私は冬明の隣に座る。

「うん。ちょっと心配だからお話ししてきたんだけど、あんまり気にしすぎない方が良いって」

「でも先生も、僕にちゃんと学校にこいっていうよ」

「ずる休みだと問題だけど、頭が痛いなら仕方ないよ」

なんて、口先で言ってみても、冬明には通用しない。この子は私の胸のうちの暗いところを、みんな知っているんじゃないかという気がする。

今だって気難しそうに眉根を寄せて言った。

「本当に、すごく痛くなるんだ。こめかみの辺りがじんじんして、指先が冷たくなってくるんだよ」

「そっか。それはまあ、仕方ないか」

「嘘じゃないんだ」

わかっている。本当に。この子は、そんな嘘はつかない。

でも、ジャバウォックのことはどうだろう。冬明は心の底から、その怪物を信じているのだろうか。

「頭が痛くなるのは、やっぱりジャバウォックのせいなの？」

冬明はしばらく、じっと私の顔をみつめていた。私の方がなんだか緊張していて、その緊張を見透かされているような気がした。やがて冬明が答える。

「ジャバウォックはいるよ。いるっていうか、ある」

「ある？」

「たぶんルールとか、現象みたいな感じなんだ。もしかしたら僕は、それの本当の名前を知らないだけなのかもしれない。台風って名前を知らずに台風の説明をすると、怪物みたいになっちゃうようなことなのかもしれない。お母さんが知っている名前で説明したら、すごく簡単に伝わるような気がするんだけど」

私は楓の言葉を思い出す。「もちろん、実際にそんな怪物がいるってわけじゃないよ」とあの子は言った。

――でも、なんていうのかな。現実に起こっていることを、冬明の目を通して見るとそうなるんじゃないかな。

現実に起こっている現象が、冬明の視点からは怪物のようにみえる。それがなんなのかはわからない。いじめみたいなものなのかもしれないし、もっと抽象的な悪意なのかもしれない。わからないけれど、冬明はそれにジャバウォックと名づけた。

こんな風にまとめられるなら、胸がすっと軽くなる。私とこの子は、同じ常識を共有しているんだと思える。

「私は、それの名前を知ってるかな？」

「わからない」

「ジャバウォックっていうのは、どういうものなの？」

「どう説明すればいいのか、わからない」

「目にはみえる？」

「みえないよ。たぶん」

「じゃあ、形はないものなの？」

「ないと思う」

「絵具なんかを盗っちゃうのは？」

「欠けていく感じなんだよ。欠けるっていうか、狭くなるのかな。本当は当然、あるはずのものが、なくなっているのにみんな気がつかないんだ。みんなっていうのは、全員ってことじゃなくて、たくさんの人が」

「ジャバウォックは、どこにいるの？」

「はじめはいないんだよ。でも誰かが話をしていたら、いつの間にか近くにいる」

わからない。冬明がなにを、ジャバウォックと呼んでいるのか。

冬明は少しうつむいて、しばらく考え込んでから、続けた。なんだか電化製品の型番みたいな、意味のわからないものをそのまま丸暗記したような口調だった。

「ジャバウォックは、コウヨウしたギロンのタマモノなんだって」

昂揚した議論のたまもの。——私は冬明の言葉そのものより、この子の言い回しが気になっていた。

明らかに伝聞調で、なら冬明は誰かと、ジャバウォックの話をしたのだ。おそらく冬明がジャバウォックと呼ぶものの正体を知っている誰かと。

「誰に聞いたの?」

と私は尋ねる。

冬明は、短く答えた。

「アリス」

あの、青い帽子の女の子。

私は公園の出入り口の方に目を向けたけれど、もうそこに彼女の姿はなかった。

4話　その名前に意味はなく、意味がないことには理由がある――牧野楓

　電話越しに聞いた愛さんの声は、普段よりも少し軽く感じた。雨にうたれて震えていた鳩の羽が、陽の光でようやく乾いたようだった。

「貴方が言った通りなんだと思う」と愛さんは言った。「冬明は、私たちが当たり前に知っているものに、ジャバウォックって名づけただけなんだと思う。本当に怪物がいると信じているわけじゃなくて」

　なるほど、とオレは答えた。

「でも、じゃあ冬明は、どんなものをジャバウォックって呼んでるのかな？」

「まだわからないけど、じっくりあの子の話を聞けば、きっといつかわかるよ」

「安心した？」

「うん」

「そ。じゃあ、よかった」

　愛さんの気持ちが少しでも軽くなるなら、それでよかった。父さんが死んでから、愛さんはずっと張り詰めていて、今にもなにかがぷつんと切れてしまいそうだったから。この人が笑顔になるなら、それは冬明にとっても良いことだろう。

　愛さんが続ける。

「アリスさんって、楓の友達？」

「アリス？」

「今日、公園で冬明と話をしていたから」

アリス。アリス。オレは胸の中でその名前を繰り返す。

ふたり、思い当たった。一方は誰だって知っている。ルイス・キャロルが生み出した、世界でいちばん有名なヒロインの名前だ。不思議の国や鏡の国を冒険した彼女は、ジャバウォックの詩とも関係している。

もう一方は、より現実的な女の子だった。オレは尋ねる。

「有る無しの有るに、住むで有住《ありす》？」

「さあ。私は挨拶できなかったから」

「小学校のクラスメイトに、そんな名字の子がいたよ。うちにも遊びにきたことがあるから、愛さんも会ってると思うんだけど」

そう、と愛さんは小さな声でささやく。

「ううん、思い出せないな。今はあまり親しくないの？」

「連絡先も知らないよ。有住が、冬明と？」

「有住さんも、ジャバウォックのことを知っているみたい。ええと、なんだったかな。たしか、激しい議論の結果みたいな」

「昂揚した議論のたまもの？」

「それ。知ってたの？」

「ジャバウォックは、『鏡の国のアリス』に登場する怪物だから」

「つまり、アリスに詳しければ知ってるってこと?」

「たぶん。とても詳しければ」

少なくとも「鏡の国のアリス」には、ジャバウォックの名前の由来は出てこない。一読するだけじゃなくて、もう少し踏み込んであの物語について調べなければわからないことだろうと思う。

スマートフォンから、愛さんが吐く息の音が聞こえた。

「なんだ。その有住さんに話を聞けば、冬明がなにをジャバウォックって呼んでるのかがわかるかもしれないと思ってたのに」

「オレも、冬明と話してみるよ」

「うん。ありがとう」

互いにおやすみと言い合って、通話が切れる。オレはスマートフォンを握ったまま、ベッドに横たわった。

アリス。有住。——オレは胸の中で、またその名前を繰り返す。なんだか夏の日に畳の上で寝転がるような、そのときに匂うクーラーの風のような、悲しいわけじゃないんだけど悲しみに似ている、澄んだ懐かしさがある名前。

本当に、有住なのか?　どうしてあいつが、冬明と?

有住はオレの、「名前を思い出せない初恋の相手」だった。

＊

もう一〇年も前、オレはたしかに有住に恋していた。

小学校の教室で顔を合わせたときの鼓動が速くなる感じや、ほんのささやかな会話がずいぶん刺激的だったことを、今もはっきりと覚えている。オレたちはそれなりに仲が良くて、しばしば休日にもふたりで会った。恋人ではなかったけれど、友達だった。なのに、不思議と、どうしても思い出せないことがある。

ひとつは有住の名前だ。当時の、他の仲が良かった友達はみんなフルネームで思い出せるのに、有住はその名字の先が出てこない。それほど変わった名前ではなかったはずだ。たしかクラスメイトの女の子たちは、下の名前にちなんだあだ名であの子を呼んでいた。なのに、どうしても思い出せない。

もうひとつは、有住との別れだった。小学校の卒業アルバムに、あの子の姿はない。きっとどこかのタイミングで引っ越していったのだと思う。でも具体的なことはひとつも覚えていない。お別れ会をしたとか、さよならを言ったとか、言えなかったとか。そういうエピソードを、まったく思い出せない。

反対に、はっきりと覚えていることもある。

オレは冬明と同じ歳――一〇歳のころにはもう、ジャバウォックを知っていた。それは有住が理由だった。

「読んでみてよ」と有住が本を差し出した。「私はどっちかっていうと、こっちの方が好きかな」

それが、「鏡の国のアリス」だった。

オレは「不思議の国」の方は読んでいたんだけど、「鏡の国」は知らなくて。あの子に言われて初めて読んだんだ。

「ほら。同じアリスだから、なんだか他人事って気がしないんだよ」

そう有住は言っていた。

オレは一時期、昼休みになるたびに、有住から借りた「鏡の国のアリス」を開いた。持って帰ってもいいよと言われていたんだけど、まいにち有住に貸してと頼むのがなんだか楽しくて、少しずつ読んではあの子に返した。

「今日は五六ページからだよ」

なんて風に、有住は言った。

オレは本を返すたび、どこまで読んだのか有住に報告していて、有住の方は翌日、そのページを教えてくれた。オレだって自分で覚えていたけれど、「ああそうか」なんて知らないふりをした。

有住。あの子は、ジャバウォックの正体を知っているんだろうか。

*

九月二二日――水曜日の午後四時に、冬明と電車に乗った。

JRの方が速いんだけど、人混みを避けたくて、並走する私鉄を使った。行き先はとくに決めていなかった。天気が良かったから、部屋の中で過ごすより、どこか空の下を歩きたかった。

車内はよく空いていた。オレたちは横長のシートの片端に腰を下ろした。電車が身震いするように揺れてホームから発車する。オレは冬明に声をかける。

「頭が痛くなったら教えてよ」

うん、と頷いてから、冬明が言った。

「――を覚えてる？」

オレにはその言葉を、上手く聞き取れなかった。

「悪い。なんて？」

「ううん。なんでもない」

「教えてくれよ。気になるだろ」

「なんでもない。ほんとに」

冬明がそんな風に言葉を濁すのは、珍しいことだった。けれど一〇歳にだって、シリアスな悩みや迷いがあるんだろう。オレは「じゃあ話したくなったら教えてよ」と言って、冬明が頷いた。

「さて、どこに行こうか？」

午後四時というのは、微妙な時間だ。夕食には早すぎるけど、これからしっかり遊び回ろうって感じでもない。

冬明は癖毛の重たい頭を傾けて、オレの方を見上げた。

「楓はどこに行きたいの？」

こいつはオレのことを、楓と呼ぶ。昔は「お兄ちゃん」なんて言っていたけれど、いつの間にか楓になっていた。きっかけはもう覚えていない。でもきっと、オレの方からそうして欲しいと頼んだんだろう。だってお兄ちゃんなんて、なんだかくすぐったい感じがするから。

この路線沿いにある主要な施設を思い浮かべて、オレは提案する。

「水族館はどうかな？　何時までやってたっけ」

「もっと早いうちからいかないと、もったいなくない？」

「そっか。イルカショーも、もう終わってるかもしれないもんな」

「うん」

「じゃあ適当に散歩して、夕飯にするか」

それからオレたちは電車の中で、ふたりでよくやる遊びをして過ごした。窓の外を眺めて、目についたものが、どんな成り立ちでそこに在るのかを想像するのだ。それは、即興で短い物語を作るのに似ている。

たとえば畑の中に立つ、大きな看板をオレは指さす。そこには一キロも離れた場所にある喫茶店の広告が載っている。

「あの店のオーナーは、畑の持ち主の息子なんだよ。でも実家に仕送りしようとしても、親父が頑固者で受け取ってもらえないから、じゃあ看板の場所代だって言って、毎月いくらか渡しているんだ」

みんな想像だ。事実なんて、知ったことではない。

オレはこんな風に、目の前の景色から、人間関係を絡めたイメージを膨らませる癖があるようだ。でも同じ看板をみても、冬明の想像はまったく違う。

「あの看板はたぶん、カナダのとても寒い土地で育った、大きなムクノキなんだ。切り倒されて看板になっちゃったけど、この辺りは暖かいから、老後には悪くないかなと思ってる。でも、海が近いのは慣れてないから、潮風がちょっと苦手なんだよ」

なるほど、とオレは言う。カナダのとても寒い土地に、ムクノキは生えるだろうか。わからないけれど、でもオレは冬明の話を聞いているのが好きだ。

こんな風なやり取りを、二つ、三つ続けていると、やがて電車は小さな駅で止まり、間もなくまた発車した。

先のカーブを抜けると、向かいの窓から海がみえた。大きな島がすぐ向こうにある、狭い海だった。空はよく晴れていて、晴れた日の海はいつだって綺麗だ。海面で魚の鱗みたいに複雑に反射する光の上を、小さな船が白い波をたてながら進んでいく。

あの船は、と想像ごっこを続けようとして、でもやめた。今日はせっかく天気が良いのに、冬明に訊きたいことを宙ぶらりんにしたままじゃ、どうにも楽しめないなという気がしていた。

「お前、父さんのことを調べたのか?」

冬明は、オレの質問の意図をつかみかねているようだった。

「調べるって、なにを?」

「なんでもだよ。とにかく、ネットとかで」

「そりゃ、少しは調べたよ」

「そっか」

まあ、そうか。こいつももう一〇歳で、世間では——少なくとも世間の一部では悪者ってことになって自殺した父親に、なんの興味もないってことはないだろう。

オレは、自分から始めた話なのに、どんな風に続きを話せばいいのかわかんなくて、耳の辺りを掻いた。車両の連結部の方に目を向けると、隣の通路が少しずれていて、意外と線路が湾曲してるんだななんて、どうでもいいことを考えた。

冬明の方は、オレを見上げて、我慢強く次の言葉を待っていた。オレは仕方なく、尋ねたかったことをなんの加工もせずに尋ねる。

「ジャバウォックっていうのは、父さんのことからきてるのか？」

ユーザー名「jabberwock」。おそらくは悪意を持って、ＳＮＳで父さんを攻撃したアカウント。でも冬明は眉を寄せてみせた。

「ううん。お父さん？」

「違うのか？」

「違うよ。だって」

とそこで冬明は言葉を途切れさせて、レモンでも噛んだような顔で、しばらく黙り込んだ。オレはじっと耳をすませていた。

やがて冬明が、小さな声で続ける。

「ジャバウォックのことは、楓から聞いたんだよ」

思わず、え、と声が漏れる。オレ？

「オレが言ったのか？　ジャバウォックって怪物が、絵具だとかを盗っちゃうって」

「そうじゃないけど。でも、名前を教えてくれたのは楓だよ」

「つまり、『鏡の国のアリス』に出てくる怪物を、オレが話したってこと？」

「それは知らないけど」

「オレはジャバウォックを、どんな風に話したんだ？」

「だから、怪物だよ。怪物の名前」

考えてみても、ちっとも思い出せない。オレは本当に、冬明にジャバウォックの話なんてしたのだろうか。

「それ、いつのことだよ？」

「わかんない。もうだいぶ前」冬明はまた言葉を止めて、なんだか気持ち悪そうに、両手で何度か自分の額をこすった。「ううん、でも、やっぱり上手く思い出せない。もしかしたらその日が、ジャバウォックに盗まれちゃったのかもしれない」

「まじかよ」

そいつはたいへんだ。ジャバウォックは目にみえるものだけじゃなくって、「ある日」みたいな抽象的なものまで盗んじゃうのか。

「じゃあ、もうどうしようもないな」

「どうかな。たぶん、どうしようもないってことはないと思うんだけど」

「そうなのか？」

「わかんないけど、たぶん」

「つまり、その、盗まれた日を思い出せばいいってことか？」

「思い出すっていうか——」

次の冬明の言葉は、なんだかずいぶん飛躍して聞こえた。

「ジャバウォックっていうのは、コウヨウしたギロンのタマモノなんだよ」

なんだろう。わけがわからない、でも。

そのときにオレがイメージしたのは、ＳＮＳで父さんのことを好き勝手に非難する、いくつものアカウントの羅列だった。昂揚した議論のたまもの。そいつのせいで、悪者ってことになって死んだ――この世界から欠けた父さん。

怪物にジャバウォックと名づけた、ルイス・キャロルのセンスは抜群だ。だってそれこそが、今の世界に唯一実在する怪物なのだから。ＳＮＳなんかで、大勢の人たちが昂揚した議論を交わし、そして誰かを攻撃する。巨大だけど実体がない、怖ろしい怪物。

胸の中に、熱い空気が溜まっていた。

オレはそれをゆっくりと吐き出して、下車する駅を決めた。


それは海岸から一〇〇メートルも離れていない場所にある、大きいとはいえない駅だった。改札も一か所だけの、構内にコンビニもない駅だ。クリーム色の壁とえんじ色の屋根のその建物は、入り口の券売機を別にすれば、そこそこ歴史がある個人営業のレストランみたいにみえた。

駅を出たオレたちは大通りをひとつ渡り、海岸に出た。

九月の後半の海に、人の気配はなかった。あんまり白くもない砂浜に、波が寄せては引いていた。オレたちは並んだ足跡を残して歩きながら、棒切れで砂の上に落書きしたり、石ころを海に投げ込んだりして遊んだ。

やがて、ふたり並んで、波打ち際の岩に腰を下ろす。すぐ足元で、波が泡立つように跳ねた。

「父さんとふたりで、海に行ったことがあるんだよ」とオレは話し始める。「冬明が生まれる二週間くらい前かな。オレがだいたい、今のお前と同じくらいの歳のころだ。ここじゃないんだけど、なんだか似た海だった」

冬明はとくになにも言わずに、狭い海を眺めていた。

かまわずにオレは続ける。

「父さんはオレが生まれた日のことを話したんだ。陣痛は真夜中だったらしい。ちょうど、日づけが変わったばかりで」

父さんの話は、ずいぶん具体的だった。どうやらその夜のことを書いた日記を、何度も読み返したようだ。オレは、父さんに日記をつける習慣があったことさえ知らなかったから、なんだか不思議な感じがした。オレとも父さんともまったく関係ない、遠くの他人の話みたいだった。

「そのとき父さんは、ピーマンの肉詰めを作ってたんだ。真夜中になにをやってんだよって感じだけど、落ち着かなくて、なんでもいいから手を動かしていたかったんだって」

冬明が黒縁の眼鏡の向こうの、くりんとした目をこちらに向ける。

「ピーマンの肉詰め」

その声は妙にシリアスで、口にした言葉とはミスマッチだった。

オレはつい笑う。

「うん。だから、玉ねぎの匂いがする手で病院に電話したんだ。ちょうどみじん切りにしている最中でさ。それからどうにか手を拭いて、さっさと車で病院に向かおうってことになった」

別にこんなの、どうでもいいことなんだけど、でもオレはできるだけ丁寧に記憶を手繰って父さんから聞いた話をなぞった。

これまで父さんのことは、ずいぶん長いあいだ話題には出さなかった。なんだか気まずくて、わざわざ無理をして引っ張り出すことはないと思って。けれど本当は、もっとたくさんこういう話をするべきだったんだろう。ネットを検索すれば出てくる、他人が身勝手に想像した父さんじゃなくて、オレが知っているあの人の話を。

「父さんはまいにち仕事に行くとき、家を出てすぐ先の交差点を左折していたんだ。だから左に曲がるのが癖になっていたんだけど、病院は反対の方だった。右折しないといけなくて、でもオレが生まれるってことでちょっと気が動転していたもんだから、うっかりいつも通りに左に曲がっちゃわないかって、そのことばかり考えていたんだって」

「それで？」

「ちゃんと間違えずに右に曲がれた。そしてオレは問題なく、陣痛から七時間くらいでこの世に出てきた。初産にしちゃ、なかなか優秀なタイムらしい」

ここで話が終わっていれば、綺麗なハッピーエンドだ。そのあとの離婚とか、ネットでバッシングされた父さんの自殺とかがなければ。

「父さんの話じゃ、オレが生まれたときは、意外と嬉しいって感じでもなかったんだってさ。実の息子になにを言ってんだよって話だけど、とにかく不安だったらしい。これからオレを育てるためにちゃんと稼いでいかないといけないとか、オレがきっちり健康体で生まれてくるとは限らないとか、そんなことばかり考えてたんだって。あとは、まだ親になるんだって実感がなくて、そのことにちょっと罪悪感があったって言ってたな」

振り返ってみてもやっぱり、当時はまだ一〇歳だった息子にする話じゃない。できるなら利口に隠していて欲しかった。

喋りながらオレが笑ってみせると、冬明の方も笑った。でもこいつの笑顔は、オレの呆れ笑いとは種類が違うようだった。

「そのころから、楓は信頼されてたんだね」

「うん？」

「つまり、そんな話ができるくらいに、お父さんから」

「ものは言いようだな」

たしかにオレと父さんの関係は、ちょっと特殊だったように思う。別にそんなに珍しい親子ってわけじゃないんだけど、やっぱりちょっとだけ。

その理由はオレが六歳から九歳になる手前まで、期間にすると二年と何か月間か、ふたりきりで暮らしていたことだろう。オレと父さんはもちろん親子で、でもどこかにひと欠けらだけ、共に生活するパートナーみたいな雰囲気があった。つまり小学校に入ったばかりの子供でもできる簡単な家事くらいは、手伝わざるを得ない状況だったわけだから。

「オレが生まれて、多少育って、後ろをついて這いまわったりちょっとは喋ったりするようになって。当たり前に生活している中で、たとえばオレの小さくなったシャツを寄りわけて処分するときなんかに、だんだん父親なんだって実感が湧いてきたらしい。それはまあ、そんなものなのかなって気がするよ」

「うん」

「で、話はお前のことに移り変わる」

というか、一〇年前のここに似た海で、父さんはずっと冬明の話をしていたんだろう。もうすぐ生まれてくるこいつについて、大切な共通認識みたいなものを築きたくって、オレが生まれたときの話をしたんだろう。

「父さんはオレを育てた経験があったから、お前のときは、初めから嬉しかったんだってさ。生まれたばかりの我が子ともう一度生活できるのは、とても幸せなことなんだって言ってたよ」

冬明はなんだか困った風に、鼻の辺りに触れて答えた。

「なんだか、ちょっとずるい気がするな」

「父さんが？」

「違うよ。僕が。楓のときのことが、練習になったわけでしょ？」

「どうかな。オレは、こっちの方が得だって思ってるんだよ」

嘘でも強がりでもなくて、本当に。

あのとき父さんが言いたかったのも、オレの感覚に近いことなんだろう。

「父さんが生まれたばかりのお前と暮らしているのを、オレはすぐ近くでみていたんだよ。なにを褒めて、なにを叱るのかとか、優しさや愛し方だとか。それはたぶん、もう覚えてないだけで、オレも父さんから受け取ったものなんだよ。だから、父さんがお前にしたことは全部、オレのものでもあるんだ」

冬明は、自分が生まれたばかりのころなんて、もう覚えていないだろう。初めて寝返りをうった日や、離乳食のスプーンを撥ね除けてこぼした日を覚えていないだろう。オレだって自分のときは知らないけど、代わりに、冬明のその日を知っている。父さんの顔を近くでみていたから、オレが小さかったころのことだって想像できる。

これはなかなか、素敵なことだ。自分の父親が、ほんの幼い子供をどんな風に受け入れて愛するのか、少し成長してから確認できたっていうのは。

その象徴みたいなひとつを、ふと思い出して、オレはまた口を開く。

「冬明って名前の意味、知ってるか？」

「ううん」

「オレは知ってる。ずっと前から」

父さんと愛さんが、どんなことを考えて、なにを話し合ってその名前に決めたのか、だいたい正確に知っている。

「知りたいか？　お前の名前の成り立ち」

「うん」

オレは少しもったいぶって、冬明の大きくて純粋な目をじっとみつめて、言った。

「実は、なんの意味もないんだ」

冬明はさすがに、驚いたようだった。癖の強い髪を指先で押さえて、「ええ」と小さな声を出した。オレは続ける。

「冬の明け方に生まれたから、冬明。以上、お終い」

「ホントに？」

「本当に。でも、意味がないことに意味があるんだよ」

「わけわかんないよ」

「つまりお前の名前に、なにか願いを込めるようなことはしたくなかったんだって。健康に育ちますようにとか、優しい子になりますようにとか、そんな素敵なことでも、親の希望を子供の名前にすることに、なんだか抵抗があったらしい」

「どうして？」

「自分たちの希望より、お前の方が大事だったからだよ」

オレは冬明って名前が、わりと好きだ。わりと、かなり。そんな風に自分たちの子供を名づけた父さんと愛さんの考え方が、オレにはしっくりくる。

「お前の名前は、決意表明みたいなものなんだよ。お前がどんな人生を歩んだとしても、ちょっとだってにただ愛して育てるんだって意味の。父さんたちがお前に、なにも押しつけず残念だなんて風に思わないように、自分たちの希望はみんな取っ払って、冬の明け方に生まれたって事実だけを名前にしたんだ。お前の全部が、お前自身のものだって、父さんたちは忘れたくなかったんだ」

別にこの話で、冬明を感動させたいわけじゃなかった。

でも「そっか」とつぶやいて、眉をきゅっと寄せた冬明は、瞳を少し湿らせているようだった。もちろんこいつにもたくさんの、父さんや愛さんとの思い出があって、その中のいくつかを刺激したんだろう。

「だから、冬明ってのはなかなか良い名前だと、オレは思うよ。それで、こんな風に子供の名前を決める父さんだったってことを知ってるのは、オレにとってもなかなか良いことなんだ」

勝手に死んだあの人を、あんまり恨まないでいられるくらい、良いことなんだ。

冬明はしばらく沈黙していた。オレも話したいことはもう話し終えて、他にすることもないから波の音を聞いていた。

やがて、冬明は少し掠れた声で言った。

「楓は、どんな意味の名前なの？」

その言葉に、オレは動揺する。自分でも驚くほど深く。急な坂道で足を滑らせたみたいに、首筋のあたりがぞわりとした。

きっと本能的な防衛本能で、無理に強がって答える。

「さあ。そういえば、知らないな」

なぜだろう。

オレは本当に、自分の名前のことを、なにも知らなかった。

＊

空が暗くなる前に、オレたちは海岸から続く駅前の通りにある、小さなホットドッグの専門店に入った。デンマークのどこかの街で生まれ育った男性が、日本人の女性と結婚して開いた店だった。

ここ美味いんだよ、なんて偉そうなことを言いながら、オレたちはほんの小さなテーブルに向かい合って座る。でも美味いのは本当だ。しっかりと噛むと甘みがあるハードなパンも良い。弾けるようなフランクフルト・ソーセージも良い。それから、この辺りじゃ他にはみないホットワインなんてメニューがある。マグカップに注がれた温かな赤ワインにナッツだとかハーブだとかが入っていて、なんだか異国の物語の冒頭に触れたみたいにわくわくする。きっと冬の寒い日に飲めば最高なんだろうけれど、秋口の夜にだって、そう似合わないわけじゃない。

オレたちはふたりで、四種類のホットドッグと、オニオンフライと、チリビーンズがかかったフライドポテトを平らげた。オレはホットワインと瓶入りのビールを飲み、冬明はオレンジジュースを飲んだ。優しい店主は会計のときに、冬明にカントリーマアムをひとつくれた。アルコールに強くないオレは、なんだかふわふわするアスファルトを踏みつけて、すぐそこの駅に向かった。

「もし人混みがつらかったら言ってよ。タクシーを使う」

と冬明に宣言する。大学生は、もちろんあんまり金がないけれど、夏休みに集中してアルバイトに入ったおかげでまったくのすっからかんってほどでもない。オレの気まぐれで冬明を連れ出したわけだから、こいつが「頭が痛い」なんて言ってうずくまるようなことになっちゃいけない。

でもそれは杞憂だった。午後八時なんて、いかにも混み合っていそうな時間なのに、ホームの人影はまばらだ。ベンチで並んで電車を待っているあいだに、オレに寄りかかるようにして、冬明が寝息をたて始めた。こいつはいつも早寝早起きではあるけれど、それにしても午後八時というのは早い。

オレはしばらく、冬明の寝顔をみつめていた。それはひどく無垢な、なんだか息が詰まるような寝顔だった。起こしたくないな。電車を一本見送ろうかな。そんなことを考えているあいだに、足音が近づいて、すぐ隣に誰かが立った。

何気なく、そちらに目を向ける。

長い黒髪の頭に、青いキャップを被った女の子だ。白いシャツにスキニーデニム、足元はハイカットの赤いスニーカー。ここまで走ってきたのだろうか、わずかに息が上がっている。その呼吸の音が聞こえる。

つい顔を眺めそうになったけれど、じろじろみるのは失礼だろう。オレはどうにか視線を落とす。ふいに、その子が言った。

「久しぶり」

それで、どうしようもなくオレは彼女の顔をみつめる。

有住。もちろん記憶よりもずいぶん成長しているけれど、間違いない。オレの、初恋のアリス。

彼女は口早に言った。

「ちょっと急いでるの。向かいのホームで君をみかけて、慌てて走ってきたんだけど、次の電車までにまたあっちに戻りたい。オーケイ？」

呆気にとられたまま、オレはどうにか「オーケイ」と答えた。彼女の説明的な喋り方は、言うべきことを走ってくるあいだに考えていたからだろうか。その想像は、なんだか微笑ましい。

有住が続ける。

「君に会いたかった。できれば、落ち着いて話をしたい。来週の水曜は空いてる？」

「ああ、うん」

オレはあやふやに頷く。本当は、スケジュールまで頭が回っていなかった。アルバイトは月、木、土だから大丈夫。でもなにか、サークルの予定があったかもしれない。まあ、そんなのキャンセルすれば良い。

なんて、オレがつまらないことを考えているあいだに、有住が話を進める。

「よかった。ここにきて」

彼女が差し出したのは、名刺ほどのサイズの紙片だった。左半分に文字が並び、右半分には簡潔な地図が載っていた。

有住はそのまま、向かいのホームに向かってまた駆け出していきそうだった。オレは混乱した頭で、どうにか言葉を捻り出す。

「待って。君は、ジャバウォックを知ってるのか？」

それは、久しぶりに再会した初恋の女の子に、最初にするべき質問ではなかった。常識がなくて、ずいぶんいろんな説明をすっ飛ばしている。

でも有住の方は、ごく自然な日常会話みたいに答える。

「もちろん。だって私は、ジャバウォックに名前を盗まれたんだから」

その言葉の意味を、咄嗟には理解できなかった。チョロQが走り出す前の、後ろにぎいぎいとタイヤを巻くような時間のあとで、背筋を冷たいものが走った。

――有住。

どうしてもその続きを思い出せない、名前のないアリス。

じゃあねと言い残して、彼女が駆け出す。

オレはそのあとを追いたかった。彼女が時計を持った白うさぎみたいに、慌ててどこかに向かうなら、それについていきたかった。けれど片腕に寄りかかる冬明の熱がオレの動きを遮って、そのあいだに有住は階段を駆け上る。

身動きが取れないまま、オレは有住の後ろ姿をみつめる。ハイカットの赤いスニーカーが視界から消えて、そのあと、足元がぐらりと揺らいだような気がした。

ウサギの穴に落っこちた、不思議の国のアリスみたいに。

ジャバウォックがオレの常識を侵食し、異世界へと連れていく。

5話　指輪を差し出した彼と、私は二年後に結婚する——三好愛

夜に入るお風呂は作業だけど、明るいうちに入るお風呂は娯楽だと思う。

仕事の都合で出社が遅くなった金曜日——それはつまり、帰宅が遅くなるという意味でもある——私は浴槽に少なめに湯を張り、家を出るまでの入浴を楽しんだ。

キッチンの流しにはもう洗い物はなく、冷蔵庫には夕食の用意までできている。リビングもひと通り片付き、今はロボット掃除機が騒々しい音をたててうろちょろとしている。高望み——二か月後に切れる車検の見積もりを取りたいとか、できればそろそろ玄関の掃き掃除をしたいとか、そういうこと——を気にしなければ、久しぶりに完璧な午前中だった。

いちばんの理由は、冬明の調子が良いことだ。今週——九月の第四週は、一日も休まずに学校に通っている。冬明の生活が安定すると私の生活も安定する。結果的には、火曜に学校を訪ねたのがよかった。あれからほどなく、カウンセラーの小野田先生が、冬明と話をしてくれたようだ。

——ジャバウォックのことは、おそらく一過性のものでしょう。しっかり冬明くんの話を聞いてあげることが重要ですが、あまり気にしなくても大丈夫ですよ。

と小野田先生から連絡を受けていた。

湯で濡れた両手で首筋の辺りを揉みながら、決める。

ジャバウォックについて、いちいち不安になるのはやめよう。いつかあの子が言うジャバウォックの正体を理解できる日に期待して、今はもっと目先のことで頭を悩ませよう。

よし、とひとりつぶやいて、浴槽の中で立ち上がる。さあ、仕事だ。

排水のボタンを押して、洗面所に出た。バスタオルで大雑把に身体を拭いてから、ドライヤーの前に指輪をつける。

英哉さんとの結婚指輪ではない。そちらは、クローゼットの奥深くに眠っている。

私の中指にぴったりとはまるその指輪は、自分で購入したものだけど、結婚指輪以上にあの人との思い出だ。

若いころの私は、なかなかにひねくれていたようだ。皆がハリー・ポッターで盛り上がっていたころ、私はサリンジャーとチャンドラーを愛読し、アイドルグループが歌うバラードがベストヒットになる横で古くさいロックンロールばかりを聴いて一〇代を過ごした。指輪を買ったのは、その余波が抜けきらない二四歳のころだったから、まさかティファニーを選ぶなんて思ってもみなかった。当時はまだ付き合いがあった、大学のころの友人たちは誰ひとりとして聞いたこともないようなメーカーを求めていた。でもひと目見てぴんときたのがティファニーだったものだから、私は潔く有名ブランドへの敗北を認めた。

その指輪には、宝石がついていなかった。ホワイトゴールドのごく細いもので、シンプルだからこそデザインの良さが際立っていた。真円を磨き上げて輪郭を鋭利にしたような指輪だ。どうやらマリッジリングとしてデザインされたものらしいけれど、ひとりで買ってはいけないということもないだろう。

私が指輪を求めたのは、ある種の反抗だった。

——指輪は母親から貰うか、男性からプレゼントされるものです。

と私の母は言っていた。でも私と母の仲はずいぶん険悪だったし、そのころはまだ指輪をプレゼントしてくれる男性の当てもなかった。別に指輪が、どうしても必要だったわけではない。もちろんなければないでいい。でも誰かから与えられるまでそれを身につけずに生活しているのは、母の言葉に縛られているようで気持ちが悪かった。今思えば、そんな動機で指輪を買う方がよほど母に縛られているのだから、苦笑してしまうけれど。

私がその指輪を失くしたのは、購入から二週間後のことだった。

当時私はハウスメーカーに勤め、住宅展示場で案内係をしていた。海辺にある住宅展示場で見晴らしが良いのが利点なのだけど、市街地からは少し離れているから昼食のバリエーションがあまりないのが不満だった。

私は昼休みになると、コンビニで買ったサンドウィッチなんかを持って、海辺の公園のベンチでランチを摂った。夏の二か月間ほどを別にすれば、平日の真昼の海にいるのは散歩をする親子連れくらいで心地が良かった。

五月のその日、私はいつも通りにランチを終えて、住宅展示場までの帰り道に砂浜を歩くことにした。なんとなく波打ち際に近づいてみたくなったのだ。パンプスと砂浜は明らかに取り合わせが悪いけれど、別に走り回るわけじゃない。

でも、歩きながら軽くストレッチをしたのが悪かった。肩を回したとき、指先からリングが抜ける、ぞわりとした感覚があった。

初めは、「ああ。やっちゃったな」というくらいの気持ちだった。それほど大げさな動きをしたわけでもないのだから、落ちたのはすぐ近くだろう。間もなくみつかると甘く考えていたのだけど、うつむいて辺りを歩きまわってもどこにもない。砂の中に埋まっているのだろうか？　砂浜に落とした指輪は埋まるものなのか？

　こちらは接客業をしているから、パンツを汚すのは抵抗があった。その日は濃紺色のスーツで、砂の汚れはよく目立ちそうだった。けれど濡れたタオルで叩けばどうにかなると信じて、私は砂浜に両膝を突いた。少し背伸びした値段の指輪を選んでいたから、簡単には諦められなかった。

　五分ほどだろうか、そうしていると声をかけられた。

「落とし物ですか？」

　振り返るとそこに、ひとりの男性が立っていた。

　身長は、一八〇を少し超えるくらいだろうか。ひょろりとした印象の男性だ。私は彼をみたことがあった。住宅展示場に何度か来ており、おそらく同業者なのだろう。切れ長の目と乱雑に伸びた髪から、芸術家肌というか、気難しげな印象を受けていた。

　砂浜に両膝を突いたまま、私は答えた。

「はい。指輪を」

「それはたいへんですね」

　その声は、なんだかのんびりしており、まったくたいへんそうには聞こえなかった。彼は「どんな指輪ですか？」と言いながら、私と同じように砂浜に跪《ひざまず》いた。

「あの。大丈夫です。そんなにたいしたものでもないし」

「でもみつからないと気持ち悪いでしょう？」

「それは、まあ。お時間は大丈夫なんですか？」

「ちょうど昼休みなので。それにこのあとは、会社に帰るだけですから」

「じゃあ――」

私は指輪の説明をした。立ち上がり、指輪を失くしたときに立っていた場所や身振りを再現したりもした。思い返してみれば必要もないのに、それは自分で、二週間前に買ったばかりのものなのだということも話した。

ふたりで懸命に捜したけれど、指輪はみつからなかった。先にタイムリミットが来たのは私の方だった。昼休みの終わりまであと五分というところで、私は指輪捜しを切り上げることにした。

「ありがとうございました。ごめんなさい、時間がないので、これで」

そう頭を下げる私に、彼はやっぱり、のんびりとした声で「そうですか」と答えた。

私はけっきょく、住宅展示場まで走り、パンプスはもう砂まみれだった。


その日は平日だったものだから、住宅展示場の客は少なかった。私は平静を装いながらも、頭の中は失くした指輪でいっぱいで、空いた時間に「金属探知機　レンタル」と検索してみたりもした。

ひょろりとした彼が私の元に現れたのは、一時間ほどあとのことだ。

「ありましたよ」

なんでもない風にそう言いながら、彼は指輪を差し出した。

私は、もちろん嬉しかったのだけど、それ以上に驚いていた。

「ずっと捜していたんですか?」

「なんだか大勢集まっちゃって、帰るに帰れなくて」

「それは申し訳ありませんでした」

「いえ。良い気分転換になりました。アイデアも浮かんだし」

とても素敵なデザインですね、お大事に。そう言って彼は、私の前から立ち去った。

この流れで「お大事に」というのは誤用ではないだろうか、なんてつまらないことが気になって、私はひとり苦笑していた。

あの日、指輪を差し出した彼と、二年後に私は結婚する。

戻ってきた指輪を左手の中指にはめたときにはもう、その可能性を想像していたように思う。それがごくささやかな可能性だったとしても。

＊

楽しく愉快なお仕事の、目下の目標はオオゾウさん一家との成約だった。大沢、と書いてオオゾウ。ご希望の小学校区で売りに出されている土地のリストを職場のデスクで眺めて、私は眉根を寄せていた。

「あのへんは、安くはないねぇ」と、隣のデスクの園田さんが言った。「土地代で二〇〇〇万を切るのは、ちょっと難しいんじゃない?」

私は土地のリストを機械的にめくりながら答えた。

「北の方だと価格が下がるみたいですが――」

「小学校からはちょっと離れちゃうよ。大丈夫？」

「大事なのはあくまで学区で、通学時間はそこそこかかっても、歩くのは健康に良さそうだから気にならないって」

「そう。たしかにあっちは、土地自体は安めだけどね」

ずず、と音をたてて、園田さんがホットコーヒーをすする。

「やっぱり、けっきょく高くつきますか」

「あのへんは、傾斜が強いからねぇ」

話題にしている「北の方」の地域では、山の裾野に同じような造りの家が並んでいる。道路沿いはたいてい掘り込み式の車庫になっていて、脇にある階段を何メートルか上ると家が建つ土地がある、という造りだ。

この手の土地であれば、大沢さんの希望の学区で、価格を抑えた物件が出ていた。充分な広さがある土地が古家付きで一二〇〇万。上辺だけをみると、とてもお買い得だ。

私はプリントアウトしたその土地情報を、園田さんに向けて尋ねる。

「これ、実際はどれくらいかかると思いますか？」

園田さんは、こちらにちらりと視線を向けて答える。

「車庫と階段次第だねぇ。そのまま使えるなら、プラス四〇〇万ってとこ」

やっぱり。道路との高低差がある土地には、いくつか「金がかかるポイント」がある。

まず純粋に工事がたいへんだ。そのままでは重機が土地までたどり着けないから、クレーン車で吊るして上げるか、それも難しければ手作業でということになる。次に、道路の反対側が山の斜面になっていることでも金がかかる。崖崩れに備えなければならないと条例で決まっていて、コンクリートの防壁を作るか、家屋自体の崖に面する箇所をコンクリート製にする必要がある。それから、地面自体の強度も気になる点だ。新たな家を建てるには地盤調査をクリアしなければならないけれど、斜面を切り崩してできた土地は改良が必要なことが多い。家を建てられない、というわけではないのだけど、新たな家屋の下に強い地盤まで届く「脚」を用意する——つまり、太くて長い鉄骨みたいな杭を何本も突き刺して安定させなければならず、この工事だけでも一〇〇万ほどかかる。外に階段なんかがあるぶん、外構工事の費用も増えるから、地価の印象よりもずいぶん高い買い物になる。

でも、ここまでであれば悪くはない。地価一二〇〇万にプラス四〇〇万であれば、大沢さんの予算に収まる値段だ。問題はやはり、掘り込み式の車庫の存在だった。道路に面し、土地にめり込んでいるコンクリート製のそれは、「使えないから」と言って取っ払ってしまうわけにもいかない。

「これ、作り直したらいくらかかります?」

「見積もりを取らないとなんともだけど、あんまり現実的な金額じゃないね」

「ちょっと修繕するだけで済むなら、ずいぶんお安いですよね?」

「うん。でも、あのへんの家は築年数が四、五〇年ってとこだからねぇ」

「やっぱり厳しいですよね」

時間経過が問題、というわけではない。強固なコンクリートの建造物は一〇〇年だって平気で持つ。問題は、五〇年前と今では家を建てる上でのルールが大きく違う点だ。当時は今に比べると、ずいぶん大らかに家を建てられたものだから、現在の安全基準をクリアしていないこともよくある。

「シンプルに家を建てられない土地は、つまずきやすいからあんまりお勧めしないね」

と、園田さんは言った。

でもこの手の土地を除外すると、大沢さん一家の希望に沿う価格で家を建てるのはずいぶん難しくなる。

とりあえず、土地の調査をしてみるしかないだろう。意外な掘り出し物という可能性だってゼロではない。その土地を扱っている不動産屋とは親しくしているから、手早く状態を調べられるはずだ。掘り込み式の車庫さえまともであれば、魅力的な提案ができる。そう考えていると、園田さんが言った。

「ご希望は、小学校区だけだっけ?」

「まず小学校区ですが、見晴らしが良い家とも聞いています」

「見晴らしねぇ。そういえば、うちのグループがそこの小学校区で土地を買ったみたいだよ。前は市営の団地が三つも建ってた、丘の上の優等生」

大きな建造物があった土地は、それだけ強い地盤を期待できる。団地跡であれば取り壊しも整地も業者が行うはずで、たしかにスムーズに家を建てられる。

「分譲ですか?」

「うん。三〇戸規模になると思う」

「価格は?」

「まだ決まってないみたい。だから話が下りてきてないんだよ。でも、たぶん二二〇〇万からってとこに落ち着くんじゃないかな」

それでは高すぎる。けれど「地盤が強い丘の上の土地」というのは良い。現地に行ってみなければわからないけれど、見晴らしには期待できそうだ。

うちのグループが扱う土地には、まず間違いなく建築条件がついている。つまり値段をやや抑える代わりに、「必ずうちで家を建ててもらいます」という約束を交わして土地を売るのだ。土地に魅力があれば、それだけで大沢さん一家の話はまとまるかもしれない。

「ありがとうございます。提案に加えてみます」

園田さんにそう微笑むと、彼は照れた風に少し笑って、またコーヒーをすすった。


九月二五日の土曜日に、再び大沢さんに会った。

旦那さんは子供ふたりの遊び相手をしているそうで、打ち合わせにやってきたのは奥さん――佐代里さんひとりだけだった。その日はご要望に合わせて作った二パターンの設計図を彼女にみてもらい、感想をあれこれと訊き出して、それから見繕った土地にふたりで向かった。

この、お客様と一緒に車に乗って、あれこれと土地をみて回る時間が好きだ。なんだか純粋に、わくわくするから。前の建物が取り壊されて新品の更地になったところに、これからどんな家が建つのだろうと考えるのも良い。古い家がまだ残る土地をみて、この場所がどんな風に生まれ変わるのだろうと想像するのも良い。玄関はここで、そこにリビングがあって――なんて話はままごと遊びみたいだけど、でもいずれ現実になるかもしれないのだから夢にあふれている。

その日、私が佐代里さんを案内した土地は、三つだった。

ひとつ目は希望の学区ではないけれど、この一〇年ほどで急速に住宅用地が広がり、若い夫婦が次々に家を建てている地域だ。大沢さん一家の希望には「駅近く」や「南向き」といった土地の価格が上がる条件がなかった。移動の中心は自家用車ということだったので、駅はやや遠いけれど静かで購入しやすい価格の土地を選んだ。

「この辺りはさいきん市外から移り住んだ方が多いんです。ご希望の学区ではありませんが、若いご夫婦には教育熱心な方が多いので、小学校も評判が良いですよ」

私の説明に、「なるほど」と佐代里さんは答えた。でも、あまり気のない様子だった。やはり小学校区へのこだわりは強いのだろう。

ふたつ目は、ご希望の学区の片端――傾斜の強い地域にある、掘り込み車庫付きの古家がある土地だ。園田さんがコーヒーをすすりながら言っていた通り、一般的にはお客様に勧めやすい土地ではない。でも「傾斜の強い地域」というのは、言い方を変えれば「見晴らしの良い地域」ということになる。だから、大沢さん一家には興味を持っていただけるかもしれない。

掘り込み式の車庫のシャッターは電動式のものだったけれど、ずいぶん古びていた。スイッチを入れると、ずずず、ずずずずといかにも調子の悪そうな音をたてながら、ゆっくりとシャッターが開いた。車庫はずいぶん広い。コンクリート製の天井を見上げると、いくつかクラックができている。

だが佐代里さんは、その車庫の広さが気に入ったようだった。自動車を二台止めて、自転車も四、五台並べて、それでも余ったスペースに棚を設置して簡単な収納スペースにできるくらいの大きさだ。

「土間って便利だって聞いたから」

と佐代里さんは言う。たしかに土間――玄関回りに土足で入れる収納部屋を作るのは、トレンドのひとつだ。とくにアウトドアの趣味がある方や、男の子がいる家庭に評判が良い。外で汚れたものを、一切家に上げずに管理できるのが魅力だ。

車庫を出て、外階段を使って古家がある土地に上りながら、私は言った。

「実は、この土地は、あまりお勧めしません」

「どうしてですか?」

「先ほどの車庫、建築時の資料が残っていないんです」

調べてみたけれどみつからなかった。

古い家では、しばしばこういうことがある。家は建て替えるけれど、車庫は現在のものを改装して――というのがこの土地で大沢さん一家の予算に収める条件だけど、資料がなければこのまま車庫を使うのは難しい。

「作り変えるとなると、かなりの高額ですか?」

「そうですね。大きな車庫ですから、そのぶん」

古家は、ずいぶん埃っぽかった。マスクをしていてもくしゃみが出た。荷物もあまり整理されておらず、古い新聞や、中身がわからない段ボールや、額に入った写真なんかが残されていた。それでも二階の錆びついた窓を強引に開いた先の景色は、やっぱり空が広くて気持ちよかった。

鳥が飛ぶのを目で追いながら、私は言った。

「この土地で家を建てられないか、調査を進めることはもちろんできます。でも、どちらかといえばサンプルのひとつのつもりでご案内しました。この辺りでは、掘り込み車庫付きの土地が出やすいですし、もっと安心して買える物件がみつかるかもしれません」

わかりました、と佐代里さんが答えた。

最後の土地は、園田さんから聞いた分譲予定地だ。今はまだなにもない、ただ広いグラウンドみたいな更地が広がっている。

「少し高い土地なので、予算には収まらないと思います」

と私は言った。

だが佐代里さんは、なにも答えずに、土地の向こうをみつめていた。

予算をオーバーするとわかっていても、私がこの土地を紹介した理由はシンプルだ。私自身も初めてこの土地をみたときに、一瞬、立ち尽くしたから。

丘の上の土地だ、と聞いてはいた。たしかに南側はなだらかな丘になっている。でも北側は、崖と言った方が正確だろう。下の土地まで二〇メートルほどもある、高くて急な崖だった。

もともとは市営団地が建っていたのだから、その土地は平らで、広い。そしてその広い土地が唐突に崖にぶつかって、まっすぐ空に繋がっている。下方にみえる街並みと遠くの山のほかは、視界いっぱいが空で埋まる。

「あの崖沿いには、桜の木が植わっていたと聞いています。でも、展望のためにすべて伐採してしまったみたいです」

この土地は、私もこれまで扱ったことがない種類のものだった。通常、展望の良い土地は斜面にあり、家を建てるのが難しい。平たい土地は周囲に家々が建ち並んでいる。でもここはどちらでもない。家を建てやすい土地でありながら高層マンションのような景観を得られる、丘の上の優等生。

佐代里さんはまだ、じっと空を眺めていた。

「どれくらい、予算をオーバーしますか？」

「おそらく、五〇〇万ほど」

この分譲地の売り出し価格は、園田さんから聞いた通り、一区画あたり二二〇〇万ほどになる予定だ。そして、値引きされることはまずないだろう。ひと目みただけで、すぐに売れる種類の土地だとわかる。

「考えてみます」

と、佐代里さんは言った。

＊

楓は私の仕事の話を、ずいぶん楽しそうに聞いてくれる。親の仕事なんて面白くない話題だろうと思うけれど、無理に合わせている感じでもない。

「土地を選ぶって、なんかすごいよね」と楓は言った。「どこを選んでも、呪いみたいなのを引き受けないといけない気がする」

九月の最後の日曜日、午後九時に私たちは、リビングのキッチンで向かい合っていた。私はスミノフアイスを飲み、楓はビールを飲む。互いにほんの少しずつ。

「呪い？　地縛霊みたいなやつ？」

「いるの？」

「オレは、前のマンションがわりと好きだったな」

缶ビールを傾ける楓は、口元に優しい笑みを浮かべている。

か、そういうのを。

いた。日当たりの良いリビングとか、部屋から出てきた子供の顔がみえる吹き抜けの階段と

は未来のパートナーと子供たちだったけれど、舞台となる家の風景もあれこれと思い描いて

両親のことが嫌いで、ないものねだりみたいに、理想の家庭を想像した。その想像の主役

れなくて」

「うん。あんまりポジティブな理由じゃないけどね。なんだか自分の家を、上手く好きにな

「そうなの？」

「私が工務店の営業をしているのも、生まれた家の影響だと思うよ」

抜くわけにはいかない。

まれる場所を作るということだ。だから私は自分の仕事を愛しているし、あらゆる点で手を

もの、思い出と安らぎと——楓の言葉を借りるなら、「習慣だとか哲学みたいなもの」が育

家を建てるというのは、ひとつの家庭の基盤を作るということだ。これから先、何十年間

それはもちろん、そうだろう。

習慣だとか哲学みたいなものも、暮らしている場所で変わるんじゃないかな」

「うん。思い出もそうだし、お隣さんもそうだし、たぶん本当はもっと。生きていく上での

「選んだ土地で？」

「そういうのじゃなくても、なんにせよ人生が変わっちゃうわけでしょ？」

「私はみたことないけど」

「そう」

「小学校が近かったから、チャイムや校内放送なんかが聞こえたでしょ？　あれはよかった」

「間取りより校内放送なの？」

「印象に残ってるのはそっちかな。なんだか、小学校の音って笑っちゃうんだよ。なんにも面白くはないんだけど、穏やかな感じがして」

「わかるよ」

　学校に近すぎる土地は、どちらかというとデメリットとして扱われやすい。騒音問題に繋がるから。けれど私は、すべての騒音が悪だとは思わない。夜中にひっきりなしにトラックが通る道沿いでは暮らしたくないけれど、夕方に小学生たちの騒ぎ声が聞こえるくらいなら、私にとってはむしろプラス評価だ。人によって最適な土地は違う。

　以前暮らしていたマンションの思い出を語る楓は、これまでとなにも違わないようにみえた。優しく、朗らかに微笑んでいた。でも、この子も私の息子だから、やはり察するものはある。楓はなんだか無理をしているようだった。

　だいたいこの子はずっと無理をしている。私たちが初めて顔を合わせたときから、ずっと。楓は無理を隠すのが上手だけど、それはただ隠しているだけで、本当はもしかしたら冬明よりも繊細なのかもしれない。注意深く、思いやりがあり、少しだけネガティブ。そしてそんな自分を隠すために明るく振舞う。

　——英哉さんのことを、思い出しているのだろうか。

　私はそう予感する。「前のマンション」とはつまり、あの人と一緒に暮らしていた家だから。私はスミノフアイスに口をつける。

「お父さんも、同じようなことを言ってたよ。ここは聞こえてくる音が良いって」

私の方から英哉さんの話題を出したことで、楓は少し安心したようだった。

「冬明はたぶん、そういう話を聞きたいんじゃないかな」

「そういう?」

「つまり、父さんのことを。これまではあの人の話を避けてきたから」

「かもね」

「オレは別に、冬明に父親が必要だって思ってるわけじゃないんだよ。オレだって母親がいなかったけど、別に不満はなかったから。父さんとふたりで暮らしていたころも、まいにち楽しかった」

私は返事に困ってしまって、曖昧に頷く。

実のところ、楓と家族の話をするのは、少しだけ苦手だ。なんだか罪の意識に似たものがあるから。

楓も私の息子なのだ——と本当に信じている。でも実際には、どうしても冬明の方を優先してしまう。それは純粋に、楓の方が一〇歳も年上だから、というだけの理由なのかもしれない。一方で、血の繋がりみたいなものが関係していないとも言い切れない。事実として冬明は私が産んだ子で、楓はそうではない。

過去を振り返れば、私は冬明より、楓の方にいっそう注意深く接するべきだったのかもしれない。小学一年生で両親が離婚し、高校一年生で父親がひどいバッシングを受けて自死を選んでいるこの子が、どれほど傷ついたかわからない。

英哉さんの件は、当時五歳だった冬明より、一五歳だった楓の方がずっと深刻に受け取ったはずだ。あのころから、楓はいっそう優しくなった。私に繊細に気を遣うようになった。そして、この子とのあいだに壁を感じるようになった。

以前の楓は、私や冬明のことを家族として受け入れようとしていたはずだ。少なくとも冬明が自分の弟だということには、抵抗がないようだった。でも英哉さんを亡くしてから、楓は冬明を「友達だ」と言い始めた。家族というものから距離を取りたがっているようだった。

私は瓶に三分の一ほど残っていたスミノフアイスを、ひと息に飲み干す。アルコールの力を借りて、尋ねた。

「私は、楓のお母さんになれたのかな？」

この質問には、さすがに楓も困った様子だった。ぴくんと眉を動かして、缶ビールをテーブルに置いた。

「それ、大事なこと？」

「私にとっては」

「そう」

楓はしばらく難しい顔のまま考え込んで、それからふっと照れたように笑った。

「愛さんは、良い人だと思う。なんていうか、素直に尊敬できる人だよ。父さんの結婚相手が愛さんでよかったし、冬明の母親が愛さんでよかった」

「ありがとう。それで？」

「うん。でも正直、オレには母親っていうのがよくわかんないんだよ。別にそういうのには、こだわらなくてもいいいと思ってるから」

「親とか、親じゃないとか」

「生まれたときから決まってるものより、あとから自分で選び取った関係の方が、意味があるんじゃないかな。だからオレは、愛さんを恩人だと思ってるよ。オレを育てて、いろんな知識や考え方なんかをくれた人」

楓が言いたいことは、理屈としてよくわかる。この素敵な青年に恩人と呼ばれる嬉しさだってある。でも私は、この子の母親になりたいのだ。

「家族の関係だって、別に無意味ではないよ」

「うん。もちろん」

「私は貴方と、良い親子になれる気がしてるんだよ」

ずっと。初めて顔を合わせた日から。

楓はなにも答えなかった。困った風に笑っているだけだった。その表情で、まるで、告白をして振られたような気持ちになる。「君は良い人だと思うけれど友達でいよう」と言われたみたいな。

でも、本当にただ振られたのであれば諦めもつくけれど、これはそんな話じゃない。少なくとも私にとって、親子というのは諦めて終わりにできる関係ではない。

「ねぇ、楓」ずっと気になっていたことを、私は尋ねる。「貴方は冬明に優しくしてくれるけど、それはあの子が家族だからじゃないの？」

だって、他の理由がみあたらない。

二〇歳の大学生が、一〇歳の少年にいつも優しくて、あの子の将来のことまで考えて、しっかりと導こうとしてくれる理由が他にはない。楓は冬明を友達と呼びながら、常に理想的な兄であり続けようとしている。

楓は再び缶ビールをつかんで、でも口はつけずに言った。

「愛さん、酔ってる?」

それはこの子の年相応に、幼い言葉に思えた。面倒な話題からとりあえず距離を取ろうとしているように。

「多少は。でも、それは関係ない。私だって、貴方の心配をしても良いでしょ?」

「できるだけ愛さんには心配をかけないようにやってるっていうのが、オレのささやかなプライドなんだけどね」

「それが心配なんだよ。心配をかけないようにするのが」

どうしたところで、親は子の心配をするものなのだろう。楓みたいに、いかにも「オレは大丈夫」という風に振舞っている子だって。本当はもっと、根掘り葉掘り楓のことを尋ねたいんだ。将来の進路も、交友関係や恋人なんかも。思うままに口にすると煙たがられるだろうから踏みとどまっているけれど、親は子のすべてを知りたいものだ。それはつまり、心配だから。

楓はしばらくこちらの顔をみつめていたけれど、それから、柔らかに笑った。

「愛さんの仕事が順調そうでよかった」

「うん?」

「前からそうでしょ。仕事が上手くいっていると、オレにも口出ししたがるから」

やはりこの子はするすると、私の質問から逃げていく。私は小さなため息をついて、楓のことを詮索するのを諦めた。

大枠では、楓の言う通りだ。私は心のリズムを、仕事でとる癖がある。順序としてはまず冬明のことがあり、あの子が心配で仕事に集中できないあいだは、なにもかもが上手くいかない。私はとても気弱になってしまう。でも、ある程度冬明の問題に目途がたち、仕事にのめり込めるようになると、ぐっと気持ちが軽くなる。

優しく微笑んで、楓は言った。

「愛さんが、元気そうでよかったよ。最近は冬明の調子が良いのも、そのおかげなんじゃないかな」

うん。そうなのかもしれない。私の調子が冬明に左右されるように、冬明の調子も私に左右されるのだろう。だから今は良い循環の中にいる。けれどその循環に、楓は含まれていないのだろうか。

「そうね。よかった」

と私は答えた。その言葉は敗北宣言のようで、けっきょく楓は、自分のことをなにも話さないままだった。

6話　アリスと図書館――牧野楓

九月二七日――その月曜日、午前一〇時のボックスにいるのは、相変わらずオレと千守遼だけだった。

千守は左手で頬杖をついて、いつもの感情的ではない目でオレをみていた。彼は秒針が進むのと同じくらいのリズムで、右手の人差し指で長机を叩いた。でも爪は当てていなかったから、音は聞こえなかった。

「先週の水曜に、小学校のころの友達に会ったんだよ」とオレは言った。「その子は、ジャバウォックに名前を盗まれたらしい」

千守が一度だけ、爪をかつんと長机に当てる。

「どういう意味?」

「わからないよ。ちょっと会っただけなんだ。ともかくオレはその子の、名字の方は覚えてるんだけど、下の名前をどうしても思い出せない」

「本当に?」

「本当に」

千守はしばらく、口をつぐんで考え込んでいた。けれどやがて、大げさな動作で首をふってみせた。

「いや。でも、それは生活が成立しないでしょ。名前がないなら、戸籍もなくなってるんじゃないの?」

まったくだ。現代社会で、名前を失くして生きていくのはひどく難しい。

「でも、有住の話がまったくの嘘だとも思えないんだよ」

「アリス?」

「その友達。有る無しの有るに、住むで有住」

「都合よく、ジャバウォックとリンクする名前だね」

「だよな。でも、それはまあいい。実は当時の友達に連絡を取って、有住のことを訊いてみた」

ひとりでも有住の名前を覚えていたなら、あいつの話は嘘ってことになる。それでも不思議な点は残る——名前を盗まれたというのが有住の嘘だとしても、そんな嘘をつく理由がわからない——けれど、ジャバウォックなんて奇妙なものを信じる根拠はなくなる。

それで? と千守に促されて、オレは続きを話す。

「けっきょく誰も、有住の名前を覚えていなかったよ。連絡を取ったのは五人で、そのうちの四人は、そもそも有住がいたことも忘れていた」

五人中四人が同じ反応だった。——そんな子、いたかな? 残りのひとりはオレと同じで、有住の名字だけを覚えていた。

オレはじっと、千守の顔を覗き込む。

「これは、どれくらい不思議なことだと思う?」

二〇歳のオレが、小学生のころのクラスメイトの名前を忘れているのは、なんにも不思議じゃないだろう。それが初恋の相手だとしても、まあそんなもんかってだけの話だろう。でもクラスメイトの多くが、彼女の存在自体を忘れているのはなぜだろう？　だれひとりとして名前を覚えていないのはなぜだろう？　これは、奇妙な怪物の存在を信じなければならないほどに不思議なことだろうか。

千守はまた人差し指の爪を長机に当てる。

「判断がつかないね。五人？　データが少なすぎる」

まったくその通りだ。けれど五人だって、オレとしてはずいぶん頑張った人数だ。高校一年で父さんが死に、直後にオレは引っ越ししている。そのとき、かつての友人たちとはほとんど縁を切っていた。

「何人集めれば納得できる？」

オレが尋ねると、千守はすぐに首を振る。

「いや。ごめん、人数の問題じゃない。でも、なんにせよ情報が足りない。有住さんの今の連絡先を調べてみたら？」

「それは調べるまでもない。この水曜に会う約束をしている」

「へえ。ずいぶん面白いことになってるね」

名前のないアリス。その話は、本当なのだろうか。

どれだけ調査を続けても、オレにはジャバウォックなんてものの実在を信じられる気がしなかった。けれど、他の納得のいく答えもみつからない。有住の話が嘘だったとして、その嘘に小学校のころの同級生たちが手を貸す理由なんてあるだろうか。

千守はうつむいて額を押さえ、しばらく考え込んでいた。その姿勢のまま、言った。

「ふたつ、推測がある」

「お前は探偵みたいだな」

「探偵は――まあ、たいていのフィクションの探偵は、根拠のない推測をぺらぺらと喋ったりしないよ」

「そっか。たしかにそんなイメージあるな」

「まず、現実的な推測。そもそも有住なんて名前の女の子はいない」

「それ現実的か？」

だって、たしかにオレの記憶の中に有住はいる。そして先週の水曜日、本人が目の前に現れた。

千守は、言葉のリズムを一切崩すことなく続ける。

「たとえば有住っていうのは、あだ名だったのかもしれない。クラスの中でも狭い交友関係の中だけで使われていたあだ名。だからそもそも、その続きがない。あだ名を知らない人に有住さんのことを尋ねても、そんな子はいなかったって話になる」

「なるほどな」

なかなか説得力がある。小学生のあだ名にわざわざ漢字表記を用意するのは違和感があるけれど、謎の怪物が名前を盗んでいくよりはずっと現実的だ。

ふたつ目の推測は？　とオレは尋ねた。

頷きもせず、千守が答える。

「ふたつ目は、もちろん、ジャバウォックが実在する場合」

「ああ。嘘みたいでも」

「うん。嘘みたいでも冬明くんや、有住さんの話がみんな本当だった場合。これは、ずいぶんやばい話だってことになる」

「人の名前まで盗んでいくんだからな」

「それだけじゃない。絵具のことを思い出してよ。ジャバウォックが紫色の絵具を盗んだのが事実だとすれば、なにが起きてる？」

「絵具セットから、紫が消えた。そしてオレや愛さんが、紫色の絵具がセットに入っていたことを忘れた」

「それだけ？」

「他にあるか？」

「ある。きっと。ケースの形が変わっているはずだよ。そうじゃなければ、整合性が取れない」

そうだ。たしかに紫色が消えただけなら、ケースに一本ぶんのスペースが余るはずだ。オレたちが紫色を忘れただけなら、「はじめから謎のスペースがある、不自然な絵具セットだ」って認識にならないとおかしい。けれど実際には、冬明の絵具セットになくなった色のスペースはない。

本人は否定したけれど、やはり探偵のように千守が言った。

「絵具セットの形状から、とても重要なことがわかる。ジャバウォックがなにかを盗んだなら、それに合わせて、周りのものも形を変える。一二本入りの絵具セットから一本が盗まれれば、人の記憶もケースの形も合わせて、もともと一一本入りだったことになる。初めから、そうだったことになるんだ」

少し考えて、千守が言いたいことを理解して、オレの声が裏返った。

「それは、つまり、歴史が改変されるってことか？」

「うん。絵具セットから紫色がなくなるだけでも、影響は想像しきれないよ。一本の紫色の絵具で人生が変わった人だっているかもしれない。その紫色を使った絵で賞を取り、進路を美大に決めた人だっているかもしれない。紫色の絵具が消えたとき、その人はどうなったんだろう？」

「どうなったと思う？」

「まったくわからない。でもジャバウォックは、人の名前まで盗める」

「それが？」

「考えてみてよ。もし総理大臣から名前を盗んだら、どうなる？」

名前のない総理大臣が生まれる。――そんなこと、あり得るだろうか。オレにはその世界を、上手く想像できなかった。まだしも「はじめから、別人が総理大臣だった世界に改変される」って方が納得できた。

千守の声は静かなままだが、興奮しているようだった。珍しく口調を速めて続けた。

「実際には、なにが起こるのかなんて証明しようがない。でも僕たちは、その推測の手がかりを知っている。有住さんは下の名前を盗まれただけで、五人中四人に存在を忘れ去られた。ざっと八割――まあ、君を入れると六分の四で、六七パーセントだけど」

だとしても、名前を半分奪うだけで、ジャバウォックはその相手を半ば世界から消してしまう。初めから「いなかった」ことにしてしまう。より大きなものを消せば、オレたちの世界はいくらでも変化する。それはたしかに、ずいぶんやばい話だった。

オレがじっと千守をみつめていると、あいつはふいに、照れたように笑った。

「ま、もしも本当にジャバウォックがいたらって話だよ。僕にはまだ、そんなもの信じられない」

当然だ。普通大学生は、世界を改変する怪物の存在なんて信じない。

オレは飛躍しすぎた想像を振り払うために、軽く首を振った。

「ともかく、有住に会ってくるよ」

「うん。どこで会うの?」

有住からもらった、名刺くらいの大きさの紙片のことを思い出す。そこに載っていた住所は、もう調べている。

「今はもうない図書館」

「なに、それ?」

「郷土資料なんかを集めた、小さな私設図書館があった場所らしい。その図書館はもう閉館しているけど、建物は残されている」

「そこに呼ばれたの?」

「ああ」

「ずいぶん素敵だ。まるで不思議な物語の入り口みたいだ」

その通りだ。本当に、物語みたいだ。世界の一部を盗んでいく怪物も、その怪物に名前を盗まれたアリスも、現実の出来事だとは思えなかった。

まるで物語の入り口みたいなその図書館は、イルセ記念図書館という名前だ。

約束の水曜日、オレはイルセ記念図書館に――正確には、以前その図書館だった建物に向かった。少し遠い。

大学近くのひとり暮らしをしているマンションの最寄り駅から、電車を乗り継いで一時間二〇分。途中、その電車はずいぶんな山の中を通った。繰り返しトンネルを通過して、その合間に、高い崖の下を川が流れるのがみえた。

でも目的の駅に到着すると、そこはまったくの田舎ってわけでもなかった。背の高い建物はないけれど、街並みは新しくて綺麗だし、洒落た雰囲気の美容院だとか、ちょっと高そうなパン屋だとか、オーガニックを売りにしたカフェだとかがあった。

オレはスマートフォンで表示した地図を頼りに歩く。この辺り一帯が山の麓で、道路には少し傾斜がついている。栄えているのは駅の周辺だけみたいで、大通りを外れると、先は農地ばかりで視界が開けた。

田んぼのあいだを、ほんの狭いあぜ道が通っている。そこを、中学生だろうか、制服の女の子が赤い自転車で走っていく。時刻は正午になる少し前だった。平日のこの時間に、どうして学生が自転車を走らせているのか、考えてみたけれど答えは出なかった。

目的地の二〇〇メートルほど手前から、道の傾斜がきつくなった。この道を二キロ上るとオルゴール博物館があるのだと看板が出ていた。もう九月も終わるというのに、今日は気温が高くて額に汗がにじむ。有住に呼び出されたのが、オルゴール博物館の方でなくてよかった。

やがて坂道の右手に、レンガ造りの門が現れた。その門には、真鍮だろうか、錆びた小さなプレートがついていた。プレートには「イルセ記念図書館」とある。イルセ。その音の並びは、オレが知っているどの言葉にも似ていないような気がした。

門扉は、片側だけが開いていた。有住はこの建物の持ち主に、立ち入りの許可を取っているのだろうか。オレは恐々《こわごわ》、足を踏み入れる。広い前庭があり、草木が生い茂っている。半ば雑草で埋まった石畳を進むと、それはやがて左に曲がり、先に青い三角屋根の洋館がみえる。

「楓くん」

声が聞こえて、オレは顔を上げる。

二階の窓から有住が身を乗り出していた。長い髪が垂れ、風になびいている。

「早かったね」

「時間を聞いてなかったんだよ。とりあえず昼に着いとけばいいかと思って」

「そっか。私はここで本を読んでいるだけだから、いつでもよかったんだけど」

待ってて、と言い残して、有住が窓辺から消えた。

オレはしばらく開いたままの窓を眺めていた。それはわずかに風で動き、光を反射する角度を変えた。やがて、玄関の扉が開き、目の前に有住が現れた。

「遠かったでしょう」

「なんだかちょっと旅行みたいだった」

玄関からその建物に入ると、空気を冷たく感じた。板張りの床はよく磨かれていて、埃が溜まっているわけでもない。意外に、人の出入りはあるのかもしれない。もとは入り口のホールで靴を脱いで入る形式だったみたいで、右手に靴箱が並んでいた。そちらに目を向けると、有住が「靴のままで大丈夫」と言った。

言われた通りに靴のまま、ホールのつるりとした床を歩く。先を行く有住が、奥の扉を開けた。扉は天井が高い部屋に繋がっている。明かりは灯っておらず、窓にはカーテンがひかれている。でもカーテンの隙間から射し込む光で、なにもみえないってほど暗いわけでもない。

その部屋にはいくつもの書架が並んでいた。オレの身長の倍もある背の高い書架で、びっしりと本で埋まっている。けれどその背表紙にタイトルはなかった。色とりどりの、厚さも大きさもまちまちの、だが文字のない背表紙は舞台背景みたいだ。

書架のあいだを有住が進む。彼女の上を、カーテンの隙間から漏れる光の帯が順に通過する。オレは後ろから声をかけた。

「ここは?」

「とっても不思議な図書館。それだけ覚えておいて」

「それだけってわけにはいかないだろ」

「説明が面倒なんだよ。っていうか、どうせ言っても信じないし」

「聞いてみないとわからないよ」

「じゃあ」有住がふいに足を止め、書架から一冊を抜き取った。「ここの本棚にあるのはみんな、盗難品のリストだよ」

「盗難品？」

「つまり、ジャバウォックに盗まれたものたち。でも、ジャバウォックに盗まれたものはみんな忘れちゃうから、なにもないのと変わらない」

彼女は手に取った本をめくってみせた。

それは白紙だった。どのページも、どのページも。ただ白が続く。

本を持つ有住が、笑みを浮かべる。

「本当はここの本に、世界から消えた盗難品のことが書き記されている。でも、なんにもみえないでしょう？　だって、それはこの世界からは欠けちゃったんだから」

オレは顔をしかめていた。たしかに、信じられる話じゃない。

けれどどうにか有住の話についていきたくて、尋ねた。

「それは、おかしくないか？　誰がそのリストを書いてるんだよ」

ジャバウォックに盗まれた——有住の言葉では、この世界から欠けたものを、いったい誰にまとめられるというのだろう。

だが有住は簡単に答える。

「私はその人を、館長って呼んでいる」

「館長？　この図書館の？」

「正体は、誰にもわからない。館長自身にも。だって館長は、ジャバウォックに自分を盗まれちゃったから」

「わけわかんないな」

「そう？　館長——この本の書き手は、いないも同然なんだよ。自分が誰なのかもわからない人が、すでにこの世界にはないものについて書き続けている。でも、それはもうこの世界にはないから、できあがるのはまっ白な本ばかり」

「そんなことをして、なんになるの？」

「希望になる。いつかここの本を読める人が現れたら、ジャバウォックから盗まれたものを取り返せるかもしれないから」

いくつもの書架のあいだを抜けると、その先には、ソファーとテーブルが置かれていた。資料の閲覧用のスペースという感じではなかった。ソファーもテーブルもずいぶん立派で、その一角だけをみるとリッチなホテルのようだった。

足を止めた有住が言った。

「そこに、なにがある？」

みえたままをオレは答える。

「ソファーとテーブル」

「その奥には？」

「白い――ちょっとクリーム色っぽい壁」

「それだけ？」

「それだけだよ。どうした？」

「いいえ。なんでもない」

有住が、尻もちをつくように勢いよくソファーに座る。その子供っぽい動作には不釣り合いな、余裕のある笑みを浮かべてこちらを見上げた。

「君にはこれから、一冊の本をみつけてもらう」

オレは部屋中に並ぶ、背の高い書架をざっと見渡す。

「この中から？」

「うん」

「どうやって？」

「普段はどうやって本を捜してる？」

「検索機を使う」

「検索機がなかったら？」

「たいてい著者名のあいうえお順で並んでるから、それであたりをつけて、あとは背表紙をざっと眺めて」

「じゃあそうして」

と、言われても困る。この書架の本には——少なくとも、背表紙にはなにも書かれていない。

戸惑いながらオレは、ゆっくりと書架のあいだを歩き始めた。

「なんて本を捜せばいいんだ？」

「知らないよ。それは、楓くんにしかわからない」

「オレにもわからないよ」

「なら本はみつからないね」

まったくだ。オレはだんだん、「それでもいいか」という気分になりつつあった。これ以上、わけがわからない話に巻き込まれたくなかった。

思わずそう考えて、自嘲する。

――違うな。オレは別に、いやいや巻き込まれているわけじゃない。冬明のことがあるのだから、ジャバウォックを無視するわけにはいかない。もしもこの図書館に招かれたのが愛さんなら、きっとあの人は、もっと必死になっただろう。どこか他人事みたいに感じているオレとは違うだろう。

オレが未だに真面目になれないでいるのは、有住の話に現実味がないからだろうか。それとも、やっぱり、愛さんほどは冬明を愛していない――それはつまり、あいつを本当の家族だとは思っていないからだろうか。なんだかそれはずいぶん馬鹿げた考えのように思えて、オレはふっと息を吐いて、意識を切り替える。

「目当ての本には、いったいなにが書かれてるんだ?」

「それはわからないよ。でも、ジャバウォックがいる世界にいける」

「本当に?」

「たぶん。信じられない?」

「正直、まったく」

オレが答えると、有住は笑うような声で言う。

「でしょう? だから、説明しても意味がないんだよ」

「本の中に吸い込まれちゃうの?」

「ううん。その本の名前が重要なんだよ。名前を知れば、視点を得られる」

視点、とオレは繰り返した。

有住が座るソファーからは、もうずいぶん離れていた。彼女の姿はもうみえず、よく通る声だけが聞こえていた。

「人間は、言葉で思考している。今、楓くんはなにを考えてる？」

「ちょっと小腹が空いたから、美味いサンドウィッチを食べたい」

「このあと、ランチに行きましょうか？」

「ぜひ」

「ともかく、それだって。もし言葉がなかったなら、思考はもっと大雑把でしょ？　空腹感は本能で感じるかもしれないけれど、サンドウィッチについては思考できない」

「ああ。前に食った美味いあれが欲しい、くらいかな」

「以前食べたことだって、そう表現できる言葉があるからスムーズにイメージできるんだよ。美味しい、不味いだって同じ。言葉があるから思考の解像度が上がる」

　人間は言葉で思考している、と有住が繰り返す。

　この話は、ジャバウォックほどは難解ではなかった。言葉がない思考というものを、想像しようとしたけれどできないから。誰だって赤ちゃんのころは言葉のない思考を知っていたはずなのに、今はもうわからない。

　有住が綺麗な声で、説明を続ける。

「言葉っていうのは、つまり名前なんだよ」

「有住とか、冬明とか、ジャバウォックとか」

「うん。でも名詞だけじゃなくて、走るっていうのは動作の名前だし、綺麗っていうのは状態の名前でしょう？　そして名前を知っているというのは、その対象を認識する視点を持っているってことになる」

「そうかな」

「違う？」

「名前だけを知っていて、それがなんだかわかんないってこともあるだろ」

「たとえば？」

咄嗟には言葉が出てこなかった。

ええと、とつぶやいてからオレは答える。

「遠アーベル幾何学とか」

「なに、それ？」

「だから意味がわかんないものだよ」

「そう。でも、意味がわからなくても印象を持つことはできるでしょ？　なんだか難しそうだなとか、幾何学っていうくらいだから数学に関係する言葉だろうとか」

「ま、そうだな」

「なら、印象だって視点だよ。私は牧野楓という名前を知っているから、君についての印象を持てる。もしも楓という名前を知らなくても、男性とか、人間とか、哺乳類とか、動物とか。とにかく君に関する名前を知っていることが、認識の手助けになる」

オレには、なかなかすっきりとは納得できなかった。名前を知らないものに対して、視点を持つことはできないのだろうか。

オレは頭の中で、名前を知らないものを思い浮かべようとしてみる。けれど、それは成功しなかった。オレがイメージできるのは、なんらかの意味で名前を知っているものだけだった。ならやっぱり、オレの思考は――有住の表現だと視点は、名前が前提になっているのかもしれない。

「本の名前がわかったなら、君はその本を理解する視点を手に入れられる。そしてここにある本を理解することは、ジャバウォックの世界を理解することに繋がっている」

有住の言葉を聞きながら、オレは足を止めた。

書架には無数の本がある。色とりどりの背表紙が並んでいる。薄い本も、ぶ厚い本もある。背が高い本も、低い本もある。でもその背表紙に文字はない。——たった一冊だけを除いて。

その一冊は、一般的なハードカバーの小説くらいの大きさで、でもひどく薄い。白い背表紙には、黒い明朝体でタイトルが載っている。有住が言った。

「みつかった?」

「たぶん」

「なんて書いてあるの?」

オレは、ふっと息を吐いて、その白い背表紙の文字を読み上げる。

「バールのようなもの」

なぜ、バール。

その文字は妙に寒々しい。指先が、冷たい金属に触れたような気がした。

7話　私の心を守る最後の盾——三好愛

水曜日の正午を回ったころに、一本の電話があった。

相手は大沢佐代里さんだった。彼女は言った。

「家族で、ご紹介してもらった土地に行ってみたんです。あの丘の上の土地です。子供たちも主人も、とても気に入ったようでした」

ありがとうございます、と私は答えた。けれど内心では、この電話の意味を測りかねていた。良い連絡なのか、悪い連絡なのか判別できない。

土地を決めた人には、独特の熱がある。それがわかりやすく表に出ていることも、ひっそりと奥深くに潜んでいることもあるけれど、やはり非常に大きな買い物をするのだから——そして、その買い物が嘘偽りなく、これからの生活の基盤となるのだから——まったく平静だということはない。

佐代里さんの声にも、やはり感情はあった。だが、それは熱いものではなかった。なんだか少し戸惑っているようだった。彼女は言った。

「とくに主人の反応が、思いのほかよくて。マンションで育った人だからなのかな。視界が開けているのが魅力的だったみたいです。街を見下ろせて、遠くに山があって」

「はい。あれほど展望が良くて、しかも平坦で家を建てやすい土地は、私も記憶にありません」

「でも、予算のことがどうしても問題なんです。たしか、五〇〇万ほどオーバーするというお話でしたよね？」

「はい」

「本当に五〇〇万で収まりますか？」

不用意には答えられない質問だ。

「もちろん、家の設計次第です。以前みていただいた図面でそのまま家を建てた場合、七〇〇万ほどオーバーするかと思います。ですが費用を削る工夫をすれば、二〇〇万程度の減額はそう難しくありません」

「でもそれだと、ずいぶん狭い家になりませんか？」

「どこにこだわるのか次第です。建材のグレードを下げるだけでも費用は抑えられます。もっと正直な話をすれば、実のところ、家は意外に値引きが利きます」

「値引き？」

「ここだけの話ですが、契約前であれば」

「どれくらい安くなりますか？」

私は状況を考える。

丘の上のあの土地には、建築条件がついている。建築条件付きの土地は通常、売れてしまうと必ず自社で家を建ててもらえるのだから、値引きをする理由はない。けれど戦い方はある。

「今回の土地の場合、すぐに買い手がつくだろうという見通しですから、会社との交渉が難しいのですが――。たとえば、ご予算を五〇〇万アップ。諸経費込みのお支払の上限を四三〇〇万として、まずはその枠内で家の設計をさせていただく、という形でいかがでしょう？　ご契約は、設計にご満足いただけてからで問題ありません」

一般的な傾向として、工務店の営業は契約を急ぐ。

それはもちろん、客を逃がしたくないから、というのが最大の理由だ。でも、もうひとつ。早めに契約した方が、客単価を上げやすいという事情もある。

家は細部で金がかかる。階段の手すりひとつとっても、スタンダードな樹脂加工のものから、少し洒落たアイアン製に変更するだけで数十万の価格アップだ。契約後に詳細を詰めていく過程でこだわりが生まれれば、そのぶんだけ家の値段が上がる。反対に言えば、細部まで詰めきってから契約に進むと、値段は抑えやすい。

佐代里さんが言った。

「四三〇〇万で、あの土地に希望通りの家が建ちますか？」

「これまでお聞きしているご要望は、充分に叶えられる自信があります」

でも、と佐代里さんが言った。

その逆接のあとに少し長い沈黙を置いてから、彼女が続ける。

「主人と話をしたんです。あの人は、安心が欲しいんだと言っていました」

それは、大沢さん一家が初めてうちの工務店を訪れた日にも聞いた。――家がどうっていうより、安心できる方が大事かな。

「たしかにあの土地は、高い丘の上ですが、問題はありません。あそこには以前、大きな団地が建っていて、地盤が強固なことは確かです。ハザードマップをみても、地崩れの危険は低く――」

「そういうことではないようなんです」

「では、なんですか？」

安心できる家とは、いったいどんな家だろう。周囲の車通りが少ないこと？　治安の良い地区だということ？　耐震や防火の性能？

佐代里さんの答えは、そのどれでもなかった。

「つまり、支払いの額に無理がないことです。主人はどうやら、お金のことで不安になりたくないようなんです」

ああ。たしかにそれは、その通りだ。私だって同じだ。

日々の生活の中で、火事や地震を不安に思うことはまずない。テレビのニュースで流れても、どこか他人事だと思っている。本当に怖いのは、今の生活を維持できなくなることだった。もしも私が働けなくなったら、冬明はどうなるだろう？　私がなにか病気をしてしまったら、あの子に充分な学費を用意することもできないんじゃないか。あるいは、もしもあの子に大きな病気がみつかったら、その治療費を払っていけるだろうか。

それらの不安から私を守るのは、強固な家ではなかった。柱でも、壁でもなくて、通帳の残高が重要だった。英哉さんから相続した現金が、私の心を守る最後の盾だった。

佐代里さんが言った。

「もうずいぶん前のことなんですが、主人は一度、職を離れているんです。当時の上司ともめたみたいで、それで精神的に参ってしまって。離職していたのは半年くらいなんですが、そのことがトラウマというか、気弱になる原因みたいで」

そうだったんですね、と私は答えた。声の適切な温度感がわからなかった。

――大沢さんの予算は、年収に比べれば控えめだ。

私が佐代里さんにあの土地を紹介したのは、五〇〇万の予算アップがそれほど難しいものではないと感じていたからだ。ローン審査だって軽く通る。毎月の返済は充分に無理のない額に収まる。だから初めから、予算アップを引き出すことを織り込んでいた。けれど、その考え方は違う。

なにが大切なのかなんて、家庭ごとに様々だ。大沢さんのご主人は、良い家で暮らすことより、余裕のある貯蓄を残して生活することを望んでいる。その価値観には共感できた。私も――英哉さんが死んで、独りきりで冬明を育てていかなければならない私も、「家を売る」という仕事を離れれば同じように考える。もしもまとまった貯蓄があったとしても、そそれでリッチな家を建てるより、無理のないところで暮らしてお金は将来の保険に残すだろう。

けれど、「ではあの土地は、なかったことにしましょう」とも言えない。ひとつは私が工務店の営業で、会社のために利益を上げることが仕事だから。もうひとつは、施主の家について、私は本質的な決定権を持たないから。

電話の向こうに、私は尋ねる。

「佐代里さんは、どうお考えですか？」

大沢さんのご主人の考えはよくわかるけれど、でも、それだけでは家づくりを進められない。家というのは誰かひとりのものではなく、家族全員のものだ。少なくとも夫婦のあいだで価値観が統一されていなければ、納得のいく家にはならない。

言葉に悩みながらなのだろう、佐代里さんがゆっくりと答える。

「主人が言うこともわかるんです。家にばかり力を入れて、生活が苦しくなるなら、それは子供たちにとっても良いことじゃないなって」

「はい」

「でも、あの場所に家を建てたいのも本心なんです。正直、あと五〇〇万くらいなら、それほど無理なくローンを返せるんじゃないかなと思うし。主人はちょっと、将来の見通しにネガティブなところがある人だから」

　年収に対して、どれくらいのローンなら不安がないのか。どこまで借りると怖いのか。そんなの人それぞれで、夫婦のあいだでもきっちりと数字が揃うことは稀だろう。もちろん、第三者が落としどころをみつけられるわけもない。でも私は工務店の営業として、明確な選択肢を用意しなければならない。

「わかりました。土地は探し直します。ですが、あの丘の上の土地での設計も進めさせていただけませんか？」

　予算四三〇〇万で、うちの工務店で建てられる最高の家を提案する。それと並行して、大沢さんの予算に合った家づくりも提案する。こちらができる限りのカードを並べて、あとは大沢さん一家の判断に任せる。

　営業に――工務店にできるのは選択肢の提示で、その先は施主に委ねるしかない。

「ぜひ。よろしくお願いします」

　と佐代里さんは言った。

　それから彼女は、苦笑するように付け足した。

「実は初めて、夫婦喧嘩をしたんです。家を建てるのって大変ですね」

じゃあまた、と言い残して、佐代里さんは電話を切った。

8話　名前のないアリス——牧野楓

書架から抜き出すと、その一冊は、想像よりも軽く感じた。

さらりとした手触りの白い表紙に、ほんの小さく、やや太い明朝体でその本の名前が載っていた。——バールのようなもの。

オレはページを開く。たしかになにか書かれている。でも、それがなんなのか、オレにはわからない。

文字がするすると滑り落ちていくようだった。その形を、知っているはずなのに理解できない。繋がっている線が断絶してみえる。離れている線が重なってみえる。ひどく気分が悪かった。酔っぱらうのに似た感じで、この本に問題があるというより、オレの脳の機能が著しく低下しているような気がした。

いつの間にか、有住がすぐ近くに立っていた。オレの手元を覗き込んで、言った。

「慌てないで」

「でも、読めないんだよ。なにも」

「大丈夫。きっと、君にも理解できる一行がある。だって君はもう、その本の名前を知っているんだから」

オレは、ひたすらにページをめくる。理解不能なテキストに目をすべらせて、理解できないことを確認しながら、先へ先へと進む。すでにオレは、オレの常識の外にいる。

ふいに、ただ一行が、オレの目に飛び込んできた。

その一行だけを、オレは理解できた。

――それは人の手で、家を解体するときに使うものだ。

ああ。知ってるよ。

父さんが細い腕で、意外に力強くバールを振る。古い家の壁が裂けて、輝くような青空がみえる。そのときオレは、悲しんでいたのだろうか。興奮していたのだろうか。記憶の中の空が眩しくて目を閉じる。

「不思議な穴の向こう側に、ようこそ」

とアリスが言った。

＊

目を開いても別に、なにもかもがすっかり変わってしまったわけじゃなかった。

オレは相変わらず、背の高い書架に囲まれていた。窓のカーテンの隙間から、帯みたいな光が射し込んでいた。すぐ隣に有住がいて、でも彼女の様子だけが違った。

有住の姿は、オレの記憶にあるどの彼女でもなかった。さっきまで一緒にいた二〇歳の有住とも、小学校で一緒だった子供のころの有住とも。

そこにいる彼女は、高校生くらいの女の子にみえた。けれどその姿は、なんだか妙に懐かしかった。小学生だったころの彼女の面影が、先ほどまでよりもずっと際立っている。手足がすらりと長い少女だ。顔つきはどこか冷めていて、そのせいか大人びてみえる。当時の彼女は、他の子たちと同じように教室で机を並べていても、ひとつかふたつ年上のお姉さんみたいだった。

オレの視線に、たった今気づいたような様子で、彼女はふいに笑った。その笑みは上品なものではなかった。友達と悪だくみしているみたいだった。

「私が、誰だかわかる?」

オレは頷く。

「アリス」

「それだけ?」

「どういう意味?」

「その先が、あるでしょう?」

そうだ。アリス——有住。でも、まだ続きがある。

本当は名前があるアリス。

「ごめん。思い出せないんだよ、どうしても」

有住は軽く頷いてみせた。

「そう。でもこの世界のどこかには、私の名前もあるんだよ」

「待って。オレは今、どこにいる?」

「ジャバウォックがいる世界。君たちが捨てたものを、ジャバウォックがかき集めてできた歪《いびつ》な世界」

「オレたちが捨てたもの?」

「ジャバウォックは、現実から好き勝手になんでもかんでも盗み出せるわけじゃないんだよ。君たちが捨てたものを持っていくだけ」

「紫色の絵具も？」

「そんなの捨てたの？」

「きっと」

酔いに似た感覚が、頭の芯に残っていた。

オレは額を押さえて尋ねる。

「有住が急に小さくなったのは、どんな理由なんだ？」

彼女の方は、オレが言いたいことがわからないようだった。眉間にきゅっと皺を寄せてみせる。

「小さくなった？」

「ああ、いや。身長はそんなに変わってないか。でも、何歳ぶんか若くなったような気がする」

「なるほど。でも私は、ずっと同じだと思うけどな」

どういうことだろう？　この有住は、先ほどまでの有住と同じなのだろうか。オレの方の見え方が変わってしまっただけなのだろうか。――なんてまとまりのない思考が、ふいに途切れる。有住が細い手で、オレの手をつかんだから。

彼女の肌が冷たくて、どきりとする。もう一〇年も前、彼女に恋していたころみたいに。

「行きましょう。君が、忘れたものを捜しに」

有住に手をひかれて、オレは歩き出す。

書架のあいだをすり抜けるように足速に進み、オレたちが入ってきた扉を開く。でもその先にあったのは、玄関ホールじゃなかった。

公園――軽自動車でもすれ違えないくらいの狭い道路で、敷地がふたつに分断されている公園だ。片方の敷地には、すべり台とブランコがある。もう片方にはジャングルジムと砂場がある。砂場にはブルーシートがかかり、その上には水が溜まっている。雨が上がったばかりみたいだった。

――どうして、図書館の扉の先が公園なんだ。

オレたちが出てきた扉は、公園の敷地のすみっこの、何本か並ぶトウカエデのあいだにすっぽりと収まっていた。オレは有住に手をひかれたまま、緩やかな傾斜がついた芝生を数歩で駆け下りて、公園の濡れた土を踏む。いつの間にか日が暮れかかっている。

有住が足を止めて、オレの手を放す。

彼女の、月夜を映す井戸水みたいに澄んだ目がオレを見上げた。

「ここ、わかる？」

「もちろんわかる」

オレたちが通っていた小学校の、すぐ近くにあった公園だ。正式な名前は覚えていないけれど、みんな、マルマル公園って呼んでいた。道路を挟んで、丸い敷地がふたつある公園だから。――そのはずだったんだけど、改めて公園をみてみると、別に丸いってこともなかった。敷地の片方は台形で、もう片方は三角形に近かった。

「覚えてる？　ほら、そこの角を曲がったところに、なんだかいつも不機嫌そうなお婆ちゃんがやっている駄菓子屋があったでしょ。でも、私たちが三年生だったころかな。店を閉めちゃって」

「ああ。病気をしたんだよ。たしか」

「そうなの？」

「よく知らないけど。オレも、あとから聞いただけだから」

「とにかくそこで、チューペットを買って、この公園で半分ずつ食べた」

「覚えてるよ。そこのブランコで」

有住は軽く頷いて、自身の左耳に軽く触れた。彼女のその動作を、オレはみたことがなかった。

「そのとき、スピッツの話をしたでしょ？」

「スピッツ？」

「ふたりとも、『運命の人』が好きで。その歌詞の話をしたの、覚えてる？」

「思い出した」

今もそれは、繰り返し聞く曲のひとつだ。とくに唄い出しは、世界で最高の詩のひとつだと思う。

有住が、今度は優しく笑う。

「君は、あれが親子の歌だと思ってたんだよ」

「うん。恋人の歌だって聞いて、驚いた」

「たぶんそんな勘違いをしてたのは、世界中で君だけだと思う」

「そうかな」

「だって、そんなに難解な歌詞じゃないもの」

でもオレは「運命の人」を聴いて、優しいお父さんが小さな男の子に向かって話しかけている場面を想像していた。つまり運命っていうのは血の繋がりなんだって、勝手に思い込んでいた。ここにいるのは、優しいだけじゃなく偉大な獣――なんて、恋人に語る言葉より、父親から子供にちょっと照れながら自己紹介している方が、ずっとしっくりくるような気がした。

オレは愛みたいなものについて、恋人のものなのか親子のものなのかって判断に、かなり強いバイアスがかかるようだった。「らいおんハート」はサビだけを聴いて、勝手に親子の歌だと思い込んで感動していた。「デイ・ドリーム・ビリーバー」が母親のことを唄っているなんてあからさまで、別れた彼女の歌だなんて誤解が生まれるのが信じられなかった。

「あのときの君は素敵だった。なんだかこの世界で、いちばん純粋なものみたいだった。遠くからきた星の光が、もうみえないくらいにか細くなってるんだけど、でもたしかに私に射してるみたいだった」

「なんだよ、それ」

「別に。ただそんな気がしたってだけ」

いこう、とささやいて、有住が足を踏み出す。

彼女に続いて、オレも歩き出す。

「どこに行くの？」

「君の家」

その言葉で自然と思い浮かんだのは、今ひとり暮らしをしている大学近くのワンルームではなかった。高校生のころ、愛さんや冬明と一緒に暮らしていた部屋でもなかった。父さんもいた時代の、四人が揃っていたころのマンションだった。

有住が公園を出て、その先の角を曲がる。

先には、駄菓子屋があるはずだった。あの店はもう閉店しちゃったけど、少なくともその建物が。でも、先の街並みはまったく違った。

目に入ったのは、オレのマンションがあった通りだ。どこか——たぶん曲がり角のところで、街並みが切り替わっている。そのはずなのに、オレにはなんの違和感もなかった。あんまり自然で、つなぎ目もわからなかった。

目的のマンションは、当時のままの姿でそこにあった。駐輪場にはオレが高校生のころに使っていた自転車と、冬明の補助輪つきの小っちゃいのが並んでいた。エントランスにはゴミの出し方についての貼り紙があって、それをオレは今朝もみたばかりみたいな気がした。

——いったいここは、どうなってるんだろう？

場所も、時間も滅茶苦茶なのに、不思議と違和感はない。オレ自身の記憶でできた夢の中を歩いているようだった。

オレたちはマンションに入る。エントランスの扉はオートロックだった。

鍵は？　とオレは尋ねる。

有住は軽く首を傾げて答える。

「楓くんが持ってるんじゃないの？　君の家なんだから」

そんな馬鹿な、という気がしたけれど、オレのポケットにはこのマンションの鍵が入っていた。どこかの遊園地のメダルがついた、オレンジ色のレザーのキーホルダーまで当時のままだった。そのキーホルダーはいつの間にか失くしてしまい、オレはもう、そんなものを持っていたことも忘れていた。

エントランスには、エレベーターと階段がある。有住は階段の方に足をかける。

「ジャバウォックは、善いものでも、悪いものでもない。きっとずっと前から、自然に存在したもの」

「神さまみたいな？」

「かもね。なんにせよ、善いとか悪いとかは君たちの方の問題で、ジャバウォックはただの現象みたいなもの」

「有住は？」

とオレは、ほとんど意識もせずに尋ねていた。有住の、「君たち」という言い回しが気になっていた。「私たち」ではなくて。

でもそれを素直に尋ねてしまうのは、なんだかすごく無作法なような気がした。どうしてだかわからないけれど、なぜか。だからオレは、咄嗟に質問を変えた。

「どうして有住は、こんなにオレに協力してくれるんだ？」

こっちの質問だって、嘘ってわけじゃない。本当に疑問だった。

彼女は軽く首を傾げて微笑む。

「私はただ、私の名前を思い出して欲しいだけだよ。ジャバウォックに盗られたものを楓くんが思い出したなら、私の名前だって思い出せるかもしれないでしょ」

「そっか」

でもそれは、有住自身には思い出せないものなのだろうか。だいたい、どうすればジャバウォックに盗られたものを思い出すことができるんだろう。「鏡の国のアリス」の詩みたいに、ヴォーパルソードでジャバウォックをやっつければ良いのだろうか。

有住は言った。

「君はまず、あの日のことを思い出さなければいけない」

「あの日?」

「それは君にとって、けっこう辛いことだと思う。どれくらい辛いのか私にはわからないけれど、たぶん、かなり」

あの日って、いつだよ。——そう尋ねたくて口を開いたけれど、声にはならなかった。

階段を上った有住が、通路を進む。手すりの向こうに空がみえる。もう間もなく夕焼けになるのだろう、日暮れ前の落ち着いた青い空だった。

別に、ありきたりな空だ。わざわざ見上げようとも思わないような。でもやっぱりなにかが特別なのかもしれない。この空の様子がオレの記憶に、深く残っていたのかもしれない。

ふいに確信する。

——ああ。今日は。

このジャバウォックがいる世界の今日は、父さんが死んだ日だ。

有住は足を止めていた。オレは、通路に並ぶ扉のひとつに向かって歩く。奥から二番目の扉——間違えるはずもない。何年も暮らした部屋なんだから。

その黒い扉に、鍵はかかっていなかった。引き開けると玄関には、愛さんが休日に使っていた白いスニーカーや、あのころの冬明の小さな靴なんかがあった。傘立てにはまだ家族四人ぶんの傘がささっていた。

オレは靴を脱いで、廊下に上がる。ウィルトン織の玄関マットが懐かしかった。けれどそんな感傷より、緊張の方がずっと強い。身体が妙に寒くて、唾を呑む。

長くもない廊下の突き当たりが、当時の子供部屋だった。

——そんなはずがないんだ。

でもオレは、あの日たしかに、父さんの遺体をみた。正確なことはほとんどなにも覚えていない。ただ強い印象があるだけだ。そこで父さんが死んでいるんだ、という印象。恐々そちらに手を伸ばしたときの鼓動。そして、指先に感じた温度。あの緊迫した冷たさが、今も鮮明に残っている。

オレは廊下を進み、子供部屋のドアノブに手をかける。意外に、ためらいはなかった。早くすべてを終わらせてしまいたかった。ドアを引き開ける。

でも、そこに父さんの死体はなかった。

ただ壁際に、一本のバールが立てかけられているだけだ。

背後から、有住の声が聞こえた。

「思い出して。君はあの日、なにをしたの?」

バールは人の手で、家を解体するときに使うものだ。

＊

あれは、バールだったのだろうか。

オレが指先で触れた冷たいものは、父さんの遺体ではなく、バールだったのだろうか。

でもうちにバールがあった記憶はない。ならそれは、あくまで想像上のものだったのかもしれない。手に触れられるほど明確な、家を解体するもののイメージ。

父さんが設計した家に納得がいかなくて、どこかの誰かが自殺した。その誰かが書いたフェイスブックの記事が話題になり、父さんが激しいバッシングを受けて、三か月くらい経ったころだった。

高校一年生だったオレは、家から出る気にならなくて、ひとりこの部屋にいた。愛さんは仕事に出かけていて、冬明は両親の寝室かリビングか、とにかく別の部屋で昼寝でもしていたんじゃないかと思う。

記憶の中で、あのころのオレが、壁に背中を預けてスマートフォンをみつめている。そいつはずいぶんひどい顔色をしている。ツイッターなんかを開いて、画面をスクロールさせて、父さんの名前の検索結果を何度もリロードする。

――どうして、そんなことをするのかな?

目を背けてしまえばいいのに。あれは、自傷行為だったのだろうか。それとも父さんを助けてくれる誰かがヒーローみたいに現れるのを待っていたんだろうか。そんなこと起こるはずもないのに。SNSのヒーローは、まったく反対で、父さんを断罪する奴らだったのに。

父さんに対するSNSでのバッシングは、なんだか生身の人間がやっていることだとは思えなかった。アカウントのひとつひとつには、本当は意思なんてなくて、なにか巨大なルールに操られているようだった。その巨大なルールが、怪物みたいだった。

当時の友人たちは、しばしばオレを心配するメッセージを送ってくれた。中には冗談と悪意の区別がついていない、ひどいのもあったけれど、そんなのはごく一部で大半は優しいメッセージだった。でも、優しいからありがたいってわけでもなくて、初めはオレの方も強がって返事をしていたけれど、すぐに面倒になって放置した。強がるのにも体力がいるんだ。オレの方が諦めてしまうと間もなく、新しいメッセージは届かなくなった。

例外はひとりだけだった。

有住。――そうだ、有住。

どうして、忘れていたんだろう？ オレは五年前の時点で、まだ有住と連絡を取り合っていた。彼女だけはまいにち、何通もメッセージをくれて、なんだか放置する方が面倒な気がして、オレも短い返事をしていた。

なんでもない内容だった。本当に。――「お昼ご飯はなんだった？」。そういや、まだ食べてないな。「食べないとだめだよ」。腹減らないんだよ、動いてないから。「動かないダイエット？ なにそれ新しい」。新しくないよ。ただの不健康だよ。

思い出してみると、その記憶は鮮明だった。

「私、さっきミスド買ったよ。写真みる？」

あのときは、そんな有住からのメッセージに、どう返事したものだろうと考えていた。別に悩み込むようなことでもなかったんだけど、時間だけはあったから。

何度かテキストを打ち込んで、消して。それを繰り返していたとき、愛さんから電話がかかってきた。有住とのくだらないやり取りは覚えているのに、そっちの、重要な連絡の方はよく思い出せない。ともかくオレは、その電話で父さんの遺体がみつかったことを知った。

電話を終えると、有住からのメッセージが届いていた。「どれが好き？」って短い文章に写真がついていて、細長い紙箱いっぱいに、ゴールデンチョコレートばかりが並んでいた。

――父さんが死んだんだって。

そう有住に伝えたときの、オレの心情はもう覚えていない。有住に助けを求めていたとか、慰めて欲しかったとかではなくって、ただなんにも考えていなかっただけなんじゃないかと思う。

間もなく、有住から着信があった。さすがに喋るのは疲れるから、電話には出たくなかった。けれど、鳴っては切れて、鳴っては切れて、あまりにそれを繰り返すものだから、やがて根負けして、オレは応答のボタンに触れた。

「大丈夫？　生きてる？」

「いや、だから死んでたんだよ」

「お父さんじゃなくて、君が」

「さすがに生きてるよ。別に、死ぬようなことじゃないし」

本当に。父さんが世の中からバッシングを受けて、失踪して、死体でみつかったなんていうのは、オレが死ぬようなことじゃない。なんていうか、ダメージの種類が違って、ただ疲れ果てていただけだ。でも有住の方は本当に、オレが死んでも不思議じゃないと思っていたようだった。彼女は言った。

「お母さんは、知ってるの？」

「愛さんから聞いたんだよ」

「そうじゃなくって――」

「ああ」オレを産んだ女性。「知らないんじゃないかな」

「伝えた方がいいよ」

「どうして？」

「だって、お母さんでしょ？」

たぶん有住の母親は、優しい人なんだろう。だから彼女には、どうしようもなく上手くいかない親子を想像できなかったのだと思う。当時のオレたちはまだ一五歳で、やはり知識がなければ、想像が及ばないこともある。

それは、オレの方も同じだった。母親とはずいぶん長いあいだ、連絡を取っていなかったから、ネガティブな感情の大半を忘れていた。会いたくもなかったけれど、大嫌いってわけでもなかった。

「でも、仲が良くないから」

うじうじとそんな風に言うオレに、有住は断言した。

「大丈夫だよ。だって楓のお母さんは、私と同じ──」

同じ、なんだろう？　そこでふいに、記憶が霞む。思い出そうとすると、ずきんと、こめかみの辺りが痛んだ。

でもそれを、思い出さないといけないんだ。なんだか強く、そう感じた。同じ。同じ。有住と同じ。考えれば考えるほど、頭の痛みが強くなる。なにか鋭利なものを両方のこめかみに押しつけられて、そこをハンマーで叩かれるようだった。その痛みに耐えかねて、オレは両目を強く閉じる。同じ──。

「無理しないで」

と、有住が言った。

＊

気がつくとオレはまた、あの図書館にいた。

書架のあいだの通路に、仰向けに横たわっていた。

有住が――二〇歳の有住が、こちらを覗き込む。

「大丈夫？　ずいぶん、苦しそうだったから」

彼女の顔は、わずかにぼやけていた。オレの目に涙が滲んでいるようだった。

それを乱暴に拭って、オレは答える。

「うん。大丈夫。問題ない」

あの鋭利な痛みはすでに引き、余韻が生温く溶ける感じがした。

有住が言った。

「無理しないで。ゆっくり思い出せばいい」

オレは身体を起こし、わけもなく首を振る。

いったい、なんだ。この記憶は。ジャバウォックに盗まれたもの？

高校生くらいの有住から聞いた言葉を思い出す。

――ジャバウォックは、現実から好き勝手になんでもかんでも盗み出せるわけじゃないんだよ。君たちが捨てたものを持っていくだけ。

ならあれは、オレ自身が捨てた記憶だったのかもしれない。

なんだかよくわからないけれど、とにかく、オレが楽になるために。

9話　夕空が綺麗なことを思い出した——三好愛

あの水曜日——佐代里さんからの電話があった日からのひと月ほどは、なんだかまいにちが落ち着いていた。

冬明は、ずっと調子が良い。一日だけ欠席があったけれど、それほどひどい体調不良ではないようで、私も普段通りに仕事に行った。というかその欠席は、世間ではずる休みと呼ばれる種類のものだったのではないかと思う。けれど、懸命に学校に適応しようとする上で、冬明にストレスが溜まったのだろうと私は考え、とくに問い詰めることもなく学校を休ませた。

その他の日は、あの子はきちんと授業を受けている。ジャバウォックも話題に上らなかった。私の方から訊いてみるべきなのかもしれないけれど、あまり急いでも仕方がないだろうと思って口にしなかった。もしかしたらこのまま、冬明はジャバウォックのことを忘れてくれるんじゃないかという無責任な期待もあった。

楓は、なんだか悩み込んでいるようだった。あの子はそういうのを誤魔化すのが上手いけれど、家族になってもう一二年も経つのだからさすがにそれくらいはわかる。

「なにか私に隠してない？」

そう尋ねてみたけれど、楓の返事はつれない。

「そりゃなにかは隠してるよ」と、苦笑しながらあの子は答えた。「いつか、愛さんに話した方が良いと思ったら話す」

子供たちのことを除けば、私は仕事に集中していた。大沢さん一家の件で、建築士にいくつものプランを作ってもらい、佐代里さんに提出し、反応をみて修正の指示を出した。並行して続けていた、もともとの予算に収まる土地探しの結果は芳しくなかった。いくつかの土地を案内したけれど、佐代里さんは「悪くないですね」なんて言いながらも、内心では満足していないのがありありとわかった。

私は情報収集に努めながら、辛抱強く機会を待った。待っていたもののひとつは、より良い土地が売り出されること。もうひとつは、会社との値引き交渉の舞台が整うことだった。そして後者の機会が先に訪れた。

あの丘の上の土地は、三〇区画ほどに分譲される。けれどその区画ならどこでも同じだというわけじゃない。

大沢さん一家にとって、なによりも重要なのは展望だ。丘の上の土地は展望が北側に開けているから、そちらに面している六つの区画でなければ意味がない。その六つのうち、角地になる二つは他に比べるとやや面積が広く、そのぶん値も張るため候補から外れる。つまり初めから、勧められるのは四区画だけということになる。

人気の地域で売り出された、丘の上の優等生たちは、瞬く間に買い手がみつかった。見取り図のボードに、リボンで作った「成約済み」の花がまいにちのように咲いていく。候補になっている四区画のうち、三つまで買い手が決まったとき、私は会社相手の交渉を始めた。

「これを、四二五〇万で提案させてください」

そう言って営業課の課長に提出した見積もりは、総額が四四二〇万ほどになっていた。約一七〇万の値引き――佐代里さんに伝えている予算と五〇万の差額があるのは、ローン保険料など見積もりに含まれない諸経費があるせいだ。

一七〇万の値引きは、あり得ない額ではない。通るときは通る。でも、会社としてはできるだけ通したくない値段ではある。課長――松岡《まつおか》という名の目つきが鋭い男は、七三分けの頭を傾げて言った。

「それは引きすぎじゃないか？」

「充分に利益は出ます。決算前のキャンペーン中なら通る価格です」

「あの土地は、放っておいても売れるよ」

「はい。ピアセレクトさんでも話が進んでいると聞いています」

それで松岡さんが、ぴくんと眉を動かした。

――建築条件付きの土地は、家屋の値引きが難しい。

というのが、一般的な傾向だ。土地が売れると必ず自分たちの工務店で家を建ててもらえるこの契約では、他社と競り合って値引き合戦をする必要がないから。

でも、うちの場合は少し事情が違う。七つの工務店が同じ経営母体を持つグループ会社で、土地はグループ全体で扱っているからだ。建築条件付きの土地であれ、同じグループ内の会社はライバルになる。

ピアセレクトは、まずまず都合の良い相手だった。昨年度の売り上げで、うち――泰住工務店はグループ内二位、ピアセレクトは三位。でもその差はほとんどなくて、今年は逆転されるのではないか、なんて言われている。

自身の席で資料の整理をしていた園田さんが助け舟を出した。

「ピアはあの分譲地で、もう五件成約していますよ。中には二〇〇万の値引きもあるって聞いています」

私はその話を知っていた。園田さん自身が、事前に教えてくれたのだ。

松岡さんは、グループ内の競争に熱心だ。だから競合する会社の動きをつぶさに観察していれば、彼を頷かせられるタイミングがくると思っていた。グループ内で価格競争をするような方法は、もちろん推奨されていないけれど、効果的ではある。

松岡さんが、見積書をめくりながら言った。

「一七〇万は微妙だね。もう五〇万、いただけない？」

「値段は難しいです。ですが引き渡しの時期はいつでも良いとのことですから、スケジュールを上手く組めばコストを抑えられます」

大工だって、時期によって値段が違う。住宅は新年度に合わせての引き渡しの要望がもっとも多く、そこを避ければ多少は安くなる。さらに、一部の機材は、同じ分譲地内での他の現場と共有できるようにスケジュールを組めればそのぶんコストを抑えられる。

松岡さんが、手にしていたペンで、とんとんと見積書を叩く。

「オーケイ。進めておいて」

と彼は言った。

*

一〇月三〇日の土曜日に、大沢さんに会った。これまで家づくりに積極的だった佐代里さんではなく、そのご主人――雅史《まさし》さんだ。彼ひとりがうちの工務店に現れた。

総額四二五〇万の見積もりを元に、建築士が彼に家の説明をした。私は建築士の隣に座って、そのやり取りを聞いていた。雅史さんは、家の全貌にはそれほど興味がないようだった。

「妻が満足しているからそれで良い」という風なことを、何度か口にした。

代わりに、基礎の工法や断熱材の充填量、柱の素材と太さ、壁に使用する石膏ボードなんかの、家の性能に関する質問が活発だった。窓も扉も、デザインより性能に興味があるようだった。

ひと通り説明を終えると、彼は言った。

「良い家ですね」

ありがとうございます、と建築士が答えた。

それから雅史さんの要望で、「丘の上の土地」まで足を運ぶことになった。社用車のプリウスを私が運転して、後部座席に彼が座った。正直なところ、彼とふたりきりになるのは、なんだか少し気まずいように感じていた。今回の打ち合わせも、これまで通り佐代里さんが中心になると思っていたから。

「今日は、おひとりなんですね」

私がそう尋ねると、雅史さんは苦笑するような声で答える。

「僕は妻がいると、ついそちらに合わせてしまうところがあるので。妻は今の設計で満足していますから、あとは僕が決めるだけだ、と」

「ご判断を任されているんですね」

「その場では妻の言う通りにして、あとからつい小言を言ってしまうところがありますから。だから、自分で納得しろということなんだと思います」

「ご提案したおうちはいかがでしたか？」

「良いと思います。本当に。値引きのぶん、どこかが安っぽくなっているのかと思ったけどそんなこともないみたいで」

「できる限りのことはしたつもりです」

そう答えながら、内心ではまだ、葛藤していた。

――私は大沢さんに、今回の家を売るべきなんだろうか？

最後に判断するのは、もちろん大沢さん夫妻だ。提案した内容は、充分に価格に見合ったものだという自負もある。それでも、私の提案自体が、やはりずれているのではないだろうか。

雅史さんが言った。

「お金の悩みというのは、難しいですね。できればそんなもの、ちっとも考えずに生きていたいんだけど」

「はい」

「三好さんは、共働きですか？」

「え？」

「急にすみません。答えたくなければ、かまわないんですが」

「いえ――」少し悩んだけれど、素直に答える。「働いているのは私ひとりです。実は、主人を亡くしているんです」

前方の信号が赤に変わり、私はブレーキを踏んだ。それからルームミラーで、雅史さんの表情を確認した。

おそらく雅史さんは、感情があまり表に出るタイプではないのだろうと思う。子供の相手をしているときにはよく笑うけれど、その他では、たいていなんだか少し不機嫌そうな様子で目を細めている。でも今は、その目にわずかな驚きがあった。

「それは、申し訳ありません」

「大丈夫ですよ。別に、隠しているわけでもないんです。死んじゃったものは仕方がないですし、なんていうのかな。旅館の仲居さんに鞄を持たれるようなことで」

「旅館？」

「つまり、気を遣われるのが面倒というか。でも鞄を持つのは仲居さんの仕事で、そっちに文句があるわけでもないんです。仕方がないなと思うんですが」

予想外の話の流れに、私は動揺しているようだった。自分でもなにを言っているのか、よくわからなくなってきた。とくに上手いたとえ話でもないのに、急に旅館の仲居さんなんかを持ち出したのがよくなかった。

後部座席で、雅史さんがくすりと笑う。

「要するに、僕が気にしなければそれで良い、という風なことですか？」

「はい。その通りです」

「ガムを噛んでも？」

もちろんどうぞ、と私が答えると、雅史さんはポケットからニコレットを取り出し、口に含んだ。それから言った。

「三好さん、お子さんは？」

「います。ふたり」

「なら、僕より大変なんじゃないかと思うんだけど、家庭の収入を担っていると――うちの場合、子供がもう少し大きくなれば妻もまた働くと言っているんですが、それでも主な収入源を担当していると、やっぱりお金のことは不安です」

「よくわかります」

「だから、できるだけローンの額を抑えたいんですよ。そのあたりの感覚が、僕と妻とではだいぶ違うようなんですが」

信号が青になり、私はブレーキペダルから足を離した。そっとアクセルを踏み込むと、車がじんわり加速していく。

「丘の上の土地は、ご迷惑でしたか？」

「なかなか難しいですね。本当に良い土地だとは思うので。三好さんであれば、どうしますか？」

「私ですか？」

「つまり、満足いく家が、想定より五〇〇万高い値段で買える状況だったなら」

答えは、悩むまでもなかった。その答えを素直に口にして良いものか、ほんの少しだけ悩んだけれど、私は嘘なく答える。

「買わないです。怖いから」

だから、今回の件は上手くいかなくても仕方がない。

雅史さんが、また笑う。

「できれば買うと言って、背中を押して欲しかったんだけど」

「たいていの営業なら、そう答えると思います。別にセールストークというわけでもなくて、私たちはやっぱり家が好きですから」

「でも三好さんは買わないんですよね？」

「もし主人が生きていれば、買うんじゃないかとは思います。お金のことを別にしても、不安を分割して支えられるわけですから」

「そんなの、できますか？　夫婦での、不安の分割なんか」

ずいぶん自然な様子で雅史さんの口から出たその言葉に、私は内心では驚いていた。ごく当たり前に、夫婦とは問題を分担し合うもので、その中には様々な種類の不安も含まれると思っていたから。

けれど、違うのかもしれない。もしもそれができていたなら、英哉さんは死ななかったかもしれない。独りきりですべてを抱え込んでいなくなってしまうことはなかったのかもしれない。できるなら運転中に、泣きたくなるようなことを言わないで欲しい。

――でも、できたはずなんだ。

英哉さんが、なにかひと言、弱音みたいなことを言ってくれていれば。いや、彼だけの問題ではなくて、私だってもう少し上手く声をかけられていたら。

「でも、大沢さんはできているんじゃないですか？　佐代里さんとは、しっかりお話しされていますよね」

「そうでしょうか」

「たぶん。だって佐代里さんは、大沢さんが不安に思っていることを知っているし、大沢さんは佐代里さんがあの土地を気に入っていることを知っているし」

一方がパートナーをおいて家づくりを進める、という夫婦ではない。少なくとも、互いが互いの価値観を理解しようとしている。それは羨ましいことだ。

「でも僕たちがそんな話をしたのは、初めてなんですよ。これまで、なんだか妻には強がってしまって」

「わかります」

私と英哉さんは、なかなかに良い夫婦だと思っていた。いろいろなことを上手く話し合えているつもりでいた。でも、そうではなかった。たぶん互いが、互いに意地を張っていた。強い妻と夫を演じるために、弱みをみせないでいようとしていた。きっとそれが、いちばんの間違いだったのだろうと思う。

「これは私が失敗から学んだことなんですが、たぶん夫婦って、互いに弱さを見せ合うのが大事なんですよね」

「でも、それが意外に難しい。別に恰好をつけたいわけじゃないんだけど」

「相手にとって良いパートナーでいようとするだけで、なにかプライドが生まれちゃいますから」

「そうなんです。多少のストレスがあったとしても、笑って呑み込むのが良い夫のような気がするんです」

「でも、まだ大丈夫だってストレスを溜めているうちに、取り返しがつかない問題になっちゃうんだと思います。もうだめだとなってからだと、伝え方も選べませんから」

英哉さんの場合、自分で死んでしまうことでしか、それを伝えられなかった。本当はいくらだって、もっと健全な方法があったはずなのに、なぜか選べなくなっていた。だから今思えば、まだ大丈夫だったころから練習をしていなければいけなかったんだ。少しずつ、少しずつ、互いが弱みを見せ合う練習を。

交差点を曲がると、先は長い坂道になっていた。

この先に、丘の上の優等生がいる。

「なんだか人生相談みたいになってしまいましたね」

と雅史さんが言った。

「まあ、家を買う相談を受けているわけですから」

と私は答えた。

たぶんそれは、人生の相談とそれほど大きくは違わない。

分譲地には、黒々とした真新しいアスファルトの道路が敷かれていた。すでに上下水道の配管整備も終わり、いつでも家を建て始められる状態だった。

地面にはロープを張り、それぞれの敷地を示している。ここからここは区画A、その隣は区画B、という風に。

私たちはその中の、まだ誰のものでもない区画に立つ。家が建つ前の分譲地は、なんだか土地が狭くみえる。

雅史さんはしばらく無言で、じっとその土地からの空を見上げていた。太陽がずいぶん傾き、西の空の低い位置が黄色くなっていた。落ち着いていて安らかな、しっとりとした夕暮れだった。

やがて、雅史さんが言った。

「夕空が綺麗なことを、久しぶりに思い出しました」

ほかに、これといった会話はなかった。彼の方からも私の方からも、なにも尋ねなかった。

帰りは雅史さんを近くの駅まで送った。その一時間後、佐代里さんから連絡があり、土地を買うことを決めたと聞いた。

10話　ジャバウォック現象とそのルールの考察――牧野楓

あの図書館での奇妙な一件のあと、オレはすでに存在しない公園を捜した。

冬明の小学校からそれほど離れていない住宅街の、子供向けの英会話教室の向かいだ。古びた民家が新陳代謝のように新しく建て直されつつあるこの通りに、以前は公園があったらしい。けれどジャバウォックに盗まれてしまった。

――壁が黄色い家と、入り口にカエルの人形がいる家のあいだだった。

と冬明は証言した。その公園はとても狭く、小さなすべり台と、砂場と、水飲み場と、ベンチがひとつずつあるだけだったそうだ。

壁が黄色い家は、すぐにみつかった。二階建ての可愛らしい家で、庭には花を植えたプランターが並んでいた。その隣の家に目を向けると、玄関の前の傘立ての隣で、ブリキ製のデフォルメされたカエルがこちらに手を振っていた。

二軒の家のあいだにはなにもなかった。塀は別々に作っているけど、ぴったりとくっついて隙間さえない。もし本当に、ここに公園があったのだとすれば、敷地ごと消え失せたことになる。

オレはその住宅街の狭い通りで、「公園を知りませんか？」と尋ねて回った。そこの、英会話教室の向かいに小さな公園があったはずなんです。覚えていませんか？

そのうちに不審者だって通報されるんじゃないかと、ひやひやしていた。けれど、世界を守るためであれば仕方がない。

オレが存在しない公園を捜すことになったのは、千守との話が理由だった。

＊

「君の話が、みんな真実だとすれば」文芸サークルのボックスで、千守は言った。「いよいよ世界の危機だってことになるね」

ずいぶん真面目な顔で「世界の危機」なんて言うものだから、なんだか可笑しかった。けれど笑うような場面でもなくて、顔をしかめてオレは尋ねた。

「そうか？　危機かな」

「そりゃ危機でしょ。ジャバウォックが実在するなら、たとえばそいつがアダムを盗むだけで人類は滅ぶ」

「お前、キリスト教だっけ？」

「いや。まだ宗教は選んでるところ」

「選ぶの？」

「もちろん選ぶでしょう。信仰なんて、人生を左右するものなんだから。でもイスラム教にもアダムはいるし、実際に史実として人類の最初のひとりもいたはずだ。少なくとも、これを消せば人類は発生しないって生き物が、歴史上のどこかにはいた」

「ジャバウォックは、もう死んじゃった生き物まで盗めるのかな？」

「どうだろうね。なんにせよ今の地球にだって、盗まれると人類が大ダメージを受けるものはある」

「愛とか？」

「うん。愛とか、法律とか、敗戦とか」

「敗戦？」

「敗戦がなければ、戦争が終わらないでしょう」

よくわからない。オレには敗戦が欠けた世界を想像できない。でも、誰も彼もが法律を忘れた世界というのは漠然とイメージできて、それはたしかにやばそうだ。

千守はしばらく、口をつぐんで考え込んでいた。その細長い指先で長机をこつこつと叩く。彼には本来、こんな風に音をたてる癖があるけれど、よほど集中しているときの他は自重しているようだ。

やがてその音が止まり、千守は言った。

「僕たちが知るべきことが、ふたつある」

「ふたつだけ？」

「優先順位が高いのがふたつって意味だよ。ひとつは、ジャバウォックが盗んでいくもののルール。こっちが捨てたものしか盗み出せないんだよね？」

「有住の話の通りなら」

「だったら、本当に大事なものは捨てないように気をつけないといけない。でも、捨てるって言葉があやふやだから、明確にしたい」

その通りだ。捨てると言っても、ゴミの日に袋に詰めて出すわけじゃないだろう。なにかもっと、抽象的な言葉なんだって気がする。

千守が続けた。

「それから、もうひとつ知りたいのは、ジャバウォックが盗んだものを取り返したときに起こること」

彼の言葉は、オレの想像とは少し違った。

「盗まれたものを取り返したとき、どうなるのかわからなくて？」

「それを取り返す方法じゃなくて？」


「それを取り返したとき、どうなるのかわからなければ、そもそも取り返していいのかもわからないよ。ジャバウォックがなにかを盗むことでこの世界が改変されるなら、その反対も起こり得る」

ああ、そうか。たしかに。

たとえば大きな戦争の首謀者がジャバウォックに盗まれて、そのおかげで世界が平和になっていたなら、どうだろう。そいつを取り戻したとたん、やっぱり過去に戦争があったんだってことになって、いきなり大勢が死ぬかもしれない。

「でも、それはよっぽどやばいものを取り戻さなければ大丈夫じゃないのか？」

「そうとも限らないよ。たとえば一〇〇年前に、ひとりの女の子がジャバウォックに盗まれていたとしよう。この世界からは、その子の人生が欠けている。彼女を取り戻したときに起こることは、簡単に考えて二パターンだ」

オレは頷く。それはわかる。

「今のこの世界にその子が現れるだけなのか、それとも、一〇〇年前まで遡って『彼女がいた世界』に現実が改変されるのか」

「うん。その通り。それぞれ、いろんなバリエーションが考えられるけど、大雑把にはそのふたつ」

「あとの方がありそうだな。盗まれたときは、世界の改変が起きている」

以前、千守が指摘した通りだ。紫色の絵具がなくなったとき、同時に絵具セットのケースまでそれに合わせた形になった。

千守は気難しそうに眉を寄せて、軽く首を傾げてみせる。

「だとしたらとてもやばい。一〇〇年前に消えた女の子を取り戻したあと、牧野の先祖と出会って結婚するかもしれない。その場合、牧野家の家系図はまったくの別物になって、僕の目の前から君が消える」

「そういうの、『バック・トゥ・ザ・フューチャー』でみた気がするよ」

「なら『バタフライ・エフェクト』もみておいて。一見するとささやかな変化でも、この世界はがらりと姿を変えるかもしれない。世界が欠けるにせよ、その欠けが修復されるにせよ、どちらでも同じように。そしてその変化は、僕たちには想像しきれない」

たしかにジャバウォックは、簡単に手を出していいものではないんだろう。

けれどオレには、ぜひ取り戻したいものがある。

「有住の名前だけでも、やばいかな？」

「判断がつかないよ、そんなの。僕は警戒した方が良いと思う」

「なら、あいつはいつまでも名前がないままなのか？」

「まずはジャバウォック現象のルールを、しっかり調査したいって話だよ。ちょっと相手が超常現象すぎて、まともに調べられるか疑わしいけどね」

「どう調べる？」

「どう調べればいいと思う？」

尋ね返されて、短い時間、オレは沈黙する。

だが、ジャバウォックの情報源はずいぶん限られている。

「本命は、有住とあの図書館だ」

「僕はそれが危険だと言ってるんだよ。故意であれ偶然であれ、その図書館に近づくと、うっかり『ジャバウォックの盗難品』を取り戻してしまうかもしれない。だから事前にその危険度を調べておきたい」

「なら冬明から話を聞くしかない」

オレたちは「ジャバウォックに盗まれたもの」を忘れてしまう。それを認識することもできなくなるのだから、なんのデータも得られない。例外は冬明だけだ。

千守が頷く。

「たしかに冬明くんを頼るしかない。でも、一〇歳の子供ひとりの証言ですべてを判断するには、ちょっと話が大きすぎる」

「数がいるってことか」

「ルール――再現性を調べる方法は、数しかない」

「なら冬明みたいに、ジャバウォックに盗まれたものを覚えている人たちをみつけないといけないいな」

「そうなるね。できる？」

「まずは冬明に訊いて、盗難品のリストを作ってみる」

そのリストにあるものを覚えている人は、つまりジャバウォックの力が及ばなかった相手ってことになるはずだ。冬明も含めた、その人たちから話を聞いて、少しずつジャバウォックのルールを読み解いていくしかない。

千守が頷いてみせた。

「盗難品のリストがあれば、僕も協力できる。それを覚えている人がいないか、SNSで訊いてみる。とはいえそれだけじゃ、僕が欲しいデータは揃わない」

「どうして？」

「現状では具体例が冬明くんしかいないから、なかなか難しいけどね。僕は年齢というのが、けっこう重要なんじゃないかと疑っている」

たしかに「大人たちはジャバウォックに盗まれたものを忘れているけれど、純粋な子供たちは覚えている」というのは、よくわからない説得力がある。きっと、児童書なんかで類似するシチュエーションをみてきたからだろうけれど、なんとなくそういうものかもなって気がする。

「ところで、幼い子供とSNSは相性が悪い。たとえばツイッターだと、高校生は八割以上がアカウントを持っているけれど、小学生は一割程度だったはずだ」

「お前はよくそんなこと知ってるな」

「というか本来、一割いるのがおかしいんだけどね。ツイッターの利用規約じゃ、一三歳未満は使えないことになっている」

なんにせよSNSは――とくにその中でも不特定多数と繋がりやすい性質のものは、小学生から情報を集めるには不適切なのだろう。一方、オレたちは情報収集のため、その「不特定多数と繋がりやすい性質のＳＮＳ」を求めている。そして今回の調査において、小学生が対象から外れるのは不充分だ。

　その解決策には、すぐに思い当たった。

「わかった。フィールドワークをしてくる」

　実際にその現場を訪れ、聞き込み調査をする。そうすれば年齢のむらはなくなる。大学生が小学生に声をかけるなんて、今の世の中じゃ危うい点に目をつぶれば、より正確なデータが取れるはずだ。

「できる？」

「正直、あんまり時間を取れる自信はない」

　ジャバウォックが実在したところで、愛さんの負担が軽減されるわけじゃない。できるだけ冬明の相手をしたいけれど、調査対象が小学生であれば、どうしたところで時間が被る。大学を留年するわけにもいかないし、アルバイトも入っている。

「できる範囲でいいよ。なにを調べる？」

「候補がある」

　冬明が「ジャバウォックに盗まれた」と言ったものの中に、公園がある。絵具セットの紫色であればＳＮＳで大勢に尋ねることに意味があるだろうが、地元の小さな公園であれば、現地調査の方が相性が良い。

「君の仕事のメインは、冬明くんから話を聞くことだよ。他のことは、できる範囲でやってくれればいい」

　と千守は言った。

オレが図書館で体験したことは、冬明にとっても意外なようだった。冬明は戸惑った風に顔をしかめてみせた。

「それは、『向こう側』に行ったってこと？」

なにがどっち側なのかはわからないけれど、ともかく、ここではない世界に行ったのは確かだ。

＊

一〇月に入って、最初の水曜日だった。オレは平均すると週に二回くらい、冬明と一緒に夕食をとる。出来合いのものを買ってすませることが多いけれど、たまに気が向けば、ふたりで下手な料理を作ってみたりもする。

今日は肉じゃがを作るつもりだった。食材と調味料を圧力鍋に放り込んで、レシピ通りに加熱するだけでできるから、味にこだわらなければ簡単な料理だと思う。じゃがいもなんか、もう皮ごと入れてしまう。

午後五時になるころだ。我ながら危なっかしい手つきで玉ねぎを切るオレの隣で、冬明はピーラーを使いにんじんの皮を剝いていた。

「ともかく、お前に謝らないといけないと思ってさ。やっぱりオレも、ジャバウォックなんていないと思ってたから」

「別にいいよ。楓は、真面目に話を聞いてくれたし」

「そうでもないよ。初めからもっと、お前を信じていればよかった」

「それはそれで問題でしょ。だって、普通は信じられる話じゃないんだから」

「でも、やっぱりお前の期待に応えられなかったってことじゃないかな」

冬明は、オレと愛さんだけは信頼して、ジャバウォックの話を繰り返してくれたわけだから。けれどその冬明自身が、ううん、と小さな声で唸る。

「僕も、楓が全部信じてくれると思ってたわけじゃないんだ。話さないでいるのは、楓を馬鹿にしている気がして嫌だっただけなんだよ」

「馬鹿にしてるかな?」

「そうでしょ。話してみないとわからないのに、勝手に無駄だって決めちゃうのは、相手を馬鹿にしてるんだと思う」

「お前はいつもクールだな」

「普通だと思うけど」

オレは切った玉ねぎをそのまま鍋に放り込んで、冬明から皮を剝いたにんじんを受け取る。それを不揃いな乱切りにしながら、尋ねた。

「お前はジャバウォックって、どんなものだと思う?」

冬明は使ったばかりのピーラーを、流しで洗っていた。水流がシンクを叩く音がしばらく聞こえて、それが止まってから答えた。

「わからないけど、小野田先生は普通のことだって言ってた」

「小野田って、担任だっけ?」

「担任は馬島先生。小野田先生は、スクールカウンセラーの人」

「そっか。ちゃんと話を聞いてもらえたの?」

「うん」

冬明は念入りにタオルで手を拭いてから、「次はなにをすればいい？」とこちらを見上げた。けれどもう冬明に頼むことはなかった。米は炊飯器の中で、あと三〇分ほどで炊き上がる。サンマを焼く予定だけど、それは肉じゃがの準備が終わってからでいい。それから、小松菜と油揚げを煮たやつを買っているけれど、こちらは出来合いのものだから食事の直前に小皿に盛りつけるだけだ。

「じゃあテーブルに着いて、ジャバウォックのことを教えてくれよ。そのスクールカウンセラーの先生は、なんて言ってたの？」

冬明はオレが言った通り、ダイニングテーブルのあいつの席に着いた。大きな窓の向かいの特等席だ。

オレは乱切りにしたにんじんも鍋に放り込み、次は牛肉に取りかかる。そういえば、糸こんにゃくを買うのを忘れていた。でも別に、糸こんにゃくが入っていなければ肉じゃがと呼べないわけでもないだろう。肉とじゃがいもを和風に煮込めば、それは肉じゃがだ。

ゆっくりと時間をかけて、冬明が話す。

「正しいことと、間違っていることが、なんとなく決まるとするでしょ？　そうなると間違っていることっていうのは、ないことになっちゃうんだよ。実際にはなくなっていないけど、それはないことになっちゃう」

「難しいな。たとえば？」

「先生から聞いただけだから、よくわかんないんだけど。たとえば、ポッチャのことなんかだと思う」

「ポッチャ?」

「クラスにいるんだよ。ちょっと太ってて、昔はデブリンっていうあだ名だったんだ。でも三年のとき、そんなあだ名はよくないって先生に叱られて、ポッチャになった」

「ぽっちゃりだから?」

「それがよくわかんなくて。僕はポケモンの名前だと思ってたんだけど」

「ああ、そうなの?」

「でも、まあぽっちゃりしてるからっていうのもあるかもしれない。そこはよくわかんないんだけど、とにかくポッチャもだめだって先生が言い始めて、だから今はとりあえず、ただの小林《こばやし》くんなんだよ」

冬明の話に関して、オレはとくになんの意見もなかった。もしかしたらデブリンのリンは小林の林からきてたのかもなと思った程度だった。

オレは食材が揃った圧力鍋に、少しの水と、顆粒の出汁と、砂糖と醤油とみりんを入れて、しっかりと蓋をして火にかける。いちおうレシピを確認した。――しばらくは強火。それから、蒸気が噴き出すとごく弱火にして五分間。時間が経ったら、火を消して放っておけばいい。冬明が続けた。

「だから、太ってることをあだ名にしちゃいけないっていうことなんだと思う。それはたぶん、正しいってことになるんでしょ?」

「まあ、そうだな」

「で、そのとき、反対の方の。太ってることをあだ名にする理屈みたいなのは、世の中から消えちゃうんだよ」

「あるか？　そんなの」

「だって、太ってるのは悪いことだってみんなが思ってるから、それをあだ名にしちゃいけないわけでしょ？　みんなが太っていても、なんの問題もないって思ってたら、デブリンでもポッチャでもいいはずだよ」

「ああ。そうか。たしかにな」

体形をあだ名にしちゃいけないってのは、正しいことのような気がする。それで傷つく人を想像できるから。でも「太っている人への偏見」みたいなものをそのままにして、あだ名だけ規制するっていうのは、たしかに臭いものに蓋をしているだけなのかもしれない。

「僕はミヨちゃんって呼ばれてるんだけど」

「そうなの？」

「うん。三好だから。あと、一時期女の子のグループで、よく話をしてたから。その子たちが江戸川乱歩を読んでて、僕も好きだったんだ」

「嫌なの？　ミヨちゃんって呼ばれるの」

「ぜんぜん。でも、ポッチャがだめでミヨちゃんがいい理屈がわからないんだよ。名字なんて、僕にはどうしようもないわけだから」

「生まれたときは牧野だったしな」

「そう。もしかしたら僕だって、ミヨちゃんって呼ばれて、ショックかもしれないじゃない？　お父さんがいないのを思い出したりしてさ。ホントは全然、ショックじゃないんだけど、可能性で言えば」

「うん。わかるよ」

「で、ポッチャも同じはずなんだよ。別にそのあだ名で、本人が嫌がってたわけじゃないんだ。もしかしたらホントは嫌だったのかもしれないけど、それはわからないんだ」

「そうだな。わからないから、問題がない方に揃えようってことだと思うけど」

「それは別にいいんだけど。でも、ホームルームでそのあだ名はよくないって話になったとき、ポッチャが泣いちゃったんだよ」

オレは冷蔵庫からサンマを三匹取り出して、適当に塩を振り、グリルに並べた。このキッチンのグリルには、コースを選択すると自動で焼いてくれる機能があるけれど、それを使うといつも水分が飛びすぎてしまう。だからまずは弱火で八分焼いて、様子をみながら強火で追加加熱することにしている。

冬明は頬杖をついて、真剣な顔で窓の外をみていた。最近じゃ、日の入りの時間がずいぶん早くなってきた。空はまだ明るいけれど、もうすぐそこに夜がいる気配がした。

「ポッチャが泣いて、先生は嬉しそうだったんだよ。別に笑ったりするわけじゃないんだけど、なんだか得意げっていうか。やっぱりポッチャっていうあだ名が嫌で、小林くんは無理をしてたんだってことになったんだよ。わかる？」

「わかる」

「でも、それってへんじゃない？　本人がそう言ったわけじゃないんだ。ポッチャは泣いただけなんだ」

「よくわかるよ。そんな風に、本当は無関係な人たちに、勝手にストーリーを決められちゃう気持ち悪さみたいなのは」

「僕だってホームルームで、ミヨちゃんはだめだなんて言われたら、たぶん泣いちゃうんだよ。上手く言えないんだけど、なんだか悔しくて。そこは問題じゃないのに、問題だって決めつけられて、これまでのことが否定される感じがして。僕が傷ついていたなんて嘘なのに、事実みたいになるのが悔しいんだ。泣いちゃうくらい悔しいんだよ」

冬明は自分の想像で、本当に悔しがっているようだった。泣いてはいなかったけれど、声が少し震えていた。

オレはとりあえず食事の準備が終わってしまって、まな板だとか包丁だとかを洗うことにした。話の途中で、無作法に水音をたてて良いものか迷ったけれど、そんなことにこだわっている方が冬明は嫌な気がして、堂々と水を流した。

冬明が、まだ震えたままの声で話を続ける。

「だから本当は、いろんなものがあるはずなんだよ。もっと、いろんなことが、ポッチャってあだ名にはあったはずなんだ」

「そのあだ名は本当に悪いものなのかとか。悪かったとしても、ホームルームで話をすることなのかとか、言葉の選び方とか」

「うん。そういうのも、他にも。遠足のときだって、体育のサッカーでポッチャが点を取ったときだって、小林くんはポッチャだったんだよ。だからポッチャって呼び方にも、きちんと良いところがあるはずなんだ」

「そうだな。本当に、いろんなものがあるな」

価値観も、理屈も、愛だとか正義だとか歴史だとかも。たぶんそれはみんな多面的で、本当は、教壇で先生が話して聞かせられる程度のものじゃないんだろう。たったひとつの視点からみて点数をつけられるようなことじゃないんだろう。

冬明が言った。

「ジャバウォックがなにかを盗んで、そのぶんだけ世界が欠けるっていうのは、たぶんそういうことなんだ。太ってるのをあだ名にしちゃいけないって話が正しくなっちゃうと、あとはみんな、なくなっちゃうようなことなんだ」

なんだかひどく、腑に落ちていた。これまで漠然としていたジャバウォック現象の理屈が、ふいに輪郭を持ったような気がした。

このあだ名の話は、ごく当たり前に、現実で起きることだ。たとえばSNSなんかで、正義の形が切って揃えられ、単純化し、本来は複合的であるはずの要素がいくつも投げ捨てられていく過程みたいだ。

ジャバウォックのように、非現実的な話ではない。けれどジャバウォック現象は、それの象徴なのかもしれない。

誰かが正義を語り、その正義が受け入れられたとき、世界は欠ける。どれだけ正しかろうが、間違っていようが関係なく、とにかく一度受け入れられた正義への反論や検証は許されなくなっていく。違和感を覚えた誰かがそれを口にしたなら、「あなたは間違っているんだ」「時代に合っていないんだよ」と切り捨てられる。あるいはその反論自体が、もう大勢の目には触れなくなる。それは本当にジャバウォック現象と同じように、ひとつの正義が決まってしまうと、別の正義の可能性は初めからないものだとして処理される。

圧力鍋の、加圧の完了を示す弁が、かんと音をたてて上がった。かんかんとその音が続けて聞こえていた。それは耳障りな音だった。部屋はもう、ずいぶん暗くなっている。夜が近い。オレは明かりのスイッチを入れる。

「お前はやっぱり、とってもクールだな」

「でも、僕が考えたことじゃないんだ。小野田先生が言ったのは、たぶんこういうことだったんじゃないかなってことで」

「それを、愛さんに話してみろよ。きっとわかってもらえる」

「うん。でも――」

明かりがついた部屋でも、冬明は窓の外をみつめたままだった。その視線の先の空は、部屋が明るくなったぶんだけ、いっそう暗くなった気がした。

「もうちょっとあとにするよ。僕がジャバウォックの話をしなくなってから、お母さんは嬉しそうだから」

そうだろうか。本当に。ジャバウォックのことは、愛さんだってずっと、気にかけているんじゃないだろうか。

けれどオレは、「そっか」とだけ答えた。

――オレだって、冬明と同じように考えてるんだ。

そういう思いもあった。ジャバウォックの実在をほとんど確信してもまだ、愛さんにそのことを伝えていないのだから。あの人の負担を考えると、やっぱりオレまで、まるでフィクションみたいな話を始めるべきではないだろう。

でも、本質はきっと、そういうことではなくて。理性的に愛さんをいたわるようなことではなくて。

初めからオレは、冬明と愛さんの関係に口を挟めはしないんだ。ふたりのことは、本物の親子の問題で、オレはそうではないのだから。

＊

一〇月は予定通り、ジャバウォックの調査をして過ごした。

そのあいだ、有住は姿をみせなかった。オレは一度、あの図書館を訪ねてみたけれど、門には鍵がかかっていた。

冬明から話を聞いて作った「ジャバウォックの盗難品リスト」は、ずいぶん長いものになった。紫色とレモン色の絵具。児童書が一冊。玩具の車。夕方にテレビで放送されていたアニメ。コンビニでよく売られていたアイスクリーム。同じ学校の女の子の赤い靴――その中のひとつが、小さな公園だ。

オレはその公園について聞き込みをしたけれど、やっぱりあまり時間を取れなくて、現地に行けたのはほんの四、五回だけだった。代わりに冬明が協力してくれて、あいつの学校の生徒たちから、たくさんの証言を集めてくれた。

その調査は、ひと月ほどで打ち切った。もうそれなりに充分な調査ができた、というのもあるけれど、いちばんの理由は違う。冬明が熱心に聞き込みをしてくれた結果、小学生たちのあいだで、消えた公園の話が都市伝説のように広まったのだ。

――その公園で事故が起きたんだってさ。赤いすべり台から、女の子が落ちて死んじゃったんだよ。それで、公園ごと取り壊したらしいよ。

誰が言い始めたのかわからない、こんな噂が流布して、まともに話を聞ける環境ではなくなった。

そもそも冬明の記憶では、公園にあったすべり台は赤色ではなかった。階段が緑、転落防止用の柵が青で、斜面の手すりは黄色だったらしい。けれど誤った噂が広がると、大勢がその噂からイメージを膨らませ、実際にはみてもいないものをみた気になってしまうようだった。今は誰に聞いても「知ってるよ。赤いすべり台の公園だろ?」なんてことになるから、意味をなさない。
人の記憶は――少なくともその一部は、想像で書き換わる。

この話を千守に伝えると、苦笑を浮かべてあいつは言った。

「牧野は、ファンタのゴールデンアップルって知ってる?」

一一月五日、金曜日。オレたちはいつも通り、午前中のボックスにいた。

急な質問に戸惑いながら、オレは答える。

「なんかあったような気もするし、飲んだような気もするな」

でもファンタは、グレープとオレンジくらいしか印象にない。オレは長年、スプライト派だった。

千守が、軽く頷いてみせる。

「ファンタには、かなり初期のラインナップ――一九七〇年代くらいかな? そのころに、ゴールデンアップル味があったはずだって噂になった。大勢がその商品のことを覚えていたけれど、証拠はなにひとつみつからなかった。古い缶や、瓶の王冠なんかはそこそこコレクターがいるけれど、誰もゴールデンアップル味のものは持っていない」

「じゃあ、なかったのか?」

「その噂が出回ったあとで、本当にゴールデンアップル味が発売されているから、牧野が飲んでても不思議じゃないけどね。でも理性的にデータをみれば、一九七〇年代にファンタ・ゴールデンアップルが販売されていたっていうのは誤りだ」

「あるいは、ジャバウォックに盗まれた？」

「そう。この出来事はジャバウォック現象によく似ている。なんにせよ、人の記憶はあやふやだってことだよ。あやふやだし、すぐにバイアスがかかる。たしかゴールデンアップル味があったよねって風に尋ねると、なんとなくあったような気がする」

たしかにオレも、本当にゴールデンアップル味を飲んだのか定かじゃない。千守に訊かれて、そういえば、という気がしただけだ。

千守は、ＳＮＳに届いたメッセージを確認しているようだった。スマートフォンのモニターに視線を落として続けた。

「ファンタ・ゴールデンアップルに関するウェブ上のログを追いかけると、わかることがもうひとつある。けっきょく記憶対データの戦いは、理性的に判断すればデータが勝つってこと」

「そうだな。普通、そんなものが本当に販売されていたなら、痕跡がなにひとつ残っていないはずがない」

「うん。ジャバウォックなんてものを知らなければ、僕だって記憶の方が誤りだって考える。他の大勢も、やっぱりそう考える」

千守には、冬明から聞いて作った「ジャバウォックの盗難品リスト」を渡している。彼はＳＮＳを使い、そこに載っているものを覚えている人たちを探していた。「こんなタイトルの本を知りませんか？」「四年前、夕方に放送されていたアニメを教えてください」「以前、コンビニでこういうアイスが売られていませんでしたか？」――なんて風に。

千守によると、思いのほかそれら「盗難品」を覚えている人は多いらしい。ああ、それ知っています。たしかにみた記憶があります。こういうメッセージが、いくつも寄せられたそうだ。けれどよく話を聞いてみると、それらは事実ではなく、後から捏造された記憶だってことも多いようだ。

さらにその何倍も、千守の元には反対のメッセージが届いている。つまり「そんなもの、はじめからないんだ」というメッセージだ。

その大半は、攻撃的なものではない。「こちらの商品ではないですか？」と、特徴が少し似ているアイスの画像が届く。「テレビ局のデータベースを調べてみましたが、そんなアニメはありませんでしたよ」とwebページのアドレスが届く。「私は図書館で司書をしていて、よくあるタイトルの誤解に――」と、自身の体験談が届く。そうなると、もともと「覚えている」と言っていた人たちが口をつぐみはじめる。

千守は長机に両肘をつき、スマートフォンのモニターを覗き込んだまま続けた。

「時間をかけるしかない調査だってことは、覚悟していたつもりだけどね。やっぱりなかなか、難しいな」

オレも同じように感じていた。ひと月間の調査で、わかったことは少ない。

「公園の調査じゃ、子供の方がよく覚えていたよ。声をかけた中じゃ、二割くらいかな。大人はほとんど忘れちゃってたのに」

だから、やっぱりジャバウォックの力は、子供には効果が及びづらいのかもしれない。

千守が軽く頷いて答える。

「その傾向は僕も感じる。でも、子供ならみんな盗難品のことを覚えているってわけじゃない。きっと別の条件がある」

「どんな条件だ？」

「まったくわからない。こんなの当てずっぽうの範疇なんだけど、たとえば想像力なんかが関わっているのかもしれない。ジャバウォックの存在を受け入れられる想像力っていうか、思考の柔軟さが」

千守の話を聞いて、なんとなく思い当たった。

「つまり、視点があればいいってことか」

「うん。たしかにその想像力は、視点とも言い換えられる」

「図書館で本を捜したとき、有住から聞いたんだ。白紙の本の名前がわかれば、それをきっかけにジャバウォックの世界をみつめる視点が手に入るって」

千守は、しばらく黙り込んでいた。

だがやがて、ぼそりと彼は言った。

「冬明くんは、どうやってその視点を手に入れたんだろう」

「冬明？」

「やっぱり彼だけが、特別な感じがするんだよ。ひとりだけ、あまりに詳細に盗難品のことを覚えている。冬明くんにはなにか、ジャバウォックの存在を確信するような出来事があったのかもしれない」

「ただ想像しただけじゃなくて？」

「ヒトがゼロから想像できることなんて、たかが知れてるよ。なにかきっかけがあったなら、話がわかりやすいんだけど」

冬明だけが、特別になったきっかけ。

頭を捻って、その答えがわかるとは思えなかった。それでもオレが悩んでいると、千守が、とん、とんと二度だけ長机を指先で叩いた。

「次は、ものが消えてしまう方――ジャバウォック現象の発生条件を考えてみよう。冬明くんの話じゃ、それはあるコミュニティ内で特定の正義が共有されたときに起こる」

「うん。学校とか、友達のあいだとかで」

「そして、共有された正義とは異なる価値観が排斥される。これがつまり、僕たちが捨てたものをジャバウォックが盗んでいくって言い回しの意味だ」

きっと、そういうことなんだろう。

オレが頷いてみせると、千守が言った。

「だとしても、ルールが足りない」

千守は手にしていたスマートフォンを長机に置き、頬杖をついてこちらをみた。そして感情のない声で、口早に続けた。

「だって、それだけでジャバウォック現象が起きるなら、人類が絶滅していない理由がない。本当に。神さまの解釈の違いで宗教上の対立が起これば、それだけで両者が消える。ふたつのコミュニティの正義が互いを否定し合うわけだからね。同じように、支持する政党が異なり対立すれば、やっぱり両者が消えてしまう。そんな世界で、いったい誰が生き残れるっていうんだ。あらゆる人種も、性別も、年齢も、思想も、必ず誰かには嫌われているんだよ。

人類はすでに消滅していなければならない」

千守の話は、やや極端に聞こえた。でも似たようなことをオレも考えていた。

たとえば今のこの世界でも、コンビニに行けばタバコが売られている。でもどこかの人たち——かなり大勢のあいだで、もうずいぶん前から「タバコは悪だ」ってことになっているだろう。なのに消えていないなら、ジャバウォック現象には別の条件がある。

思いついたことを、とくに考えもせずオレは口にした。

「ジャバウォックが本当に怪物なら、ただの気まぐれかもしれない」

「うん。その場合、盗難品の発生をルール化できない」

「ほかにどんな可能性がある？」

「可能性なんて言い方をすれば、いくらだってある。世の中で意見が対立しているあいだは捨てたことにならず、はっきり一方が正義だと決まったとき、もう一方が消えるのかもしれない」

「でも、たぶんそうじゃない」

「はっきり一方が正義だと決まる、なんて現実的じゃないからね。科学的根拠のない民間療法にも支持者はいて、ジェンダーフリーにも反対者はいる。そもそも、ただ大勢に嫌われるだけで消えるなら、犯罪だとかキッチンに出る黒いあれだとかから消える」

その通りだ。核兵器がまだこの世界にあり、紫色の絵具が消えたなら、もっとアンフェアな——より限定的なルールがあるはずだ。

「たとえば、冬明の周りにだけジャバウォックが発生するってのは？」

千守はまたスマートフォンを手に取り、画面に視線を落とした。

「僕もそれを考えていたんだよ。さっきの視点の話は、表裏一体なのかもしれない。ジャバウォックの影響を受けない誰かが目みたいになっていて、その視界内で条件が満たされたときにだけ、ジャバウォック現象が発生するのかもしれない」

オレはジャバウォックの目を想像する。それは瞳孔が縦に伸びた、爬虫類の目のイメージだった。その、気味の悪い目が、じっと冬明の教室を覗き込んでいる。

「冬明が、その目なら辻褄が合う」

ジャバウォックの目になった誰かは、盗難品のことを忘れない。代わりに、その誰かの周りでだけジャバウォック現象が発生する。そしてジャバウォックの目になる条件とは、ジャバウォックの存在を受け入れていることだ。

「そうだね。冬明くんの他にも、その目の役割を持つ人がいるなら――」

そう話していた千守が、ふいに言葉を途切れさせる。

「どうした？」

千守は、スマートフォンをみつめたままだった。彼の口元は、なんだか不機嫌そうで、こいつにしては珍しく喋ることを躊躇っているようだった。でも千守は、不必要に言葉を濁しもしなかった。

「アカウント名、キササゲ。覚えてる？」

「もちろん」

それは五年前、父さんを吊るし上げたアカウントだ。そしてユーザー名を jabberwock にしているアカウントでもある。

「彼――だか、彼女だか知らないけどね。キササゲのツイートが、よくない。非常によくない感じがする」

千守がスマートフォンの画面をこちらに向けた。

濃紺色の背景に、デフォルメされた顔のイラスト。五年前から変わらないアイコンが、ほんの五分ほど前に、短いツイートをしている。

——これ、牧野英哉の嫁でしょ？　夫婦そろってなにしてんの。

そのツイートには、あるブログのアドレスが載っていた。

11話　五分間の喜びも壊れて――三好愛

大沢さん一家が丘の上の土地を買うと決めた日から、たった一週間ほどのあいだで起こったことは、私の精神の許容量を完全に超えていた。早々と破裂した水風船の残骸に水道水が勢いよく降り注ぐようだった。

その最初の出来事は、佐代里さんから「あの土地を買う」との連絡を受けた翌日――一〇月三一日の日曜日だった。その日、改めて大沢さん一家が来店し、いくつかの契約書にサインをした。営業としての私の仕事は、これであらかた終わったことになる。通常であれば、契約のあとの設計士との打ち合わせに営業も同席する機会があるけれど、大沢さん一家の場合はすでに詳細な図面が用意されている。ローンや登記のための司法書士とのやり取りが多少残っているくらいだった。

佐代里さんも雅史さんも、それぞれ私に「ありがとうございます」と口にした。もちろん私も、「ありがとうございます」と答えた。

ふたりの様子は共に和やかだった。四三〇〇万の買い物をする緊張も、もちろんあったはずだけれど、どちらかというとひと仕事終えて安心しているようだった。どこまで状況がわかっているのか、誰に向けた言葉なのかわからないけれど、四歳の息子さんが「よかったね」と言って笑った。

大沢さん一家を見送って、頭を下げて。それだけで終われば、なんの文句もない日曜日だった。完全無欠に幸福な気持ちで家に帰り、冬明の顔をみながら眠りにつけたのだと思う。でも、そのあと――まあ、言葉を選ばなければ面倒事が起こった。

ずいぶんお世話になったものだから、私は隣のデスクの園田さんにも感謝を伝えた。丘の上の土地の情報をいち早く知れたのは園田さんのおかげだし、値引き交渉でもグループ会社の様子なんかの有効なカードを私に与えてくれた。そもそも、最初に大沢さん一家がうちの工務店に訪れたとき、園田さんが先に席を立っていたなら、この契約は彼のものだったはずだ。

園田さんは、照れた風に何度か首を振った。それから、私を夕食に誘った。ふたりで契約を取れたお祝いをしよう、とのことだった。

園田さんから下心のようなものを感じたのは、このときが初めてだった。契約の度に祝杯を上げるような文化はうちにはないし、彼がわざわざ「ふたりで」と限定した意図は、汲み取らざるを得ない。

私は、内心では少し動揺しながら、できるだけ丁寧な言葉で辞退した。なにはともあれ、家で冬明が待っているのだから、スケジュールにない外食はできない。よほど例外的な事情がなければ、スケジュールにだって夕食の約束は組み込まないようにしている。

――園田さんが丁寧に私をサポートしてくれたのは、裏側に恋愛感情みたいなものがあったからなのだろうか？

その想像は、良い悪いでいえば、もちろん悪いものだった。とはいえ、腹を立てるようなことでもない。二〇代のころの私であれば、ずいぶん苛立ったかもしれないけれど――プライベートな感情を仕事に持ち込むのは、それがどんな種類のものであれアンフェアな気がして苦手だ——さすがにそんなことでへそを曲げるような歳でもない。

あるいは仕事のことは、すべて善意なのかもしれない。園田さんを無意味に貶《おとし》めることはない。なんにせよ、この話がへんな方向にこじれると、今後職場の居心地が悪くなりそうだ。なんとか穏便に距離を取らなければな、と私は考えていた。

けれど事態は、私の想像よりもずっと深刻だった。

帰りに駐車場で、先に会社を出たはずの園田さんが待ち構えていて、花束を差し出してきたのだ。

彼のプロポーズは唐突で、なかなかに最悪なものだった。

それで私は仕方なく、はっきりと彼を振ることになった。

*

再婚について、これまでまったく考えなかったわけではない。

けれど、何度考えてもその答えは「あり得ない」で共通していた。

英哉さんの死は私のトラウマだった。今もまだ。そして、そのトラウマを癒せる他者というものを、私には想像ができなかった。例外は冬明と楓だけだ。私が能動的に家族と呼びたいのは、あのふたりの子供たちだけだった。

今の私にとって、恋愛のようなものは単純にストレスだ。働いて、家事をして、冬明のことを考えて、たまに楓のことを考えて。これで私は精一杯だ。その他の誰かに愛情を向けるような余裕なんて、どこにもない。とくに職場恋愛の可能性が意識にちらつくと、余計なことに体力を使わなければならない。

今後、仕事で誰かに助けられたとき、いちいち「下心があるのではないか？」なんてことを疑わなければならないのだろうか。万が一の可能性に備え、毎度差し伸べられた手を無視して、私はひとりで大丈夫だというスタンスをアピールし続けなければならないのだろうか。それは明らかに負担だった。仕事上の感謝と異性への愛情は、豆腐と自転車くらい違う。共通点を探す方が難しい。

月曜、火曜と続く休みのあいだ、私は家事に没頭した。溜まっていた洗濯物を片付け、久しぶりにトイレまで掃除して、平日にはなかなか難しい手料理を冬明のために用意していると、四八時間なんて瞬く間に消えてなくなる。変化といえば、中指の指輪に触れる回数が増えたくらいだ。

それでも火曜の夜は、翌朝が憂鬱な気分を久しぶりに味わった。

*

一一月三日、水曜日の出来事は、思い出したくもない。

それは私がこれまで体験したことのない種類の苦痛だった。――いや、類似する苦痛はこれまでにもあったけれど、サイズがずば抜けていた。

その日、私が出社すると、デスクの上に見覚えのない資料が置かれていた。誰が、なんのためにその資料を用意したのか、厳密にはわからない。だがもちろん犯人にもその動機にも想像はついた。そして、もし想像通りにそれが私への攻撃だったなら、あまりに効果的なやり方だった。

デスクに載っていたのは、「建築計画概要書」と呼ばれるものだ。家を建てる場合、これから建てようとしている家屋が法の規定に適合しているのかを審査することになる。この審査を建築確認という。審査をクリアすると、建築確認済証が交付され、市役所にこれから建てる家屋のデータが登録される。これが建築計画概要書で、第三者でも閲覧や写しの印刷ができる。

デスクの建築計画概要書は、うちの工務店では扱わない鉄筋コンクリート製のマンションのものだった。建設の開始予定日がまだずいぶん先になっている、真新しい計画書だ。資料の内容に違和感はなかった。だが、そのマンションの建設予定地が問題だった。

私はデスクのＰＣを起動して、手早く住所を入力する。

二次元の地図では、その場所は「丘の上の土地」のすぐ北側になっている。実際には二〇メートルほどの崖の下ということになる。だが、その建物は一〇階建てで計画されていた。一〇階建てのマンションは、二〇メートルでは収まらない。上部二、三階ぶんは丘の上に突き出るはずだ。

――つまり、あの土地の展望は間もなく消えてなくなる。

目の前に民家が建つのと変わらない。だとしたら、大沢さん一家は、なんのためにあの土地を買うことを決断したというんだ。私とあの人たちとのやり取りは、いったい、なんだったんだ。

私は隣の席の園田さんに目を向けたが、彼に声をかけはしなかった。

――知っていたんですか？

なんて、今問い詰めても仕方がない。建築計画概要書を手に席を立ち、課長――松岡さんのデスクに向かう。松岡さんは出社したばかりのようだった。デスクの後ろのロッカーを開け、ジャケットを脱いでハンガーにかけていた。

挨拶を飛ばして、私は建築計画概要書を掲げる。

「これ、知っていたんですか？」

松岡さんは切れ長の目をこちらに向けて、あくびをかみ殺した。

「おはよう。コーヒーを淹れてくれる？」

「あとでお淹れします。大沢さんが契約した土地のすぐ北側です。マンションが建つことをご存じだったんですか？」

「君は知らなかったの？」

「それは――」

知らなかった。だが、当然、知っているべきことだった。土地を扱う場合、周辺環境の変化を気にするなんて基礎も基礎だ。この件で、誰に落ち度があったのかといえば、まずいちばんに私だ。

「申し訳ありません。把握していませんでした。ですがあの丘の上の土地は、展望を優先して桜並木まで伐採したと聞いていて――」

「そんなの、切ったあとで下の工事が決まったんでしょ。仕方ないじゃない」

「はい。ですが、うちのミスです」

「君のミスではなくて？」

「もちろん私のミスです。ですが私が所属しているのは泰住工務店です」

「うん。で？」

「すぐに、大沢さんにご連絡します。こちらの説明に誤りがあったのだから――」

「待って。やっぱりコーヒーを淹れて。気圧かな？　今朝は妙に眠くてね」

彼は松岡さんを睨みつけたけれど、彼は平気な様子でストレッチなんかしていた。

彼に勢いよく背を向けて、給湯室に向かう。コーヒーメーカーにはすでに保温されたコーヒーが用意されているから、たいした手間ではない。勢いよくそれをカップに注いだ。片手に持ったままの建築計画概要書が邪魔だった。

松岡さんのデスクに戻ると、彼はすでに席に着いていた。私がコーヒーのカップを置くと、彼は事務的にありがとうと告げてから言った。

「で、君はなにを問題にしているの？」

「展望の良い土地をご希望のお客様に、そのご希望に沿った土地をお勧めしましたが、目の前にマンションが建つとわかりました」

「とはいえ崖の下だ。たしかに頭は突き出るけれど、空は広く開いている」

「契約の前に、その旨の説明ができていません」

「そもそも契約書に展望のことなんてなにも書かれていないよ。土地の値段にも、展望代は含まれていない。周りの土地も同じ値段で売ってるんだから」

「ならすでにうちのグループは、このマンションが建つことを把握していたということでしょう？　どうして情報の共有がなかったんですか」

「あの土地の価値は展望じゃない。人気のある地区に出た、地盤が強固な分譲地だ。バスの停留所も近いし、徒歩圏内にコンビニもスーパーも郵便局もある。充分に、値段相応の価値がある土地だよ」

「土地の価値は買い手が決めます」

「うん。その通り。土地の性質もお客様のご要望も千差万別だ。なにもかもみんな注釈に羅列できるわけがないだろう？　お客様の要望に合わせて土地を調査するのは、君の仕事だった」

「はい。誠に申し訳ありませんでした」

「それで？」

松岡さんはようやく、コーヒーに口をつける。

それで？　じゃない。これからすべきことは決まっている。

「大沢さんにご連絡し、謝罪いたします。先方が望むなら、契約は無条件で白紙撤回という形で問題ありませんね？」

「それは困る。現状では、お客様都合の解約の規定に従っていただくことになる」

「これが、お客様都合ですか？」

「契約内容に、展望に関する記載はない。こちらは契約内容通り、誠実に業務を遂行しているよ」

「口頭での説明も約束です。法的な根拠にだってなります。こちらの説明がアンフェアだったことは間違いありません」

「風景というのは扱いが難しくてね。たしか展望を売りにしたマンションの住民が、目の前に別のマンションが建ったからといって販売元と争った判例がある。結果は住民側の敗訴だ。

展望というのは他者都合でいくらでも変わり、マンションの持ち主が排他的、独占的に享受できる利益ではないという判決だった」

「状況次第です。今回の場合、うちは目の前にマンションが建つことを事前に把握していたはずです。なら説明義務に違反します」

「え？　君、知ってて売ったの？」

「私はもちろん、知りませんよ。ですが――」

「なら証明のしようがない話でしょう。たしかにうちのグループの誰かは、そのマンションの建築計画を知っていたのかもしれないよ。でも、意図して情報を隠蔽したわけじゃない。ただ、共有の手が回らなかっただけだ。騙す意思がなければ過失ではない」

「そもそも、裁判でどちらが有利かなんて話をしている時点で、顧客に対して誠意がありません」

「オレの記憶じゃ、法律の話を持ち出したのは君の方だよ。オレはただ、展望というのは難しいねっていう日常的な雑談をしていただけでしょう」

松岡さんの反応は、おかしい。

こんなの、うだうだと口先で言い争っていても仕方のないことだ。いずれマンションは建つのだし、そのことを大沢さんたちに知られる日も近い。大沢さんの家屋の建築が始まってからクレームが入ると話が大きくなる。最優先が企業の利益であれ、顧客の利益であれ、答えはひとつしかない。

「ともかくマンションの件を、大沢さんに報告します。第三者から知らされるよりはずいぶんましです」

「まだ早い。あの土地はどうせ売れる。ならうちで、次のお客様をみつけてからだ」

松岡さんの思惑がわかり、私は息を呑む。

この人はグループ内での競争に熱心だ。だから、売れる見込みの高い土地の席取りに、大沢さんの名前を使うつもりなのだ。グループ内の他社にあの土地を渡さないために、とりあえず契約を維持しておく。

「お客様の、家庭のために家を建てようという思いを、グループ内の競争ゲームに使うつもりですか？」

「ゲームじゃない。仕事だよ」

「顧客を騙すのが、私たちの仕事ですか？」

「話をスムーズに進めようというだけだ。先方が契約書にサインしている以上、それは法的な拘束力を持つ。会社としても、特例を認めるのは手間がかかり、どこかで話がこじれるかもしれない。そうすると本当に、裁判所に相談するようなことになる。でも次の買い手がみつかっていれば、オレだって上の説得がずいぶん楽になる」

「ですが――」

「ですが、じゃないでしょう。オレたちが契約書のサインを軽視してどうするの？　営業っていうのは、そのサインの価値だけで成り立つ仕事だよ」

そうじゃない。なんだ、この気持ちの悪さは。そういう話ではない。

私は深く息を吸って、どうにか苛立ちを抑えようと努力する。今回の件は、私自身のミスなのは間違いない。言い逃れもできない。でも、だからといって、顧客にアンフェアなまま話を進めて良いはずがない。

松岡さんが、コーヒーに口をつけて続けた。

「だから、君はよくやったよ。とにかく相手にサインを書かせたんだから。君の仕事は、そこでお終い。あとはこちらで引き取るから、次のサインをよろしく」

気がつけば私は、思い切りデスクに右手をついていた。大きな音が鳴り、カップの中のコーヒーが跳ねた。手のひらに痛みは感じない。

「この会社で、大沢さん一家ともっとも密接にやり取りをしたのは私です。私が、これはお客様への裏切りだと言っているんです。なのにそれを蔑ろに扱われて、いったいどんな風に次の仕事をしろっていうんですか？」

松岡さんは、デスクにこぼれたコーヒーの一滴に目を落とした。しばらくそれを無言でみつめ、ティッシュペーパーで拭き取った。

「なら、うちを離れるかい？」

もしも私が二〇代のころなら、辞めてやる、と叫んでいたかもしれない。あるいは、もしも今も英哉さんが生きていたら。けれど現実はそうじゃない。冬明の顔が思い浮かび、私は口をつぐむ。ただ頭に血が上り、身体がぐらつくような不快感を覚えていた。

松岡さんが、ティッシュペーパーを足元のごみ箱に捨てる。

「物事を潤滑に進めるには、多少の秘密も必要だよ。君だって、過去の経歴を隠してここに勤めているんだろう？　それが明らかになると、会社の不利益になると知りながら」

なんだか涙がでそうになり、私は唇を噛む。

——ああ。やっぱり、この人は。

この人たちは、英哉さんのことを知っているんだ。

どうしたところで、仕事ができる精神状態ではなかった。

私は気がつけば工務店を飛び出していた。

道路を渡れば広い堀があり、その先は城跡にできた公園になっている。私はなにも思考できないままその公園に入り、最初に目に入ったベンチに腰を下ろした。

——辞められるわけがないんだ。今の職場を。

だって、それは怖いから。

勢いで会社を辞めて、私に次の仕事があるだろうか。これまでの職歴を振り返れば、私にできる仕事がそれほど多いとは思えなかった。だが同じように工務店の営業の職を探したとして、それをみつけることができるだろうか。この辺りでは、泰住工務店は——うちのグループは大手だ。揉め事を起こして職場を離れたなんて話、業界内ではすぐに広がってもいない。不思議じゃない。そのとき、英哉さんの名前がついて回らないとも限らない。お客様を自殺に追い込んだとされている建築士の妻を、いったいどこが雇うだろう。

なら遠方に逃げ出す？　仕事を失くしたまま引っ越しをして、次の部屋を借りて。冬明にも小学校を移らせて。それもまた、現実的だとは思えない。

英哉さんのことは、今もまだ愛している自信があった。けれどあの人の名前は、私にとっての呪いだった。彼の死はきっと、その呪いを払拭する意味もあったのだろう。けれどまだ充分ではない。

泰住工務店で、英哉さんの話をしたことはなかった。なのにいったい、どうしてそれが知られたのだろう。

両肘を膝について、頭を抱える。

――答えは決まっているんだ。

私は松岡さんに、頭を下げなければならない。ひとりで先走り、感情的になってすみませんでした、と謝罪しなければならない。これからも冬明を育てていくために、私はなにかに鈍くならなければならない。

左手の中指の指輪に、右手の指先が触れた。

――同じことを、英哉さんも経験したのだろうか。

今、私が押しつぶされている、巨大なストレスと同じものを。冬明や、楓や、もしかしたら私の顔を想像して、彼は自身の正義を裏切ったのだろうか。

ずっと不思議だったんだ。あの人が顧客に対して、不誠実な仕事をしたなんて話、事実だとは思えなかった。あの人は仕事にプライドを持っていた。家を建てるということの意味を深く考えていた。きっと私たちは以前、同じ正義を共有していた。

けれど、あの人は家族のためにその正義を投げ捨てて、顧客をひとり死なせ、自分自身で命を絶ったのだろうか。それと同じような道を、私も今、歩いているのだろうか。

涙が頬を伝うまで、自分が泣いていることに気づかなかった。なぜ泣かなければならないのかもわからなかった。悲しいんじゃない。本当に。悔しいのは、悔しい。でも、悔しくて泣いているのとも違う。ただ気持ちが脆くなっている。私を守る殻のようなものが取り払われ、内側がむき出しになっている。

強く目を閉じて、決める。

――もうあと一〇分で、私はここから立ち上がろう。

私が脆くてはならないのだ。冬明が生活する家庭を支えるために。コンクリート製の基礎と、太く立派な柱と梁と、しっかりそれらに支えられた壁や屋根のように強固でなければならない。それは雨や風をしのぎ、真冬でも暖かで、あの子が不安なく笑っていられる場所でなければならない。

ふと思い出したのは、英哉さんの死が伝えられた夜、楓がつぶやいた言葉だった。

――バールのようなものなんだよ。それは人の手で、家を解体するときに使うものなんだ。

英哉さんの死は、冬明を守るための家に、大きな傷をつけたのだろう。きっと、バールに似たものが振り下ろされて。

なら私は、それに抗わなければならない。

強固な家を守り続けるのが、私の戦いだ。

＊

私はシミュレーションした通りに松岡さんに頭を下げ、あとはデスクで、ただ仕事のために手を動かした。水曜日は来客が少なく、代わりに月、火と休みだったあいだに溜まった連絡事項の処理に時間を取られる。それは、私にとってはありがたいことだった。

帰宅後は、普段通りに振舞えたはずだ。別に演技をしているわけでもない。冬明を前にすると、自然と母親としてのスイッチが入るだけだ。

けれど冬明は、私の異変に、どこかで気づいていたのかもしれない。まったくそんなことはなくて、ただの気まぐれだったのかもしれないけれど、ともかくあの子は珍しく、こんなことを言った。

「僕の名前は、誰が決めたの？」

夜の入浴のあとの、ダイニングテーブルだ。私はキッチンに残っていた、夕食の洗い物をしていた。あの子は席に座って麦茶を飲みながら、深い緑色の、立派なハードカバーの本を読んでいた。見覚えがないから、図書館で借りてきたものだろうか。だが表紙にはタイトルもなかった。

私が洗い物を終えると、冬明はその本から顔を上げて、先ほどの質問を口にした。――冬明の名前の由来。

「お父さんと私とで、話し合って決めたんだよ」

「どんな風に？」

「たしか、私が漢字の候補を選んで――」

仕事のダメージの影響だろうか、あのころのことを思い出すと、なんだか感傷的な気分になる。涙ぐむほどではないけれど、その気配を背後に感じるような。ぶ厚い雲に隠れた月の存在を、その雲の輪郭からわずかに漏れる光で察するような。

「お父さんと最初に決めたことが、みっつあったんだよ」

「そっか」

「まずは名前に、大げさな意味を込めないこと。できるだけ自然っていうか、そのままの貴方で育っていける名前にすること」

「うん。お兄ちゃんから聞いた」

「そう。次に、あんまり難しい漢字を使わないこと。自分の名前なんて、何度も書くものだから、画数が多すぎてもよくないでしょう？　それから、もうひとつ」

冬明の名前には、ささやかな――本当にささやかなプレゼントがあった。けれど、それはもう壊れてしまった。だから秘密にしていても仕方がないなという気がして、私は素直に種を明かすことにした。

「最後は姓名判断で、なかなか良い結果になること」

「姓名判断？」

「知らない？　画数で、良い運命とか、そうではないとかが決まる」

「知ってるけど、気にしたことなかったな」

冬明は、とくに喜びも悲しみもしていない様子で、ただ麦茶を飲んでいる。

私も別に、姓名判断にこだわりはない。それほど気にするものではないと思う。でも。

「いつか調べてみたときに、結果が悪いよりは良い方が嬉しいでしょ？」

「そりゃそうだけど」

私も中学だか、高校だかの教室で、姓名判断をしてみたことがある。三好愛、という名前の結果は、なかなかに悲惨なものだった。たしか家庭運が最悪で、「やっぱりな」なんて気がした。

――もしもいつか、私たちの子供が姓名判断をしたとき、ほんの五分間でも気分よく過ごせる名前にしましょう。

と私は英哉さんに提案した。

姓名判断に、それ以上の理由はなかった。ずいぶん話し合って、悩み込んで、私たちが名前に込められるプレゼントは五分間の喜び程度のことなんじゃないかという結論に至った。

こういう結論を共有できるのが、私と英哉さんの素敵なところだった。

「だから、貴方は生まれてきたとき、かなり幸運な名前を持ってたの」

「生まれたときだけ？」

「今は名字が変わっちゃったから」

「そっか」

「だから、もうあんまり意味がないんだけど」

答えながら、私はくすりと笑う。英哉さんが死んで、彼の名前で無責任に盛り上がるSNSの連中から距離を取りたくて、私は復氏届を出した。我ながら馬鹿げているなと思うのだけど、名字が牧野から三好に戻るとき、いちばんに気にしたのは冬明の姓名判断の結果だった。英哉さんとふたりで用意した、サプライズ・プレゼントのつもりの五分間の幸福が、この子の手に渡る前に壊れてしまう。それがなんだか悔しかった。とくに最高評価だった家庭運が、三好になったとたんに最低まで落下するのが印象的だった。もちろん英哉さんが死んでしまったのは、冬明がまだ牧野だったころの話だから、この件で姓名判断を信じる気にはならないけれど。

私は話を戻す。

「そんなわけで、まずは漢字の画数を決めて、その中で良いなと思った字を私がリストアップしたんだよ。それをお父さんがふたつ組み合わせて、名前の候補を決めてくれた」

「ほかにもあったの？」

「もうひとつだけ。冬明か、冬歩《ふゆと》か」

明も歩も、どちらも八画だから、姓名判断の結果は変わらない。

──ある冬にこの子は自分の人生を歩き始めるから、冬歩。

こちらの方が、事前の話し合いでは優勢だった。でも、冬明が生まれたのはちょうど明け方だったから、冬明に決まった。つまり最後の最後で結果を決める一票を投じたのは、生まれてきた冬明自身だともいえる。今となっては、冬明の方が素直に読みやすく、やはりこちらでよかったなと思っている。

冬明は何度か、フユト、フユトと繰り返して、それから言った。

「僕の名前には、意味がないっていうやつ」

「うん。嫌だった？」

「最初はよくわかんなかったけど、ちゃんと説明を聞いて、良いなと思った」

冬明は少しうつむいて、手元の麦茶をみつめて、なんだか恥ずかしそうに「嬉しかった」と付け足した。

本当に。

「それはよかった」

──生まれてくる我が子の名前に、どんな願いを込めるのか？

というのが、私と英哉さんの、話し合いの出発点だった。これは意外に興味深いやり取りだった。互いの人生観が開示され、もうそれなりに理解しているつもりだったあの人の意外なこだわりなんかもわかった。そして、最終的に、「この子の名前にはいかなる願いも込めない」という結論に至った。だって、冬明の存在そのものが私たちの願いなのだから、それ以上はなにを載せる必要もない。私たちはただ愛するだけで、あとはこの子が、好きなように育てばよい。

あのときの気持ちを、私は今もまだ忘れていないだろうか。この子には、私の考えや希望を乱暴に押しつけてはいないだろうか。楓とのやり取りを考えると、私よりもあの子の方が、忠実にこの名前の意味に従っているようにも思う。

冬明が言った。

「だから、やっぱり、名前って失くしちゃいけないと思うんだよ」

どういう意味なのだろう？

この子の中では、なにかはっきりとした理屈が繋がっているのかもしれないけれど、私には冬明の言葉が、しばしばとても難解な詩のように感じる。

「名前を失くすことなんて、ないでしょう？」

私たちは牧野という名字を失くしたけれど、名前までは奪われなかった。

冬明からは、姓名判断の結果が奪われても、英哉さんと私で話し合って決めた、いちばん根っこの哲学みたいなものはまだ残っている。

冬明は困った風に眉根を寄せて、「そっか」とつぶやいた。

＊

仕事そのものを苦痛に感じるのは、久しぶりのことだった。

これまで仕事に対するストレスの多くは、働きたいだけ働けないことだった。家のことで睡眠時間が削られると、どうしても仕事の効率が落ちる。もし冬明が体調を崩したなら、それだけで一日が吹き飛ぶ。あの子が早退すると連絡があれば、私も可能な限り家に戻った。

以前は残業というほどでもない、細かな調べものや勉強の時間を就寝前に取れていたけれど、独りきりで冬明を育てると決意したときからは、そんな習慣は綺麗さっぱり消えてなくなった。仕事の時間を奪われることが、私にとっての苦痛だった。

けれどもう、今は違う。

私は仕事そのものへの愛情を失いつつあった。より正確には、苦労の先に誰かの、とりわけ私自身の喜びがあるのだとは信じられなくなっていた。満足できない目的のために働くことは苦痛だ。ガソリンの供給が断たれた車を押して進むようだった。

これはおそらく、甘い考えなのだろう。仕事とは、たいていが不本意な苦痛を伴うものなのだろう。理想を追いかけることだけを仕事にできるのは、ごく一部の恵まれた人たちの特権で、そのごく一部に入れないのは才能だとか、行動力だとか、想像力だとかの、私自身のスペックが足りないのが理由なのだろう。

だから私は、この苦痛を受け入れなければいけない。少なくとも受け流し、心を鈍くして、時間を収入に変換し続けなければならない。冬明を守るために。

次の事件が起きたのは、一一月五日、金曜日のことだった。

午前一一時を少し回ったころ、会社の電話が鳴った。それに出たのは私ではなかった。まだ二〇代の、男性の営業だった。

漏れ聞こえてくる声から、相手が女性らしいとわかった。どうやら、あまり良い内容の電話ではないみたいだ。けれど電話自体はそれほど長いものではなく、あちらが言いたいことを言ってすぐに切った、という感じだった。建てた家のことでクレームが入ったわけではなさそうだ。

男性営業は松岡さんのデスクに近づき、なにか話をしていた。そのあとにすぐ、松岡さんが私を呼んだ。別室――泰住工務店のオフィスは来店したお客様からみえるように開けた作りだが、奥に人目に触れない部屋が用意されている――に入った松岡さんは、ソファーに座り、手にしていたスマートフォンの画面をこちらに向けた。

「これ、知ってる？」

そこに映っているのは、メジャーなブログサービスのページだった。プライベートではブログを閲覧する機会なんてもうほとんどないけれど、住宅の界隈ではまだまだ賑わいをみせている。家づくりの体験談が書かれたブログを参考にするお客様は意外に多く、カテゴリー内で上位に入ればそれなりのページビューを期待できる。営業としても、現在のお客様の興味やトレンドがわかるため、余裕があれば住まいに関するカテゴリーにはざっと目を通す。

この手のブログはたいてい、家づくりを決意した理由から始まり、土地探しや設計の体験談が続き、とうとう出来上がった家屋の美しい写真集でとりあえずの結末を迎える。そのあとはなんとなく、北欧系の洒落た雑貨なんかを紹介するブログになりがちだ。

だが松岡さんのスマートフォンに映るページは、そういった家づくりのブログとはずいぶん雰囲気が違った。タイトルをみるだけで、そのテキストがなんのために書かれたのか、はっきりとわかった。

――土地の購入で説明義務違反の被害に遭いました。

松岡さんはスマートフォンをテーブルに伏せて置く。

「丘の上の分譲地の件だよ。うちが、目の前にマンションが建つことを知っていながら、展望を売りにしてあの土地を販売したと書かれている。泰住工務店と君の名前が、そのまま登場する」

座っているのに、足元が崩れるような気がした。

――どうして？

なぜ、そんなことが起こる？

「君の見解は？」

冷たい声でそう尋ねられて、私は答える。

「前にお話しした通りです。宅建業法に違反する可能性があります」

「そんな話じゃないんだ」松岡さんが、重々しく首を振る。「君が、施主にあのマンションの話をしたね？　そうでなければ、早すぎる。このタイミングで、こんなことが書かれるはずがない」

「していません。本当に。松岡さんの指示に従いました」

「信じられると思うか？」

「でも事実です。信じていただくしかありません。というか、そんな話をしている場合じゃないでしょう」

「君は誤解している。オレは本当に、あのマンションの建築計画を知らなかった。施主を騙す意図はない。だが君が向こうにつくなら、ずいぶん事実が捻じ曲がる」

「そうではなくて――」

「この件はオレの指示に従ってもらう。まずは施主を説得し、この記事を削除させろ。契約は白紙撤回でかまわないが、うちがあのマンションのことを把握していたとは絶対に認めるな。それが事実だ」

「待ってください。このブログを書いたのは、大沢さんなんですか？」

佐代里さんか、雅史さんか、あるいはふたりで話し合った結果なのか。どれであれ、信じられなかった。あの人たちがマンションの建設について知ったなら、まず私に連絡をくれるはずだ。

だが松岡さんは、口早に告げる。

「他に誰がこんなことを書く？　泰住で崖側の土地を買ったのはひと組だけだ。なら、確定だろう」

「わかりません。もしかしたら——」

思わず園田さんの名前を口走りかけて、私はどうにかそれを呑み込む。

具体的な根拠はない。だが、私はほとんどそれを確信していた。園田さんからのプロポーズは唐突なものだった。あのときに彼が言ったことと、こちらを睨みつける目をはっきりと覚えている。

初め、園田さんは紳士的だった。緊張しているようではあったけれど、普段の彼の、おっとりしたイメージとの齟齬はなかった。だが私が彼になびかないとわかると、その態度が豹変した。

——僕が助けてやるって言ってるんだ。犯罪者の女だったくせに。

おそらくそれは、この世界に存在したプロポーズの中で、最低のもののひとつだろう。こんなことを言われて首を縦に振るはずがないのに。そう思うと、なんだかバカバカしくて、思わず鼻で笑ってしまった。そのことが彼を余計に苛立たせたようだった。

おそらく園田さんの目に映る私は、ずいぶんみすぼらしい人間なのだろう。もういい歳のシングルマザーで、しかも夫は牧野英哉だった。彼にとっては、少し優しくすれば、それだけで私が飛びついて当然だったのだろう。あのときの言葉の通り、園田さんは本気で私を「助けてやる」つもりでいて、私が泣いて喜ぶ未来を想像して、なのにそのストーリーに乗らなかったから許せないのだろう。知ったことか。

私は頭の中で、この出来事の背景を想像する。

きっと園田さんは、以前からマンションの建築計画を知っていた。私にそれを伝えなかった理由は？　わからないけれど、まあなんでも良い。もしも私がプロポーズを受けていたなら、さも「いまみつかりました」という感じで建築計画概要書を持ってきて、華麗に問題を解決してみせるつもりだったのかもしれない。

でも上手くいかなかったから、私を攻撃することにした。園田さんから大沢さん一家に連絡をしたのだろうか？　だとすれば、それは悔しい。大沢さんは、園田さんが言うことを信じて――私を完全に悪者にして、あのブログを書いた。同時に、私に精神的な攻撃をするために、わざわざデスクの上に資料を置いた。今回の件で私が松岡さんの指示に従っていても、歯向かっていたとしても、どちらであれ私にとってはずいぶん苦しいことだっただろう。

こんなのはもちろん、証拠のない想像だ。けれど、胸の中の想像にまで、気を遣っている余裕はない。

目の前の松岡さんも、なんらかの想像にとりつかれているようだった。険しい目で私を睨みつけて言った。

「おい。いつまで黙り込んでいるんだ？」

私はふっと息を吐く。

「すみません。とにかく、大沢さんに連絡してみます」

背景がなんであれ、あんなブログが公開されたのだから、そうせざるを得ない。

――私はどれだけ、あの人たちに嫌われているだろう？

わからないし、心が重い。

だが、それは仕方がないことなのだ。水曜日の私はたしかにあの公園で、家庭のため、仕事を守るため、あの誠実な人たちを裏切ることに決めたのだから。


だがこの件で、私にできることはなにもなかった。

佐代里さんも雅史さんも電話に出ず、メールへの返信もなかった。そして、私がぐるぐると繰り返し謝罪の言葉を考えているあいだに、あちらから会社に連絡があったらしい。相手から窓口の変更の要請があり、私は大沢さん一家の担当を外れた。どんな背景があるのか知らないが、夕方には松岡さんから「君は少し休んだ方がいい」なんて言われて、私は素直に土曜、日曜の二日間、有給を申請した。

正直なところ、私はもう戦意を失っていた。この件に関しては成り行きに任せ、問題が過ぎ去るまで息をひそめているつもりだった。真面目に職場を変えることも考えるべきなのかもしれない。できるだけ収入を落とさず、私を拾ってくれる会社はあるだろうか。

帰宅の途中、私が移動に使っている車――ダイハツの青い軽自動車を運転していると、着信があった。

相手は楓で、私はカーナビのモニターに表示されたハンズフリーのアイコンに触れて、その電話を受けた。

「今、大丈夫？」

と楓が言う。

「大丈夫だよ。どうしたの？」

と私は答える。

楓はしばらく、言い淀んでいたようだったが、やがて妙に明るく話し出す。

「すげえ偶然なんだけど、ネットで愛さんのことが書かれているのをみたんだよ。友達がみつけて、ちょうど一緒にいたオレに教えてくれたんだ」

その言葉には、少し驚いた。まさかもう楓の耳に入るところまで話が広がっているとは思わなかったから。

「土地の説明責任のこと？」

「そう。それ。知ってたの？」

「工務店にも問い合わせの電話があったからね。でも、心配しなくて大丈夫だよ。家なんて高いものを売っていると、いろんな問題が起きるから」

本当に。私もこれまで、いくつもの激しいクレームを受けてきた。こちらが全面的に悪いことも、あちらからの一方的な言いがかりも、責任の所在が難しいこともあった。

今回の件が特別なのは、いくつもの条件が重なっていることが理由だ。私が個人的に感じている大沢さん一家への共感と責任。納得いかない会社の対応。おそらくはすぐ傍にいる敵。そしてなにより、こんな話題に英哉さんの名前が引っ張り出されたこと。

そういった要素を取り除くと、問題のサイズは、特別大きいわけでもない。まだ契約を結んだばかりだから、撤回もスムーズに進むはずだ。泰住工務店がしたことに法的な問題があったのかは微妙なところだが、おそらく法廷で罪を問われるようなことにはならないだろう。過失を証明するのが困難で、弁護士に相談しても、「勝ち取れるのは契約の解除くらいだから、工務店側からそれを提案しているなら、もうできることはない」といった返事になるのではないか。

道路はよく混んでいた。街灯の少ない道に、赤いテールランプが並んでいた。私も前の車に倣ってブレーキを踏むと、楓が言った。

「日曜日は、オレが夕食を作るよ。愛さんが帰ってくるのを待ってるから、一緒に食べようよ」

「ああ、でも有給を取ったの。たまには家で過ごそうと思って」

「日曜日？」

「土曜も日曜も。月、火はもともと休みだから、四連休だよ」

「へえ。珍しいね」

「だから日曜は、私の料理を食べて。なにかリクエストはある？」

「冬明が好きなものでいいよ」

「なにか決めてよ。あの子も、だいたいなんだっていいって言うから」

「じゃあ、クリームシチュー」

「オーケイ」

思えば、そろそろ冬の始まりだ。シチューが似合う季節になってきた。

スピーカーの向こうで、楓が軽く笑った。

「そういえばさ、友達が、シチューにサツマイモを入れるのはへんだっていうんだよ。普通はジャガイモだって」

「うん。私もそう思うよ」

「え？　そうなの？」

「まあ、へんってほどじゃないにせよ、ジャガイモの方が多いんじゃない？　うちがサツマイモなのは、英哉さんの好みだったし」

「そうなんだ」

「クリームシチューのサツマイモとお好み焼きの金時豆はこだわってたから」

「ああ。なんか、外で食べるお好み焼きには豆が入ってないなと思ってたんだ」

楓は意図的に、あのブログの話から距離を取ったようだった。そのぐるりと回って同じ港に到着する遊覧船みたいな、意味を感じない雑談は、私にとっても心地よかった。

やがて家が近づいて、「そろそろ切るよ」と言ってから、楓は話を元に戻した。

「まあ、ネットじゃあれこれ言われるかもしれないけど、できるだけ見ない方がいいと思うよ」

きっと楓は、今回の件で、英哉さんのことを思い出しているのだろう。

でも、それは杞憂だ。あのときとは状況が違う。人が死んだわけではないのだし、そもそも、私には冬明を押しつける相手もいないのだ。あの子のことを考えれば、どれほどのストレスを抱えたとしても、愚かな方法は選べない。

「わかった。ありがとう」

と私は答えた。

それから互いに「おやすみ」と言い合って、通話を切った。

＊

大沢さん一家が丘の上の土地を買うと決めた日から、たった一週間ほどのあいだに様々なことが起こった。それは私の心を深く傷つけたけれど、どうにかやり過ごせると信じていた。ふたりの子供たちが私にとっての救いだった。

土曜日には久しぶりに、冬明を連れて動物園に行った。車で一時間ほどの距離にある、市営の動物園で、休日でも比較的空いているのと、ちょっと信じられないくらい入園料が安いのが魅力だった。

その動物園は、一〇歳の冬明を充分に満足させるものではなかっただろう。野性を忘れたカンガルーたちは地面に寝転がり、キリンはひとりきり所在なさげに立ち尽くし、ゾウの厩舎に至っては中に写真が飾られているだけだった。昨年の秋、動物園で飼われていたゾウが病で命を落とした旨が、その写真には添えられていた。

けれど冬明は、隅から隅まで、楽しそうに動物園を歩いて回った。思えばこの子と、ゆっくり話ができるのは久しぶりで、私にとってもそれは幸せな時間だった。

予定していなかったお出かけだったから、強引にでっちあげたお弁当は、冷凍食品の詰め合わせのようだった。どうにか自作だといえるのは、卵焼きとおにぎりくらいのものだ。代わりに夕食には、まずまずのイタリアンを楽しんだ。楓のいう通り、というか私自身が疲れ果てていたこともあり、インターネットにはほとんど触れなかった。夕食の店を探すのに使ったくらいで、その検索結果にはなんの悪意もありはしなかった。

そして、翌日——一一月七日に最後の事件が起こった。

それはこれまでに起こったこと——園田さんの最低で最悪なプロポーズだとか、不意打ちみたいな建築計画概要書だとか、松岡さんのアンフェアな対応だとか、実名が記載されたブログ記事だとかの、私を苦しめていたなにもかもをひと息に風化させる、どうしようもない出来事だった。

＊

楓にクリームシチューを作ると約束していた日曜日の朝、私が目を覚ますと、冬明が消えていた。

それは徹底した喪失だった。あの子と一緒に、枕も毛布もなくなっていた。玄関からは冬明の靴が消えていた。本棚からはあの子の本が消えていた。押し入れのおもちゃ箱も、テレビの隣で充電されているはずのゲーム機もなかった。

いったい、なにが起こったのだろう？

私は冬明の名前を叫びながら、部屋中を捜し回った。どこにもあの子の姿どころか、その痕跡もなかった。

一一月七日。その朝に、冬明が消えた。

12話　ふたつのジャバウォック――牧野楓

　キササゲが愛さんについてツイートした日――一一月五日の金曜は、講義の合間ごとにSNSを検索した。そのたびに、愛さんの件は大ごとになっていた。

　最後の講義を終えたあと、オレは愛さんに電話をかけて少し話をした。愛さんは帰宅途中で車を運転していたようで、やっぱりあの人の声は疲れていた。

　電話を切ったオレは、千守の部屋を訪ねた。あとで会おうと約束していたのだ。彼は大学のすぐ近くの、ずいぶん古いアパートで生活している。部屋は畳敷きの六畳に小さなキッチンがついているだけで、トイレは共同、風呂は銭湯に通う必要がある。その部屋は大半が本で埋まっている。わりと大きなデスクがひとつ置かれているけれど、その上にも本の山ができている。

　壁が薄く、この時季になると部屋の気温はずいぶん低かった。冬場は室外よりも寒く感じるんだよと千守は笑っていた。彼はデスクの前のチェアに座り、オレは二、三〇冊ずつ積みあがった本と本のあいだで胡坐を組んで向かい合った。

　オレたちはまず、閉まりかけの学食に飛び込んで買ってきた弁当を食べた。残っていたのは鶏の照り焼き弁当だけだった。四角いパックにずっしりとライスを詰めて、その上に味の濃い鶏肉が載り、軽く紅ショウガを散らしている。これだけですべてを説明できる、きわめて効率的にカロリーをかき込むための弁当だが、美味いことは美味い。

千守は、食事の時間はすべて無駄だと思っているのではないか、という気がする。小食というわけではないのだけど、朝昼夕の決まった時間に食事をとることにこだわっておらず、こんな風にオレが弁当の差し入れでもしなければ、腹が減ったときにパンをかじるくらいらしい。米は嫌いじゃないが片手で本を開いていられない食事は苦手なんだよと彼は言う。その思想の表れなのか、とにかく食うのが速い。オレの倍近い速度で弁当を空にして、ペットボトルのミネラルウォーターをひと息に半分ほど飲んで、言った。

「愛さんの件は、とても人工的な感じがする」

「ネットに人工以外の要素があるか？」

「そういう言葉遊びみたいな話はいいよ。つまり、ごく少数の人間が意図して炎上を起こそうとしている感じがする」

「キササゲ？」

「うん。キササゲと、その仲間たち。やり口がとてもわかりやすい」

オレは鶏肉の大ぶりな一切れを口の中に放り込み、続けて飯をかき込んだ。キササゲとはいったい、何者なんだろう？　あのアカウントの中身も人間で、オレたちと同じように日常生活を送っているはずだ。頭ではそうとわかっていても、なんだかそれは現実味のない想像のような気がした。アカウントだけが存在する、実体がない、怪奇現象みたいなものだと言われた方が納得できた。

千守は割りばしをふたつに折って弁当の空箱に詰め込み、スマートフォンを手に取る。

「彼らは目につくだけでも、六つか七つのフロントアカウントを持っている。フロントアカウントっていうのは僕が今作った言葉だから、この会話が終われば忘れていい。フロントアカウントはそれぞれ、数万から十数万のフォロワーがいる」

「かなりの数だな」

「アカウントごとに、それぞれ別の場所に網を張ってフォロワーを集めている感じがするね。政治メインのアカウントが三つあるけれど、極端に右寄りなものと左寄りなもの、それから冷笑的に政治全般の問題をあげつらうものに区別されている」

「なるほど」

「あとは、犯罪被害者やその家族を守ることが目的だって主張しているアカウントと、動物愛護を訴えるビーガン系のアカウントと、ひたすらタバコのポイ捨てをした人や車の写真をアップするアカウント。いろんな種類の正義感を持っている人が、どこかには引っかかることを意図しているんだろう」

「最後のにも何万人もフォロワーがいるのか?」

「意外と人気みたいだよ」

そんなものだろうか。まあ、タバコのポイ捨てを目撃したときの苛立ちと、でもわざわざ注意する気にもなれない無力感の捌《は》け口になると言われれば、たしかに需要はあるのかもなと思う。

千守が続けた。

「もうひとつ、ジェンダーギャップの解消を訴えるアカウントがあって、僕はこれもグループのひとつじゃないかと思ってるんだけど、動きがない。愛さんが女性だから、ここでは紹介しづらいのかもしれない。——あ、待って。ついさっきツイートしていた。今回の件も、シングルマザーが虐げられる社会の歪みが生んだ事件だって」

「いろんな切り口があるもんだな」

「そう。これら七つのフロントアカウントは、事件の切り口にこだわらない。とにかく自分たちのフォロワーに、この問題がさも大ごとのように告知するのが役割だ。有効に情報が拡散されるなら、嘘も誠も関係がない。フロントアカウント同士で口論をしてそれぞれの支持者を味方につけるようなこともする」

「ともかくそのグループに取り上げられると、一気に何十万人かの目に触れるわけか」

「ツイッターのフォロワー数を、どれくらい信用して良いのかわからないけどね。ともかくそれなりの数のユーザーに告知されたニュースは、リツイートでさらに拡散し、様々なコメントが寄せられ始める。感情的に罵倒するアカウントも、法的にどういった罪になるのかを伝えるアカウントも、娯楽性が高い尾ひれ背びれをつけるアカウントもある」

「そこまで含めて、ひとつのグループがやっているのか？」

「どうだろうね。大半は善意の第三者だと思うけれど、中には恣意的に感じるコメントもある。今回の件だと、キササゲを含む一連の——つまり、どこからか湧いてきた、愛さんと君のお父さんの件を繋げるコメントなんかはずいぶん作為的だ」

オレはしばらく、無言で弁当を食べていた。胸の中に苛立ちが渦巻くけれど、上手く言葉にならなかった。

千守が、スマートフォンの画面をスクロールさせながら淡々と続ける。

「それらのコメントは、真偽を無視して都合よく切り貼りされ、事件のストーリーが捏造される。愛さんの生活だとか、余罪の可能性だとか、君のお父さんのことだとか。捏造されたストーリーはまとめサイトに掲載されて、有効なチェックもないまま事実のように拡散していく。最初にまとめるサイトはグループの一員だと思うけれど、これがアクセス数を稼げる話題だってわかれば、あとは放っておいても他のサイトが追随する」

それは、怖ろしい話だった。

顔のみえない何人かが「悪だ」と決めたことが、本物の悪として世の中に広まる。そのニュースに怒りを燃やした人たちが、タップひとつで拡散していく。最初のひとつの悪意が、コピーアンドペーストで増殖する。人々はその悪意を元に熱を帯びた議論を繰り広げて、自分たちが納得できるストーリーだけを信じる。

そこに、本当の愛さんの姿はないのだろう。あの人の苦労だとか、努力だとか、葛藤だとか。冬明への愛情だとかの真実は、誰の目にも触れないのだろう。そうして世界は少しずつ欠けていく。

「これが、ジャバウォック現象を起こすのか?」

もしかしたら、愛さんは、この世界から消えてしまうのだろうか。

千守は強く首を振った。

「落ち着きなよ。これまでもそのことは、話し合ってきただろう? ジャバウォック現象が発生するには、身勝手な正義が生まれるだけでは足りない。なにか別の条件があるはずだよ。そうでなければ、君のお父さんだって、この世界から忘れ去られている」

ああ。そうだ。その通りだ。

今、SNSで起こっているのは、ジャバウォックなんて超常現象じゃない。ただの人間たちの手で起こる、ただの現実だ。それなら。

――ジャバウォックなんて、関係ないじゃないか。

嘘みたいな魔物を持ち出さなくたって、世界はリアルに欠落していく。

千守が言った。

「愛さんの件が、今後どれくらい大ごとになるのかはわからない。世の中の関心を引くには罪のサイズがずいぶん小さい。被害者の悲劇も足りない。けれど、君のお父さん――牧野英哉さんとの関係が、ストーリーとしてわりと強い」

関係ないだろ、父さんのことは。父さんがどんな問題を起こしていたとしても、そんなのなにも、愛さんの説明にはならないだろ。

そう言ってやりたかったが、相手もいない。SNSのくだらないやり取りに、「牧野英哉の息子です」と言って参加しろっていうのか。そんなの無意味だ。むしろ、逆効果だ。奴らが騒ぎ立てる話題を提供するだけだ。

「オレに、なにかできることはないのかな？」

「根本的な解決法は、思い浮かばないよ。取れる方針はふたつ。ひとつは弁護士に相談すること。明らかに過激な書き込みだってある。それらを法的に訴えることは可能だ」

「もうひとつは？」

「この件をみんな忘れること。どれだけ大げさにみえても、SNSなんて狭い世界の出来事だ。無視してしまえば、消えてなくなる」

本当に？　ただ忘れるだけで、愛さんの生活は守られるのだろうか。

愛さんは、工務店に問い合わせの電話があったと言っていた。それに、あの人が急に休暇を取ることになったというのも疑問だ。この問題が大ごとになれば、工務店は愛さんを切り捨てるのではないだろうか。なんだかすでに、その準備が始まっているような気がする。

それに、なによりも。「口を出すだけ無駄だから静観しよう」って姿勢も、ジャバウォック現象の一部なんじゃないかという気がした。父さんのときは、なんだかまるで、世界の大半が敵に回ったようにみえていた。でもあとから振り返ると、それは間違いだったように思う。ただ、大勢は無関心で、口をつぐんでいて、だから声の大きな一部だけが世界のすべてにみえていたんじゃないのか。

千守の話を聞いているあいだ、胸の中にわだかまっていた言葉を、オレは吐き出す。

「犯人を、みつけられないのかな」

「犯人？」

「つまり、キササゲだよ。キササゲのグループだ。そいつらは事実を捻じ曲げて、愛さんを傷つけているんじゃないのか？」

千守はしばらく沈黙していた。

彼の指が、チェアの肘掛けを何度か叩いた。

「キササゲたちの動機はわからない。たまたま目に入ったブログの記事を使って、まとめサイトのページビューを稼いでいるだけなのかもしれない」

「でも、違うかもしれない」

「うん。愛さんへの攻撃が、もともとの目的なのかもしれない」

違和感があるんだ。千守が言う通り、今回の件は事件としての規模が小さい。発端となったブログをオレも読んだけれど、「説明義務違反」なんてどれほどの罪だろう。もちろん悪いことは悪い。でも、テレビのニュースにはひっかかりもしないレベルの問題じゃないかと思う。それを取り上げて、ページビューを稼げると判断するだろうか？

だいたい、展開が早すぎるような気がしていた。ブログの公開から、まだ二四時間も経っていない。なのにSNSでは愛さんを攻撃する材料が揃いつつある。とくに、父さんの名前が出るのがあまりに早い。泰住工務店の営業、三好愛——ただこれだけの情報から牧野英哉に、スピーディーに繋がるものだろうか。

愛さんをよく知る——父さんとの結婚を知っていた人物が、初めからあの人を狙っていた。だから小さな罪に飛びついた。そう考えた方が、しっくりくるような気がする。

「キササゲに会えないかな」

その人物は、意外に近くにいるような気がする。

だが千守は首を振った。

「やめた方が良い。危険だし、得るものもない」

「でも」

「君は牧野英哉と三好愛の息子なんだよ。少なくとも、法的には。君からキササゲになにかアクションすると、それだけで次の火種になる」

「じゃあ、どうすればいいんだ？」

千守はまた、チェアの肘掛けを叩いた。

「僕がキササゲにコンタクトしてみるよ」

「いや。それはさすがに、お前に頼りすぎじゃないか？」

「ツイッターでダイレクトメッセージを送ってみるだけだよ。僕のアカウントは身元がわからないように気をつけているし、君との繋がりなんか想像もつかないはずだ」

話しながらすでに、千守はそれを実行に移そうとしているようだった。彼の指の動きで、なにか文章を打ち込んでいるのだとわかった。

オレは空になっていた弁当の容器をその辺りに置いて立ち上がる。

「やめろよ。危ない相手だったらどうする？」

「別にどうもしない。どうせこちらの正体はわからない。それに、もしもなにかされたなら、ずいぶんラッキーだろう？　反撃の材料になるかもしれない。警察の力を借りられたなら、相手の身元くらいはわかる」

そう話しているあいだに、千守はメッセージの送信を終えたようだった。

画面から顔を上げた彼は、珍しく楽しげに笑う。

「ほら、既読がついたよ。あっちもツイッターに夢中なんだ。ちょうど、愛さんの件が燃え上がろうとしている最中だからね」

「たまにお前が心配になるよ。もう少し躊躇いみたいなものはないのか？」

「僕はそこそこ注意深いつもりだけどね。生命保険にも入ってるし」

「二一歳の生命保険も、なんか異常な感じがするよ」

「待って」

千守の声は、短く、鋭かった。

その言葉と同時に、彼の顔から笑みが消えた。

「返事があったのか？」

彼が軽く頷く。あるいは、わずかに目を伏せたのが、そんな風にみえただけだったのかもしれない。

「君の想像が正しい。キササゲは意図して、愛さんを狙った可能性が高い」

千守は、スマートフォンの画面をこちらに向けた。

表示されているメッセージはふたつだけだった。千守が送ったメッセージと、それに対するキササゲの返信。

——突然のご連絡、誠に申し訳ありません。牧野英哉が起こした事件に興味があり、お話を聞けないかとご連絡いたしました。ささやかですがウェブにメディアを持っていますので、そちらで記事にさせていただけましたら幸いです。キササゲさんは、三好愛と牧野英哉に婚姻関係があったとお考えのようですが、ぜひその根拠をお教えください。

この千守のメッセージに、キササゲが返したのは一行だけだった。

——貴方は、牧野楓ですか？

オレ。なぜ？

千守のメッセージにおかしな点はなかったはずだ。なぜ唐突に、オレの名前がでてくるんだ。寒気がした。

目の前からスマートフォンを引き上げて、千守は言った。

「この反応は異常だよ。君からの連絡を待ちわびているような感じもする」

「どういうことだよ。そんなの、わけがわからない」

「もう少し掘ってみよう。君の名前、お父さんの件のときに出ていたよね？」

「サイトによっては」

「なら、そこまでは知っていた方が自然かな」

千守がまた、手早くメッセージを送る。

だがその直後に、彼は顔をしかめた。

「どうした？」

尋ねると、千守は再び画面をこちらに向ける。

そこにはささやかな文字で、システムメッセージが表示されている。――今後、この方にダイレクトメッセージを送ることはできません。

「ブロックされた。キササゲは、なかなか警戒心が強そうだ」

オレは顔をしかめていた。なんだか無性に、気味が悪い。

非人間的だったキササゲという存在の感情が、一瞬、垣間見えたような気がして。その中身は怪物ではなく人間なのだと証明されたような気がして。

オレはむしろ、非現実的な怪物が諸悪の根源であることを望んでいたのに、それが否定されたようで、顔をしかめていた。

＊

土曜日は上の空で過ごした。

昼からアルバイトが入っていたが、そんなことをしている場合だとは思えなかった。でも休んだところで、できることもないものだから、仕方なくファミリーレストランのキッチンでハンバーグを焼いていた。

超常現象としてのジャバウォックと、現実にＳＮＳの向こうにいるキササゲ。そのキササゲは、ユーザー名が「jabberwock」となっている。ふたつのジャバウォックは類似点を持ち、一部が重なり合いながら、でも別物として存在する。

今、より怖いのはキササゲの方だった。千守の話では、ジャバウォックの存在は人類を滅ぼすほどの問題らしいけれど、スケールが大きすぎて上手く危機感を持てない。キササゲの方が、ずっと生々しく怖い。

――いったい愛さんが、どうして恨まれなければならないんだろう。

あんなに良い人が、どうして。

愛さんに、キササゲのことを話してみようかと思った。ふたりで話し合えば正体がわかるんじゃないかという気もした。けれどあの人に、余計な気苦労を背負わせるのも違うんじゃないかとも思った。千守が言う通り、ＳＮＳの出来事なんか、無視してしまえばそれでなかったことになるのかもしれない。

帰宅したのは午後八時になるころだった。今夜はずいぶん寒いから、浴槽に湯を張るつもりだったけれど、なんだか面倒でシャワーで済まそうかし悩んでいた。着古したダウンジャケットを乱雑にクローゼットに押し込んだとき、電話が鳴った。

相手は冬明だった。「どうした？」と尋ねるオレに、あいつは言った。

「別に、なんでもないんだけど。今日、動物園に行ったんだよ」

「そっか。よかったな」

「うん。でもゾウがいなかったんだ」

「ゾウ？」

「去年、死んじゃったんだって」

「それは残念だったな」

「ゾウって、どんな風に埋葬するんだろう？」

考えたこともなかったけれど、たしかによくわからない。おそらくゾウを燃やせるほど巨大な火葬場なんて、そうそうありはしないだろう。ならそのまま、土の下に埋めてしまうのだろうか。ゾウを埋めるには、どれほど巨大な穴が必要なのだろう。

「でも、埋めるしかないんじゃないのかな。穴を掘って」

「大勢で？」

「ショベルカーなんかを使うのかもな」

そっか。と冬明は言った。

こいつはその短い言葉で、様々な感情を表現する。今回はなんだか、少しためらっているようだった。ゾウのことは、前置きみたいなものなんだろう。

オレはベッドに腰を下ろし、冬明の次の言葉を待っていた。

やがて、冬明は言った。

「お母さんの、指輪のことなんだけど」

「うん。指輪？」

「いつも中指にしているやつ。あれのこと、知ってる？」

「ああ。よくは知らないんだけど、たしか愛さんがどこかで落として、父さんが拾って仲良くなったんじゃなかったかな」

「そっか」

今度の「そっか」は、なんだか嬉しそうだった。もう何年も前の、もっと冬明が小さかったころ、あいつがチョコレートを食べて浮かべていた笑みを思い出した。それは身体中が隅から隅まで幸福で埋まって、我慢しきれずにあふれてきたような笑みだった。

「じゃあ、お風呂に入らないといけないから、もう切るね」

「ゾウのことはいいのか？」

冬明は、ううん、と小さく唸るような声を上げてから、静かに続けた。

「僕は別に、ゾウに会いたかったわけじゃないんだよ。でも、檻の中にわざわざ、去年の秋に死んじゃったって看板があったんだよ。それで、会いたいわけでもないのに、悲しくなったんだ」

オレはゾウがいなくなった檻を想像する。そこに看板が立ち、ゾウの死を伝えている。たしかにその景色は悲しい。けれど、その悲しさは、動物園に似合うような気がした。生き物を展示するなら、その死まで展示するのがフェアじゃないかと思った。

「別に、悲しくてもいいじゃん」

「そうかな？」

「わかんないけど。オレは、動物園っていうのは、やっぱりちょっと端っこが悲しいものなんじゃないかって気がするよ」

「でも、悲しくない方がいいでしょう？」

「どうかな。オレは、悲しいのも好きだよ」

それはもちろん、内容による。今も愛さんがSNSで無責任に非難されている、なんて悲しさは、もちろんまったく必要ない。でも、なんだろう、世の中のすべての悲しみを避けて歩くのも、なんだか気持ちの悪いことのような気がした。そこにもある種の、世界の欠落がある。

「そっか。難しいね」

と冬明は言った。

「うん。難しいな」

とオレは答えた。

そして冬明は、風呂に入るために電話を切った。最後にあいつは、「おやすみ。お兄ちゃん」なんて言って、なんだかくすぐったかった。

＊

その事件が起きたのは、翌日——日曜の朝のことだった。

オレはスマートフォンが震える音で目を覚ました。枕元にあったそれを手に取ると、画面には携帯電話の番号が表示されていた。連絡先に登録していない番号の着信は、いつも少し緊張する。でもオレはその電話番号に、なんだか見覚えがあるような気がした。

電話に出ると、愛さんの張り詰めた声が聞こえた。

「冬明がいないの。朝起きたらいなくなってた。なにか知らない？」

「いや。なにも」

冬明が？　急な電話に混乱しながら、オレは部屋の時計を確認しようとする。そして、混乱がさらに大きくなった。

時計がない。それだけじゃない。——ここは、どこだ？　オレがいるのは、自分の部屋じゃなかった。昨夜はたしかに、自分の部屋で眠ったはずなのに。

わけがわからなかった。オレはまだ、夢の中にいるんじゃないかと思った。けれど愛さんが、切迫した声で続ける。

「これまで、私になにも言わずに出かけたことなんてなかった。それに、へんなの。部屋からあの子のものが消えてて――毛布や着替えなんかまで。そんな荷物を持って、出かけるとは思えない」

愛さんの言葉は、半分も頭に入ってこなかった。

オレは今、どこにいるんだ。いったいなにが起こったんだ。こっちの状況もわからないのに、冬明が消えただって？　なにをどうすればいいのか、ちっともわからない。わからないままオレは答える。

「すぐにそっちにいくよ。愛さんは、部屋で待ってて」

それだけを言って、電話を切った。

冬明がいなくなり、オレはまったく知らない部屋で目を覚ました。――本当に？　ここは、本当にオレが知らない部屋なのだろうか。なにか記憶に引っかかるものがあった。

――オレは、この天井を知っている。

なんてことはない、ただの白い天井だ。円形の安っぽいシーリングライトと、火災報知器がついているだけだ。でも、なんだか見覚えがある。壁紙も、窓の形も、クローゼットのドアも。みんなありきたりなのに、妙に感情を刺激する。

――ああ。そうだ。ここは。

ここは、父さんとオレの部屋だ。置かれている家具は違うけれど、幼いころ、ふたりで暮らしていたマンションの一室だ。父さんが愛さんと再婚して引っ越すことになった部屋。

ひとつわかっても、まだオレの混乱は収まらなかった。早く愛さんのところに駆けださないといけないのに、なかなか立ち上がれないでいた。誰かに助けを求めたくて、考えがまとまらないままスマートフォンを操作していると、ある名前が飛び込んできた。ＬＩＮＥのトークルームの一覧に、その名前があった。

――有住梓《あずさ》。

それは、名前のないアリスの名前だ。

間違いない。梓だ。あいつの名前は、梓だった。これまでちっとも思い出せなかったのに、どうして。

今、有住に電話をかければ、いったいなにが起こるのだろう。名前を取り戻した有住はなにを知っているのだろう。わからない。けれど頭の回転が鈍いオレだって、さすがに思い当たる。

――冬明が、ジャバウォックに盗まれた。

あり得ない。そんなの、あって良いことじゃない。なのに。

冬明が消えて、有住が名前を取り戻した。そしてオレは懐かしい部屋で目を覚ました。たったひと晩で、世界が作り変えられたように。こんなこと、ジャバウォックの仕業のほかには考えられない。

オレはただスマートフォンを握りしめていた。やがて、ノックの音が聞こえた。

「おはよう。今朝はずいぶん、早起きじゃないか」

決定的だ。この世界は、まったく改変されてしまったんだ。怖ろしい怪物の力で。

ドアを開いたのは、父さんだった。

13話　少年の冒険——三好冬明

常識的に考えて、この世界に、ジャバウォックなんてものはいないらしい。

僕にはこの常識というのが、なんだか得体のしれないものに思えた。とても強い力を持つ、どこにだって現れるのに誰も気にとめない巨大な怪物が、あるはずのものを「ない」ってことにしてしまう。世界を徐々に欠けさせていく。つまり、それはジャバウォックみたいだった。

「常識的に考えて」と、黒板の前に立つ先生が言った。「一度、注意したことを繰り返すのはおかしいと思いませんか？　うっかり忘れていたわけじゃないでしょう。貴方は悪いことだとわかっていて、それなのにずるをしたんです」

九月九日、木曜日。朝から空は曇っていて、昼休みが終わるころから、激しい雨が降り始めた。その雨音も、先生の声も、同じように重苦しかった。

馬島恵春《えはる》というのがその先生の名前だ。歳はよくわからない。お母さんよりも少し上くらいだと思うけれど、なんだか僕には馬島先生が、もっとずっと年老いてみえた。

馬島先生は、たいていのクラスメイトと仲が良い。というか、クラスの中でも「地位が高い子たち」が馬島先生と親しくしていて、それで、先生と仲良くなれない子の方が間違ってるんだって雰囲気がある。

馬島先生は、たぶんそういうのが上手いんだ。

つまりクラス内の、誰と手を組んでおけば面倒なことにならなくて、誰であれば傷つけても良いのか、みたいなのを見分けるのが上手い。狙ってそんな風にやっているわけじゃないのかもしれないけれど、先生はクラスの人気者たちが好きだから、自然とあの人に都合が良い力関係みたいなのができちゃうんだと思う。

今年の四月に馬島先生が担任になったときから、僕はあの人が嫌いだった。

馬島先生が喋ると、すぐにジャバウォックが近づいてきて、大声で騒ぎ始めるから。それで、とってもうるさくて、がんがんと頭が痛む。

僕はジャバウォックの大騒ぎを、我慢できないわけじゃないんだ。本当に。じっと耳を塞いでやり過ごしたっていい。たぶんそうすれば、お母さんは安心するんだと思う。でも騒々しいジャバウォックの声に耐えているうちに、いつの間にかそれに慣れてしまって、やがてなんにも感じなくなるんじゃないだろうか。その想像は怖ろしかった。頭痛なんかよりもずっと、ジャバウォックに慣れてしまうことが嫌だった。

だから僕は、いつも迷っている。お母さんが心配しないように教室で我慢しているべきなのか、さっさと逃げ出してしまった方が良いのかわからなくて。

その九月九日も、やっぱりジャバウォックは現れた。

五時間目のホームルームに、夏休みの宿題で描いた絵の講評を先生がしていたときだった。馬島先生は、全員の前で生徒ひとりひとりを評価する時間が好きなんだ。去年は夏休みの宿題なんて提出したらそれでお終いだったのに、馬島先生はいちいち、誰それの絵はここがよかった、誰それはこうだからだめだ、なんてことを言う。

馬島先生は僕のことが好きではないようだ。僕はクラスではあまり喋らないし、先生に近づきもしないから、なんだか生意気な感じがするのかもしれない。そもそも先生は親が片方しかいない生徒が嫌いみたいで、初めからちょっと見下されている感じがした。僕はわりと、この「見下されている感じ」に敏感だ。みんなわざわざそんなこと口にしやしないけど、小学五年生というのはおしなべて、こういうのに敏感だと思う。

けれど僕の絵が、先生に酷評されたわけではない。四月のころ、先生は僕によく嫌味みたいなことを言ったけれど、まもなくそれは激減した。理由は僕が学校を休みがちだからだろう。僕の心に問題があるんじゃないかってことになって、それで、面倒事に関わりたくなくなったんだろうと思う。

代わりに先生が標的にしたのは、チャロだった。

チャロは三年生になったときの自己紹介で、「好きな食べ物はにんじんです」と言った。僕はにんじんがあまり好きではないから、素晴らしいなと思った。その日から彼のあだ名は「キャロット」になり、やがて縮まって「キャロ」になった。でも別のグループでは、肌が茶色く日に焼けているから「チャーくん」と呼ばれていて、そのふたつのあだ名が合わさって、最終的には「チャロ」に落ち着いた。

チャロは背が低くて、足が遅くて、勉強もあまり得意ではない。休み時間は同じように運動が苦手な友達数人とばかり話していて、しかもチャロにもお父さんがいない。いかにも馬島先生が嫌いになりそうな子だった。

でも、チャロは絵が上手い。クラスでいちばんだと僕は思う。夏休みの宿題で描いてきた絵だって、それはもう素晴らしいものだった。夕暮れの海岸で、チャロと、お母さんと、妹の三人が笑っている絵だ。縦に長い絵で、空の色がとっても綺麗だった。とくに細長い雲を紫色に塗っているのが良くて、幻想的な感じがした。

でも馬島先生は、その紫色が気に入らなかったらしい。

「すべての色は、赤と、青と、黄色と、あとは白の絵具だけあれば作れます。できるだけこの四つだけを混ぜて表現しなさいと、私はいつも言っているよね？　でもここには、紫色の絵具を使ったでしょう」

先生が話を始めてすぐに、耳の奥で音が聞こえた。それは金属をぶつけ合うような甲高い音で、少しずつ大きくなる。音が不快というより、振動が不快だった。震える音叉に触ってみたときの、指先が少しだけ分解されるような感じ。

その振動はやがて、先生の声や、窓の外の雨音と混じり合って、教室をのっぺりとしたひらたい場所に変えていく。頭痛はまだ感じなかった。でも、間もなく頭が痛みはじめる予感があった。

「ねえ、なんとか言いなさい。貴方は先生の話を、忘れていたわけじゃないわよね？　だめだとわかっていたのに、わざと紫色の絵具をそのまま使ったのね？」

先生の声はなぶるようだった。チャロは内気だから、こんな風に詰問されるとすぐ顔が赤くなるのがわかっていて、わざとそうして楽しんでいるみたいだった。他のクラスメイトたちはそんな風には思わないかもしれないけど、僕はそう感じた。

チャロは赤い顔で、ぼそぼそと反論した。

「そのままじゃ、ありません。少しずつ別の色も混ぜています」

「そんな話をしてるんじゃないの。紫色の絵具を使ったんでしょ？」

「使ったのは、使ったけど――」

僕には馬島先生がなにを問題にしているのか、まったくわからなかった。赤と青と黄色と白の絵具しか使っちゃいけないんなら、学校で使う絵具は四本だけでいいはずだ。世界中の絵具が、四種類だけでいいはずだ。でも僕だって、他のみんなだって、その四種類だけで絵を描いたわけじゃない。

「いい？　たしかに紫色の絵具をそのまま使えば、一見すると綺麗な色になる。でも、あの色はどう作ればいいんだろうという風に想像することが大事で、楽をしてしまうと勉強にならないでしょ」

僕は先生の声が、もうほとんど聞こえなくなっていた。

ジャバウォックがうるさくて、鼓動が速くなって、どくんどくんと心臓が血を送るのに合わせて頭が痛くなった。両方のこめかみにごつごつした硬い石を力任せに押しつけられるような痛みだった。僕は耳をふさいで、一緒にこめかみを押さえて、じっと目を閉じていた。

頭の中ではぐるぐると、いつもの悩みが回っている。僕は今すぐに、保健室に逃げ出すべきなんだろうか。このままじっと我慢するべきなんだろうか。それとも、手を挙げて立ち上がり先生に反論するべきなんだろうか。

きっといちばん正しいのは、最後のひとつなんだろう。僕は先生に「おかしい」と言うべきなんだろう。そういうのは苦手だから、上手く言葉が出てこないだろうけど、それでも。なにか違うんじゃないかって言わないといけないんだろう。

なのに、どうしても僕の口は動かなかった。手を挙げることも、目を開くこともできなかった。

「謝れよ、チャロ」

と誰かが言った。それが誰の声なのか、僕にはわからなかった。先生の声でも、もちろん僕の声でもなかった。でも誰かがそう言った。

頭がいっそう痛くなる。固く閉じたまぶたのあいだに涙が滲む。ジャバウォックが笑っていた。「そうだよ、それでいいんだ」とあいつは言う。「紫色の絵具なんて、使うべきじゃなかったんだよ」。本当に？　どうしてあいつは、そう思うんだろう。どうして、まるでこの世界の正解と不正解を、みんなわかっているように笑えるんだろう。「まったく君は、ずいぶんちっぽけなんだね。どうせなにもできないんだから、オレたちの決定に黙って従っていればいいんだよ」。

違う。違う。そうじゃない。僕にはなんにもできなくても、それでも。こんな風に耳を塞いで目を閉じたままでも、胸の中で「違う」と言っていることには意味があるはずだ。僕がこの苦しさを忘れないでいることが、きっと大切なはずなんだ。

けれどやがて、あいつは僕の世界の一部分を盗んでいく。

絵具セットの中の、紫色の一本ぶんだけ世界がシンプルになって、とりあえずそれで満足して姿を消す。

頭痛がすっと消えていた。その回復は、なにかべたついていて甘かった。子供用の風邪薬みたいな、気持ちの悪い甘さだった。

僕は両耳から手を放す。先生の話は次の子の絵の評価に移っている。そしてチャロの絵からは、あの神秘的な輝きが消えている。だいたい同じなのに、紫色の絵具が消えたぶん、つまらない絵になっている。

滲んだ涙を拭って辺りを見回しても、ジャバウォックはもういない。

＊

僕はジャバウォックのことを、お兄ちゃん――楓と、それからお母さんにだけは話そうと決めていた。黙っていることが、あのふたりへの裏切りみたいな気がしたからだ。

楓は僕の話を、丁寧に聞いてくれる。こっちが言いたいことをきちんと汲み取って、馬鹿にせずにいろんなことを教えてくれる。

チャロや紫色の絵具のことを話したとき、楓は言った。

――アインシュタインって賢いおじさんの話じゃ、常識ってのは一八歳までに身につけた偏見のコレクションらしいよ。

そうなのだろうか。常識というのは、偏見が集まってできているのだろうか。わからないけれど、その話を聞いて、僕の胸は少し軽くなった。馬鳥先生が言う「常識」ってやつを頭から信じてしまわなくてもいいんだと思えて。

でもお母さんの方は、ジャバウォックの話が嫌いなようだった。僕がジャバウォックの話をすると、なんだかいつも悲しそうな顔をする。そのときに、僕の耳の奥で、少しだけあの嫌な音が聞こえる。甲高い、ジャバウォックが現れる前の音だ。

だから僕は、もうお母さんにジャバウォックの話をするのをやめるべきなのかもしれない。別にそれをやめても、お母さんが安心するならそれでいいのかもしれない。でも、僕はそんな風にお母さんと話すことを諦めてしまうのが、どうしても嫌だった。

だって「お母さんとはジャバウォックの話をしない」と決めたら、それはまるで世界が欠けちゃうみたいじゃないか。

ジャバウォックに盗まれたわけでもないのに、同じように。

＊

お母さんが学校にやってきたと知ったのは、九月二一日——紫色の絵具が消えてから、二週間後の火曜日だった。

帰りの会のあとで、馬島先生が僕にそう言ってきたのだ。「これからカウンセラーの先生と一緒に、貴方のお母さんと話をします」と、わざわざ。あの人はそれを伝えることで、僕が傷つくと思っているんだろう。そして先生の想像通り、僕は傷ついていた。

なんだかひどく重たい気分になって、とぼとぼと歩いて帰った。お母さんが馬島先生に会うのが嫌だった。お母さんの綺麗なところが少しずつ汚れていくような気がした。しっとりとしたちょっと冷たい手のひらの感じとか、ぴんとした黒いまつ毛とか、口元の柔らかな皺なんかも。そういう大切なものが風化して、本当の価値を失う感じがした。

僕がいつまでもジャバウォックの話をしているから、お母さんは悩んじゃうんだ。それで、わざわざ学校で、馬島先生に会ったりしないといけなくなるんだ。ジャバウォックのことを僕が忘れれば、みんな上手くまとまるのに。教室で頭が痛くなっても、自分の席でじっと我慢して、誰にも文句を言われない「良い子」でいればいいだけなのに。

——その通りだよ。

とジャバウォックが言った。

――誰だって、もちろん君も、良い子でなければいけないんだ。みんなが言う「正しいこと」を信じて、「間違ったこと」を排除しないといけない。

この声はきっと幻だ。僕が勝手に作り出した声だ。でも幻聴なのに、少し頭が痛くなったような気がした。僕は左手でこめかみを押さえる。

本物の声が聞こえたのは、そのすぐあとだった。

「冬明くん」

僕は足を止めて振り返る。そこにいたのは、青いキャップを被った女の人だった。その女の人は優しい笑みを浮かべて続けた。

「冬明くんだよね？　私、アリスだよ。君は覚えてないかもしれないけれど」

その女の人――アリスのことを、僕は知っているような気がした。はっきりとは思い出せないけれど、きっとずいぶん昔に会ったことがある。

「ちょっと話をしたいの。いい？」

僕は頷いて、それからふたりで公園のベンチに座った。

アリスは楓と同じ、二〇歳くらいにみえた。それでたしか、前にアリスに会ったときは楓も一緒にいたはずだと思い出した。いつだろう？　たぶん、ずっと前。

そのことをアリスに訊いてみようかと思ったけれど、年上のお姉さんと話すのに慣れていない僕は、どんな風に喋ればいいのかわからないでいた。僕がもごもごとしていると、アリスの方が言った。

「冬明くんは、ジャバウォックを覚えてる？」

「アリスもジャバウォックを知ってるの？」

「もちろん。だって私は、自分の名前をジャバウォックに盗られちゃったんだから」

それはたいへんだ。

でも、なんだか不思議だった。

「アリスは、名前じゃないの？」

「そっちは名字なんだよ。下の方の名前を盗られちゃったの」

「そっか」

なるほど。ジャバウォックはどうして、そんなものを盗っていったんだろう。

アリスが言った。

「ジャバウォックに盗られたものが、どうなるのか知ってる？」

「なくなっちゃう」

「そう。目の前からは。でも、別のところに移動する」

「別のところ？」

「それがどこなのか、私にもわからない。この世界の外側なのかもしれないし、案外内側なのかもしれない。とにかくジャバウォックがいるところ。私はとりあえず、向こう側って呼んでる」

向こう側、と僕は胸の中で言ってみる。

でもイメージができなかった。それは、ジャバウォックの巣穴みたいなところなんだろうか。そこに紫色の絵具とか、アリスの名前とかがあるんだろうか。

「私は向こう側とこちら側、両方に、中途半端に存在するみたい。名前は盗まれちゃったけど、名字は残っているから。それで、こんな風に君と話をすることができる。でもこちら側に、私の生活みたいなものはない」

「どういうこと？」

「つまり、寝たり食べたり恋をしたりってことができない。まあ、しようとすればできるのかもしれないけれど、とても不便なの」

「難しいな」

「死んじゃったのにまだふらふらしている、幽霊みたいなものだよ」

でもアリスの姿は、ちっとも幽霊にはみえなかった。普通に綺麗なお姉さんだった。もしも青いキャップの後ろに垂れた長い髪に触ってみたら、指がすり抜けたりするのだろうか。

太ももの上で頬杖をついて、アリスは言った。

「なんにせよ私は、自分の名前を取り戻さなければならない」

「名前がないと、不便だもんね」

僕はほとんど反射的にそう答えて、それから頬が熱くなった。いったい名前がなくなると、どれほど不便なんだろう。そんなこと、僕にはわからない。考えたこともなかった。なのについ知ったかぶりをしてしまった感じがして、恥ずかしかった。

アリスは優しく微笑む。その顔は、お母さんにも楓にも似ていなかったけれど、グループにわけると同じところに入る気がする。

「うん。とても不便なんだよ。名前を失くすっていうのは、ほとんど自分を失くしちゃったようなものだから」

そっか。でも。

「ジャバウォックに盗られたものを、取り戻せるの？」

そんなのどうしようもないような気がしていた。けれど、アリスは言った。

「はっきりとわかっている方法が、ひとつだけある」

彼女の白い手がこちらに伸びて、そよ風みたいに僕の胸に触れた。それは一瞬のことだったけれど、アリスの手も、ちっとも幽霊みたいじゃなかった。きちんと感触があり、その手が離れたあとも、僕の胸はどきどきしていた。

「今、貴方の心を盗んだとするでしょう？」

「ええ？　盗んだの？」

「あくまでたとえ話。私が貴方の心を否定して、捨てちゃったから、ジャバウォックが盗っていったとする」

「なんだか怖いね」

「さて、貴方の心を取り戻すには、どうすればいいでしょう？」

考えてみたけれど、僕にはわからなかった。向こう側——盗まれたものがある世界を冒険して、ジャバウォックを倒せばいいんだろうか。

「答えは簡単。私をジャバウォックに盗ませちゃえばいいんだよ。名前だけじゃなくて、私のすべてを。そうすると私は、もともとこの世界にはいなかったことになる。私がしたこともみんな消えて、君の心だって盗まれなかったことになる」

そうか。

じゃあ、つまり。

「アリスの名前を捨てちゃった人を、ジャバウォックに盗ませればいいってこと？」

「とりあえずそれで、私は名前を取り戻すことができる」

「でも、だれがアリスの名前を捨てちゃったんだろう?」

「さあ。君は知らない?」

そんなの知っているわけがない。

でも、ふと思い出したことがあった。考えてみれば、アリスがジャバウォックって名前を知っているのが、そもそもへんなんだ。だって「それ」にジャバウォックという名前をつけたのは、楓なんだから。

あれはいつのことだっただろう。ずっと前だ。僕がまだ小さかったころ。

——だれと話しているの?

と僕は尋ねた。楓が答えた。

——ジャバウォック。

僕が初めて、ジャバウォックという言葉を聞いた日だ。たしか、前に僕たちが暮らしていたマンションの、楓の部屋だった。僕がいて、楓がいて、それからもうひとり。そうだ。

「アリスは、アズじゃないの?」

アズ。アズ。楓の友達。

自分で、「アズって呼んで」って言ったんだ。僕はそうしたけど、でも楓は違った。たしかアリスと呼んでいた。アズ。そうだ。アズサ。

「アリスアズサだ」

はじめて聞いたとき、不思議な音の名前だと思ったんだ。今だってそう思う。

僕をみつめるアリスは、苦笑したようだった。

「冬明くんはすごいね。君は、覚えているんだね」

その反応が想像と違って、僕の頭はまたこんがらかる。

「アリスは、自分の名前を忘れてたわけじゃないの？」

「まあね」

「じゃあ、別に困ることなんてないんじゃない？」

「そうでもないよ。他の人はみんな、忘れちゃってるから」

「でも、もう一度自己紹介しなおせばいいんだ」

私はアリスアズサですって言えば、それで問題は解決するように思う。けれど、話はそう簡単ではないようで、アリスは首を振ってみせた。

「私の名前はもうこの世界にはないから、他の人には聞こえないんだよ」

「話しても？」

「うん。どれだけ耳元で叫んでも」

それはたいへんだ。どうしてそんなに、不思議なことが起こるんだろう。

「ジャバウォックって、なんだろう」

そうつぶやくと、アリスはなぜか、少しだけ笑って言った。

「それは、昂揚した議論のたまものなんだって」

コウヨウしたギロンのタマモノ。

なんだか僕には、その言葉が、ずいぶん怖ろしいものに聞こえた。

＊

アリスに会った次の日、楓と一緒に電車に乗った。僕はそのとき、「アズを覚えてる？」と訊いてみたけれど、楓にもその声は聞こえないようだった。やっぱりアリスが言った通り、アズサという名前はこの世界から消えてなくなってしまったのだ。そのことを考えると、僕はずいぶん寂しい気持ちになった。

楓は僕を海に連れていってくれた。そして僕の名前にはなんの意味もないことと、意味がないことにたくさんの意味があることを教えてくれた。それから近くのお店でホットドッグを食べて、帰りにはお店の人がカントリーマアムをひとつくれた。

さらにその次の日――九月二三日の木曜日の昼休みに、また頭が痛くなった。先生が「ポッチャという名前はよくない」なんてことを言い出したのが理由だった。

このときは、ジャバウォックは現れなかった。あいつがやってくる前に、僕の方が耐えられなくなって、保健室に逃げ込んだのが理由かもしれない。ともかく保健室のベッドで休んでいると、間もなく小野田先生がやってきた。

小野田先生は、この学校のスクールカウンセラーだ。ドアが開く音のあとに、白くて薄いカーテンごしに、小野田先生と保健の先生が話しているのが聞こえた。それで、小野田先生が僕を訪ねてきたんだとわかった。

やがてカーテンが開いて、小野田先生が顔をみせた。

「やあ、冬明くん。体調はどうかな？」

ずいぶん良いです、と僕は答えた。嘘ではない。これであれば、今日は早退しなくても済みそうだ。そう考えて、僕は慌てて付け足す。

「できたら、お母さんには連絡しないでください」

「どうして？」

「心配するといけないから」

「そんなの、させておけば良いじゃない。悪いことや、危ないことをして親を心配させるのはいけないけれど、そうじゃなければ甘えておけばいい」

「でも、お母さんはいつも疲れているんです」

「そう。本当にもう頭は痛くない？」

「はい。ぜんぜん」

「たしかに顔色も良いみたいだね。あとで保健の先生に相談しておくよ」

小野田先生はどこからかパイプ椅子を持ってきて、僕のベッドの隣に座った。カーテンは開いたままだったけれど、保健の先生はいなかった。席を外すように、小野田先生が話していたのだ。

先生が言った。

「君と、ジャバウォックの話をしたいと思ってね」

「先生もジャバウォックを知ってるんですか？」

「知っている。というか――」先生が、僕の顔を覗き込む。「秘密にできる？」

いったい、なにを秘密にしろというんだろう。

でも先生の方は、僕の返事なんて待ちもせずに、続けた。

「実は、私がジャバウォックなんだ」

僕はあまりに驚いて、危うくベッドから落ちるところだった。先生と反対の方向に逃げ出そうとして、片手がベッドから外れて宙を泳いだとき、もう片方の手を先生がつかんで僕の体を支えた。

「落ち着いて。怪我をするといけない」

「でも、ジャバウォックって」

「私はその名前を知っていたわけじゃないんだよ。君のお母さんから、初めて聞いたんだ。でも、きっと私がジャバウォックなんだろう」

「どういうことですか？」

僕がベッドの上で姿勢を正すと、先生はようやく、僕の手を放した。

順番に説明しよう、と前置きして、先生は話し始める。

「実は私も幼いころ、君に似た体験をしていたんだよ。ひどく頭が痛くなり、気分が悪くて、じっと耐えていた。すると、やがて頭痛は治まるけれど、そのころには私の周囲からなにかが消えている。それは消しゴムだったり、歌詞の一節だったり、ある種の倫理観だったりする」

本当に？

なら、僕と同じだ。

「先生は、ジャバウォックの声を聞きましたか？」

「声？　なにか甲高いような、気味の悪い音じゃなくて？」

「その音のあとで聞こえてくる声です。耳元で偉そうに喋るんです」

「いや。それは知らないな」

小野田先生は、たぶん嘘をついていない。そんな気がした。

ジャバウォックがやってくると、あいつは決まって、大声で騒ぎ立てる。でも、その声は偽物なのかもしれない。僕が勝手に想像して作った声なのかもしれない。

先生は椅子の背もたれに身体を預けて、胸の前で両腕を組む。

「私と君では、あの現象の細部が違うのかもしれない。あるいは、起こっていること自体は同じで、感じ方が違うだけなのかもしれない。わからないけれど、ともかく私は、声は聞いていないよ。私はあれをシグナルと呼んでいた」

「シグナル?」

「合図とか、信号みたいな意味だよ。当時の私はまだ、小学生だったからね。なんとなく恰好良い気がしたんだ」

合図。たしかに僕にとっても、あの騒々しい音と頭痛は、ジャバウォックが現れる合図だ。世界からなにかが盗まれてしまう合図だとも言える。

先生は、なんだか呆れながら笑っているような顔で続けた。

「どうして私がこんなにも苦しまないといけないんだろうと思うと、いろんなことが嫌になってしまってね。それで、シグナルを――君の言うジャバウォックを、受け入れてしまおうと決めたんだ」

「受け入れる?」

「つまり、ジャバウォックに逆らうのをやめたんだよ。私の身の回りからなにが欠けようが、多少世界が変わってしまおうが関係ない。そんなことでいちいち悩んでいても仕方がないから、みんな知らないふりをしてしまおう。そう決めてしまった」

先生の話は、よくわかった。僕もそれが、ジャバウォックへの対処法なんじゃないかと考えていたからだ。少なくともお母さんに心配させないでいるには、そうするのがいちばんじゃないかと思っていた。

「でも、それじゃあ別に、先生がジャバウォックだってことにはならないんじゃないですか？」

「どうかな。私は、それこそがジャバウォックの正体だと思っているよ」

「どうして？」

「ジャバウォックのルールに逆らうのを諦めて、受け入れてしまうと、私もあちら側に立つことになる。実際、私があの奇妙な音と頭痛から解放されたのは、はっきりとジャバウォックの仲間になったときだった。つまり私はあるとき、自分の意思で――正義感みたいなもので、あることを非難して、ジャバウォックを呼び寄せたんだ。正確な記憶はないけれど、おそらくそうだったんじゃないかと思う」

小野田先生も、ジャバウォックを呼んだ。馬島先生や、ほかの乱暴になにかを否定するクラスメイトたちと同じように。なんだか僕には信じられなかった。

「でも、はっきりとは覚えていないんですよね？」

「うん。そのころから私は、シグナルを――ジャバウォックを感じることができなくなったからね。でも、それからも私は、様々なものを否定してきたはずなんだよ。そうと気づかないまま、この世界を欠けさせている一員になっているはずなんだ。だからこの世界には、実に大勢のジャバウォックがいる」

初めは、先生の話がよくわからなかった。

けれど僕が知っているいろんな人が――馬島先生や、あの人と仲の良いクラスメイトたちや、ほかの大勢の人たちが自分の顔をまるで仮面みたいに外すと、中からジャバウォックが現れる。そんな光景を想像して、怖ろしくなった。

「君もいつか、私と同じ道を選ぶかもしれない。ジャバウォックの一員になる日がくるのかもしれない。でもそれは、怖ろしいことではないんだ。ある意味では、当たり前のことなんだ」

「本当に？」

「彼らが――私たちがなにかを消すのは、間違いばかりではないんだよ。この世界にとって悪いものや、問題になるものだって消している。そのままだと人の社会を苦しめるだけのものだって、きちんと消しているんだ」

そうかもしれない。でも。

「それを、どうやって区別するんですか？」

消すべきものと、そうではないものを。

少なくとも、紫色の絵具は消えるべきじゃなかった。もともとのチャロの絵は、とても素晴らしいものだった。小野田先生が微笑む。

「うん。区別なんてできない。本当は誰にも、なにが善で、なにが悪なのかなんてわからない。君はその、わからないってことを知っているから、ジャバウォックに敵視されているんだ。そして、それはきっと、とても普通のことなんだ。常識だとか、正義なんてものがなんだか薄っぺらにみえて、ジャバウォックと戦うのは」

「僕は別に、正義が薄っぺらだと思ってるわけじゃないんです」

「そう」

「ただ、ジャバウォックのやり方は、正義とは違うような気がするだけなんです」

「うん。そうだね」

先生は頷いて、掛布団の、僕の胸の辺りをぽんぽんと叩いた。

「その通りだよ。私たちは、正義とは違うものを正義と呼んでいる。ある程度の間違いだとか、犠牲だとかに目をつぶって。それはおかしなことだから、君は思う存分、私たちを疑っていればいい。戦えるだけ戦えばいい。でも私が君に言いたいことは、ひとつだけなんだよ。いつか君自身が、正義とは違うものを正義と呼び始めたとき、自分を嫌う必要はないというだけなんだ」

ジャバウォックと戦うのも、ジャバウォックにゲイゴウするのも、どちらも同じように普通のことなんだよと先生は言った。僕はゲイゴウという言葉を知らなかったけれど、なんとなく意味はわかって、とくに尋ねはしなかった。

先生の話は、僕には少し難しくて、ベッドの上で目を閉じていた。先生はもう何度か、僕の胸の上をぽんぽんとして、「五時間目はゆっくりと寝ていればいい」と言った。

小野田先生は、本当にジャバウォックなんだろうか。あの気味の悪い音や激しい頭痛と同じものなんだろうか。

――でも先生の世界から、ジャバウォックは欠けていないんだ。

そうでなければ、自分がジャバウォックだなんて言えるわけがないんだから。それはたぶん、他の大人たちとはずいぶん違う。きっと大勢が、もうジャバウォックのことなんて忘れてしまっている。ジャバウォックのことを忘れていない先生は、自分がジャバウォックだと言えるから、そのぶんだけジャバウォックではないんじゃないだろうか。そんなことを考えているうちに、僕は眠ってしまった。

＊

小野田先生の話を聞いて、決めたことがひとつある。

もうジャバウォックのことで、お母さんに心配をかけるのはやめようと思ったのだ。

どうしてそんな結論になったのか、僕自身にもはっきりとはわからない。でも、ジャバウォックについて考えているうちに、自然とそうしようと決めていた。もしかしたら「ジャバウォックのことをお母さんには隠さない」なんて意地を張っていることこそが、間違った正義のような気がしたのかもしれない。

だから僕はもう、お母さんの前ではジャバウォックの話をしないことにした。学校で頭が痛くなっても、じっと自分の席で我慢することにした。

それを実行していると、お母さんは少し元気になったようだった。「良い子だね。それでいいんだ」とジャバウォックが言った。

＊

僕が楓から不思議な図書館の話を聞いたのは、一〇月に入って最初の水曜日だった。

楓はアリスに連れられてその図書館に行き、「ジャバウォックがいる世界」に案内されたのだという。それはつまり、アリスが言った「向こう側」のことだろう。

そんな体験をしたものだから、楓は友達の千守さんと一緒に、本腰を入れてジャバウォックの調査を始めたようだった。僕もそれを手伝って、学校で「消えた公園」の聞き込みをした。中には馬鹿にする子もいたけれど、だいたいは面白がり、僕にいろんな話を聞かせてくれた。

再びアリスが僕の前に現れたのは、その調査を始めてから一週間ほど経った日のことだった。一〇月一三日、水曜日。学校からの帰り道、前に会ったのと同じ公園の、同じベンチにアリスが座っていた。アリスはやっぱり青いキャップを被っていた。

「図書館の話は聞いた？」

僕は頷く。

アリスの顔をみて、「やっぱりこの子はアズだ」と改めて思った。アリスアズサ。楓と仲が良くて、うち——父さんがまだいたころに暮らしていた、ここではない街のマンション——にも何度か遊びにきたことがあった。

僕が隣に座ると、アリスは言った。

「本当は楓くんに、私の名前を取り返してもらうつもりだったんだけど、あんまり上手くいかなかった。もう何度かあの図書館に連れていけば、なんとかなる気もするけれど、楓くんはずいぶんつらそうだったの。そこで、代わりに冬明くんに、私の名前を取り返してもらえないかと思って」

僕は自分がジャバウォックと戦うところを想像する。ジャバウォックは巨大なドラゴンのような姿をしている。その後ろには宝箱があり、中にアリスの名前が入っている。アリスアズサ。その宝箱の蓋を開ければ、世界中のみんながアリスの名前を思い出す。でも、どれだけ考えても、僕にジャバウォックを倒せるとは思えなかった。

「君にも図書館にきて欲しいんだけど、いい？」

「その図書館に、ジャバウォックがいるの？」

「ううん。いない。でも、会って欲しい人がいる」

「だれ？」

「館長、と私は呼んでいる。その人が何者なのか、私にもわからない。その人自身がジャバウォックに盗まれてしまったから、誰にも正体がわからないの。でも、冬明くんなら館長と話ができるかもしれない」

わかった、と僕は答えた。

知らない人と話をするのは苦手だけど、アリスは名前がないのだ。アズサという名前を楓にも思い出してもらえない。それはたぶん、とても悲しいことだ。

「ありがとう」

とアリスは笑った。

「これからいくの？」

「そうしたいんだけど、でも冬明くんにだって都合があるでしょう？　図書館まで、ここからだと二時間くらいかかるもの」

往復で四時間なんて、遠足みたいだ。

「それは、お母さんが心配するよ」

「うん。だから、いつか時間を作れない？　来週の水曜日だと都合が良い」

「わかった。学校を休めるかもしれないから」

「じゃあ、上手く休めたらこの公園で会いましょう。私にはいくらでも時間があるから、一日中待ってるよ」

　でも、一日中というわけにはいかない。午後七時にはうちに帰っていないと、お母さんが心配するはずだ。


　僕は上手く学校を休めるのか、心配だったけれど、問題は起きなかった。

　一週間後――一〇月二〇日の水曜日、僕が「学校を休みたい」というと、お母さんは理由も聞かずにそれを許してくれた。それは僕の、生まれて初めてのずる休みだった。本当はアリスの名前を取り戻すという目的があるのだから、別にずるいってこともないのかもしれない。でも僕は、なんだかこれはずる休みなんだって気がした。

　午前八時三〇分にお母さんが会社に行った。僕は本当に体調が悪くて学校を休んだときみたいに、ベッドの中でじっとしていた。お昼休みに、お母さんから電話があることを知っていたからだ。

　その電話はいつも、僕の携帯電話にかかってくる。子供向けで、インターネットには接続できないけれど、ひっぱると大きな音が鳴る紐がついている携帯電話だ。僕はその電話でお母さんと話をしてから家を出ることに決めていた。理由はふたつある。ひとつ目は外で電話をすると、周りの音なんかでお母さんが異変に気づくかもしれないこと。ふたつ目は、僕は携帯電話を家に置いていくつもりだってこと。たしかその携帯電話には、カーナビと同じ機能がついていて、遠くからだってどこにあるのかわかるはずなのだ。

　時間はなかなか過ぎなかった。僕はベッドの中で、図書館でなにが起こるんだろうと考えてどきどきしていた。それから、いてもたってもいられなくて、ずいぶん早いのにお昼ご飯にした。お母さんがキッチンにオムライスを用意してくれていて、それを電子レンジで温めて食べた。

　とてもゆっくりと時計の針が回転して、一二時三〇分にお母さんからの電話があった。

「もうすっかり元気だよ」と僕は言った。それから、なら今からでも学校に行きなさいと言われるんじゃないかと思ってひやりとしたけれど、そんなことはなかった。お母さんは優しい声で「お昼ご飯はもう食べた?」と言った。僕が食べたと答えると、じゃあゆっくり休むようにと言って電話を切った。

　僕は慌てて家を飛び出して、公園まで走った。アリスと約束したときには、学校を休んだ日にはお母さんから電話があるのを忘れていて、出発が遅れることを伝えていなかったのだ。アリスをずいぶん待たせてしまったかもしれない。

　公園のベンチで本を読んでいたアリスに、「遅くなってごめん」と僕は謝った。アリスは笑って、「一日中だって待っているって言ったでしょう」と答えた。

　僕たちはそれから、駅まで歩いて、電車に乗った。切符はアリスが買ってくれた。でもアリス自身には、切符は必要ないようだった。アリスが自動改札を通ってもまったく反応しなかったし、周りの人も駅員も、疑問に思うこともないようだった。もしかしたら僕以外には、アリスの姿はみえていないのかもしれない。「幽霊みたいなものだよ」とアリスが言っていたことを思い出した。

電車はよく空いていた。僕はアリスに、お金のことを尋ねてみた。名前を失くしてしまうと、働くこともできないような気がしたのだ。

「まあ、切符代くらいならなんとでもなるものだよ」

とアリスは答えた。

僕はアリスが改札を簡単に通り抜けたみたいに、どこかスーパーマーケットのレジなんかに入ってお金を盗っていくところを想像して、怖くなってそれ以上は尋ねなかった。

代わりに、楓とよく一緒にやる遊びをして過ごした。窓からみえたものがどうしてそこにあるのか、想像して物語を作る遊びだ。アリスはこの遊びが苦手なようだった。僕が一度やってみせると、ルールはすぐに呑み込んだけれど、「ちょっと待って」と言ったきりずいぶん長いあいだ考え込んでいた。

僕たちは電車を二度乗り換えて、山を抜けた先の小さな駅に到着した。

その駅からさらにしばらく歩いた先に、目的の図書館があった。図書館の門にはプレートがついていて、そこに「イルセ記念図書館」と書かれていた。

アリスが堂々と図書館の中に入っていくから、僕もそのあとに続いた。ホールの奥の扉を開くと、うす暗い部屋に、大きな本棚がたくさん並んでいる。アリスはどんどん先に進む。

「館長はここで、ジャバウォックの盗難品のリストを書き続けている」

「リスト？」

「自分自身が盗られちゃった館長は、『向こう側』にいる。ジャバウォックがいる世界に。だから盗難品のリストを作ることができる。でもそこに書かれているものは、みんなこの世界からはなくなっちゃったから、読むこともできない」

「じゃあ、意味はあるのかな？」

「もしかしたら君にならら、ここの本をみんな読めるんじゃない？」

なんだか気味が悪くって、僕は顔をしかめていた。僕にそんな、特別な力があるとは思えなかったのだ。

本棚を抜けた先で、アリスは足を止めた。

「そこに、なにがある？」

みえたままを僕は答える。

「ソファーとテーブル。それから、扉」

ずいぶん立派なソファーとテーブルの向こうに、これもまた立派な扉がある。なにかつるりとした、堅そうな木製で、たくさんの曲線でできた模様が彫られている。たぶん草とか花とか、植物のデザインだと思う。

アリスは頷いてみせた。

「その扉の奥に、館長がいる。話をしてきて」

「アリスは？」

「私はここで待っているよ。もしかしたら、邪魔かもしれないから。大丈夫。そんなに怖い人じゃないはずだよ」

でも僕は怖かった。知らない人に会うこと自体、けっこう怖い。

アリスはソファーに腰を下ろす。僕を助けてくれるつもりはないようだ。

仕方なく僕は、その扉のノブに手をかけた。

先は、書斎のような狭い部屋だった。本棚に囲まれた、ずいぶん立派なデスクの手前に、男の人が座っていた。

その人が館長なのだろう。館長はこちらに背を向けて、なにか書き物をしているようだった。万年筆のペン先が紙の上をすべる、さらさらとした音が聞こえていた。

館長は間もなくペンを置いて、チェアを回転させてこちらを向いた。僕には館長が、ずいぶん年上にみえた。母さんよりもまだまだ上だ。五〇歳しか、六〇歳とか、それくらいじゃないかと思う。館長は言った。

「ようこそ。会えて嬉しいよ」

でもその言葉は、ちっとも嬉しそうには聞こえなかった。算数の教科書みたいに、感情らしいものがみあたらなかった。僕は緊張して、上手く返事ができないでいた。

「私の姿が、君からはどんな風にみえているのか、オレにはわからない。実のところ僕は自分の姿を知らないんだ。ジャバウォックに、私を盗まれてしまってね」

館長の言葉は、ずいぶん僕を混乱させた。

この人が自分のことを、「私」とも「オレ」とも「僕」とも言ったからかもしれない。そんな風に喋る人に、会ったことがなかった。——クラスメイトには、いつもは「オレ」だけど先生の前でだけ「僕」になる子がいる。でもその変化はなんだか自然で、僕をこれほど混乱させることはない。

館長が続けた。

「だから君は、オレのことなんか気にしなくていいんだ。目も合わさずに僕の前を通り過ぎればいいんだよ。だって私はいないも同然なんだから。自分というものがわからないまま、すでにこの世界には存在しないものについて書き続けている。でも、それはもうこの世界に存在しないから、できあがるのはまっ白な本ばかりだ。オレにもこの図書館にも、意味なんてひとつもない」

僕はなんとか、勇気を出して言ってみた。

「どうして、そんなにたくさんの言葉で自分のことを呼ぶんですか？　僕とか、オレとか、私とか」

「これは失礼。別に、どれだっていいんだけどね。なにかご希望はあるかい？」

「なんでもいいです。好きなやつで」

「自分を失くした人間に、好みがあるものだろうか？」

館長は、苦笑を浮かべてみせた。それから、「よければ君が、ひとつ選んでくれ」と付け加えた。

「じゃあ、『私』がいいと思います」

「どうして？」

「なんだかいちばん、自然だから」

この人はもともと、自分のことを私と呼んでいたのではないかと思う。理由はないんだけど、そんな気がする。

「なるほど。私はそれで、問題ない」

と館長は言った。それっきり会話が途切れてしまった。

互いに無言でいるのが気まずくて、僕は無理やりに尋ねてみる。

「自分の姿を知らないっていうのは、どういうことなんですか？」

「そのままだよ。私自身も、自分をみたことがないんだ。鏡を覗き込んでも、なにもわからない」

でも、僕の目からみた館長の姿は明白だった。痩せても太ってもいないけれど、顔は長細い感じがする。顎がわりと長いのだ。目は細く、唇は薄い。鼻はなかなか高く、その下に、なんだか嘘くさい髭が生えている。トランプのキングの絵柄でみたような髭だった。髪はさらりとしていて耳にかかるくらいの長さで、真ん中から左右にわかれているから、おでこが広くみえている。その髪には白髪が交じり、灰色がかっている。肌はずいぶん白い。おでこも白い。

「鏡には、映らないんですか？」

「映るのは映る。そこにたしかに、誰かがいるのはわかる。でも僕には——おっと、失礼。私には、その鏡像を上手く認識できない」

「のっぺらぼうみたいな感じですか？」

「のっぺらぼうなんて、ひどく特徴的だろう。一度みたら忘れないんじゃないか？」

じゃあこの人の姿は鏡に、どんな風に映るんだろう？　僕はそんなことで悩んでしまって、また会話が途切れた。

館長はじっと僕の方をみていた。気まずそうな感じも、なにかを促す感じもなかったけれど、僕の方は慌てていた。僕はコンピュータゲームの「はい」か「いいえ」の選択肢にだって、いつも急かされているような気がするんだ。

とりあえず、館長の見え方に関する質問は諦めて、僕は話題を変える。

「アリスが、貴方に会うように言ったんです。でも、それからどうすればいいのかを聞き忘れていました」

「おや。それは困ったね」

「僕はどうして、館長に会いにきたんでしょう?」

「さあ。それはわからないが、もしかしたら私がジャバウォック研究の専門家だから会うべきだったのかもしれない」

専門家。

なんだか恰好良い言葉だ。とても信用できそうな感じがする。

「なら、ジャバウォックのことを教えてください」

「それはわからないよ」

「え? 専門家なのに?」

「どうだろう。専門家だからこそ、わからないとも言える。謎がひとつもなく明らかなものに、専門家が必要だろうか?」

館長は自分の言葉で悩み込んでしまったようで、しきりに首を傾げていた。

僕はこの人との会話のコツを、徐々につかみつつあった。相手のペースなんて考えずに、こちらが言いたいことを言ってしまえばいいんだ。

「全部わからなくても、わかっていることもあるんじゃないですか?」

「それがね、なにもわからないと言っても良いような状況なんだよ。ジャバウォックという名前だって、五年ほど前にある少年によってつけられたあだ名のようなものなんだ。なら私たちは、ジャバウォックの名前さえ知らないことになる」

五年前。それは、父さんが死んだ年だ。

そしてジャバウォックと名づけた少年というのは、楓ではないだろうか。僕は、楓からジャバウォックという名前を聞いたんだ。あれは五年前のことだったのかもしれない。

「ほかには？　なにかわかることはありませんか？」

「私はそもそも、『わかる』という概念を本当に理解しているだろうか」

「そういうのはいいんです。もっと具体的なことを聞きたいんです」

「具体的といわれてもね。私のジャバウォック研究は、抽象的な推測や想像の組み合わせなんだよ」

「じゃあその抽象的な推測や想像を具体的に教えてください」

「君はまるで抽象と具体の自尊心をまとめて串刺しにするようなことを言うね」

僕の頭はこんがらかりつつあった。抽象と具体に自尊心なんてあるだろうか――なんて悩み始めると、まるで館長みたいだ。

その館長は、チェアの肘掛けで頬杖をついて、軽く頷いてみせた。

「よし。できるだけやってみよう。まずジャバウォックというのは、世界を確立するルールだと考えている。つまり無数に連なる世界群のひとつひとつに、欠落という個性を与え続けるシステムだ」

急に話が難しくなった。僕は咄嗟には、なにがわからないのかさえわからなくて、質問もできなかった。館長が続ける。

「これは自明だが、可能性というものは時間経過で失われる。というか、可能性を失い続けることこそが時間の本質と言ってよい。原始世界はあらゆる可能性を持っていたはずだが、そこに時間が加わったことで可能性が欠落しはじめた。ではその欠落した可能性がどこにいったのかというと、それは他世界だ。世界は可能性を失いながら、可能性の全体量を一致させるため——つまり原始世界がすべての可能性を持っていたという事実を守るため、それぞれの可能性ごとの無数の世界に分裂をし始めたのではないだろうか」

僕は額のあたりがぼんやりと熱くなるのを感じた。館長の言葉を必死に理解しようとしていた。けれどその一行目からつまずいていた。

可能性が時間経過で失われるというのは、自明なのだろうか——そんな風に悩み込んでいるあいだも、館長は喋り続ける。

「この想像が事実であれば、各世界の個性とは欠落だとわかる。大本の世界がすべてを持っていたのだから、欠落によりそれぞれの世界が他の多世界と区別されるしかない。そして、そのシステムがジャバウォックなんだ。それは昂揚した議論のたまものだ。議論とは結論を出すためのものであり、結論とは他の可能性の排除だ。そしてそれは感情的に行われる——つまり世界の個性であるところの欠落とは、それぞれの世界で暮らす人々に委ねられている。かつて少年はあれにジャバウォックと名づけたが、そういう意味では極めて的を射ているな」

僕はまだ一行目でつまずいていたものだから、館長の話は、もうほとんど聞き流すような状態だった。ここに、楓にいて欲しかった。楓であれば、きっと館長の言うことを上手にかみ砕いて、僕にもわかるように教えてくれるはずなのに。

「だが、ここから先がややこしいのだが——」と館長は言った。もう充分ややこしいのに。

「純粋な世界のシステムであるところのジャバウォックと、少年が名づけたジャバウォックは、非常に似ているが異なるものだ。というか、ジャバウォック現象のある一部だけを取り出して、少年はジャバウォックと名づけたのだ。この、似ているが異なる概念に同じ名がついている問題を、なんとか解決したいと私は考えている」

館長の話はほとんど意味がわからなかったけれど、最後だけは呑み込めた。

それは、とても簡単な問題のような気がした。

「別の名前をつけるわけにはいかないんですか？」

「うん？」

「だって、違うことが同じ名前で呼ばれているから面倒なんでしょう？」

「もちろんそうだ。名前こそが重要だ。でも僕は――失礼。私は、名前を決めるのが苦手なんだよ。なんといっても自分がないものだから、名前なんて考えようがないんだ」

「じゃあ、僕が提案しましょうか？」

「ぜひ頼む」

「シグナルではどうですか？」

小野田先生から聞いた名前を、僕は提案した。

館長はその名前が気に入ったようだった。――自分を失くした人間が、なにかを気に入るようなことがあるのだとすれば。

「うん。素晴らしいな。では少年がジャバウォックと名づけた方がシグナルで、名づけなかった方がジャバウォックだ」

それはそれで、ずいぶんややこしい。僕は館長の話がややこしいことを、諦めつつあった。

館長は満足した様子で、軽く頷いてみせた。

「シグナルの発生理由は不明だよ。なんといっても、私が観測した実例はただのひとつしかないんだ」

「ひとつはあるんですか？」

「ある。それは五年前に起こった。ある少年が、強い怒りによりジャバウォックを呼び出した」

「怒り」

「そう。怒り。彼の正義感において、それは誤りであるという強い主張。少年は世界からひとつを捨てて、それをジャバウォックが盗んだ。そのときから君にシグナルが発生するようになった」

「え？　僕？」

「君のことを、私が解説するのも馬鹿げているけどね。ともかくある少年の、強い声がジャバウォックを呼んだのだ。君はその現場に居合わせた。ジャバウォックに出会ってしまった君は、それの実在を認識したため、ジャバウォックをみつめる視点を手に入れた。よってシグナルが聞こえ始めた」

その話は、本当だろうか。僕はそんなこと、まったく覚えていない。

館長が続ける。

「ジャバウォックに出会った人物にはシグナルが発生する。そしてその人物がまた別の条件を満たしたとき、シグナルは消えてなくなるようだよ」

今回に限っては、館長が言う「条件」というのがわかった。

小野田先生から、事前に教えられていたからだ。

「シグナルを受け入れると、それはなくなるんですよね？」

「受け入れる、か。君はずいぶん難しい言葉を使うね」

「そうですか？」

「受け入れるとはいったい、どういう意味だろう？　私には一〇年悩んだって、答えがわからないかもしれない」

うかつなことを言うべきではなかった。館長はまた、悩み込んでしまった。

僕はなんとか館長の意識を引き戻すため、無理やりに質問をでっちあげた。

「館長がそういった、推論だとか、想像だとかをしたのは、どうしてですか？」

「うん。つまり君は、根拠を尋ねているわけだね？　抽象を具体化するために」

抽象と具体の話なんて、もう忘れていた。

僕が適当に頷くと、館長は言った。

「私は――失礼、僕――じゃない、私でいいんだ。私は、最初に言った通り、自分自身をジャバウォックに盗まれている。それはつまり、この世界からは私が欠け、代わりに別の世界で私が存在する可能性が保たれたということだが、それによって複数の世界を同時に観測する視点を得た」

また話が難しくなった。

「じゃあ、ここじゃない世界のことを知っているんですか？」

「もちろん。だが、そこには少し複雑なルールがあり、あらゆる世界がみえるわけではない。第一に――」

「ごめんなさい。丁寧に説明していただいても、理解できる自信がありません」

「だが、抽象を具体化する過程で具体を取り除けば、そこに残るのはただの抽象ではないだろうか？」

「もう抽象でいいです。抽象的なことを教えてください」

「君の要求はどんどん高くなるね。抽象なんて、語り尽くせるものではないのに」

でも、次に館長が言ったことは、僕にはとても具体的に聞こえた。

館長はデスクの上の原稿用紙を手に取って、言った。

「私は複数の他世界と、この世界の違いを書き記している。いくつかの世界を比較することで、ジャバウォック現象がどのように機能しているのか推測を立てたわけだ」

それはなんだか、とても納得できる話のように思えた。たしかにそんなことができるのは館長だけで、ジャバウォックの専門家を名乗るのにふさわしい。

僕がそう考えていると、館長は言った。

「いや、私だけが特別ではない。君だってこの件の専門家になれるはずなんだよ。君はジャバウォックに盗まれたものを覚えているのだから、多少は不完全とはいえ、いくつもの世界を同時にみているんだ」

館長の言葉には、なんだか違和感があった。

少し考えて、僕はその違和感の正体に気づいた。

「もしかして、館長は僕の考えが読めるんですか？」

だって、口に出していないことに館長は答えた。そんな風に聞こえた。

だが館長は首を振る。

「読めるわけがないだろう」

「本当に？」

「うん。ただ、私はそれなりに多くの世界を観測しているからね。ある世界では、私は昨日、君と会っている。別の世界では明日会うのだろう。そして、まったく別の話をすることもあれば、ほとんど同じような話をすることもある。世界の類似性を比較すれば、君の次の台詞にはなんとなく想像がつくだけだ」

それは、もしかしたらすごいことなんじゃないだろうか。

「つまり館長は、未来を知ってるってことですよね？」

「そうじゃない。時間の流れはどの世界も均一だろう。ただ、同じ時間の中で、起こる出来事の内容や速度、順序なんかが違うんだ」

「でも、けっきょく、この世界の未来の出来事がわかるんですよね？」

「確実ではないが、まずまずの確からしさで推測できる」

なら、なんだろう？　なにか、館長にはすごいことができるような気がした。

——考えろ。

と僕は自分に言い聞かせる。ここが、とても大事なところなのだと思う。そもそも僕はどうして館長に会いにきた？　ジャバウォックについて知るため？　そうじゃない。名前を失くしたアリス。アリスの名前を取り戻すためだったはずだ。なら。

「僕が——いえ。僕じゃなくてもいいんです。誰かが、アリスの名前を取り戻した世界のことを、知りませんか？」

自分でも、そんな馬鹿な、という気がした。

だが館長は、あっさりと頷いた。

「知っているよ。いちおうね」

「やった。なら、教えてください」

「君の話はつまり、この世界に極めて類似しており、かつ、すでにアリスの名前を取り戻している世界について知りたい、という意味かな?」

「そういう意味です。たぶん」

「なるほど」

館長はチェアから立ち上がり、本棚のひとつに近づいた。そしてそこから、僕には無造作にみえる手つきで一冊の本を取り出した。

「ここに、だいたい書かれているはずだ」

それはぶ厚いハードカバーの本だった。

表紙は深い緑色で、「砂浜で失くしたティファニーの指輪」と書かれていた。


館長の部屋を出た僕に、アリスは眠たそうな目を向けて、「どうだった?」と尋ねた。

僕は、まるで不思議の国のアリスの世界に迷い込んだみたいだったと答えた。館長の喋り方は、なんだか不思議の国に馴染むような気がした。

僕が深い緑色の本のことを話すと、アリスはずいぶん喜んだ。

「そんな裏技みたいな方法があるなんてね」

なんて言っていたけれど、アリスにもその本を読めはしなかった。表紙の文字さえわからないようだった。

そこで、僕はその本を持って帰り、アリスの名前の取り返し方を調べることになった。

＊

深緑色の本はずいぶん長くて、文章はところどころとても難しかった。

それに、お母さんにも、ほかの誰にもこの本のことは知られない方が良いだろうと思ったから、隠れて読まないといけなかった。

僕がその本を読み終えたのは、ちょうど一〇月が終わるころだった。それからも、ところどころ読み返して、あることを決意した。

――でも、そうすると僕は、この世界から消えてしまうんだ。

それはもしかしたら、別に悲しいことではないのかもしれない。館長の話では、この世界の僕が消えても、「僕がいる」という可能性は別の世界で保たれるのだから。でも僕はこの世界のお母さんや楓にもう会えなくなることが、ずいぶん悲しかった。チャロの絵をもうみられないことや、ポッチャと遊べないことや、なんだかあの馬島先生に会えないことさえ悲しいような気がした。でも仕方がないんだ。

僕は一度だけ、お母さんの前で、あの深緑色の本を読んでみた。それはきっと、できれば、ちょっとでも僕のことを覚えていて欲しかったからだと思う。

でも僕は、そうしたことが、ひどく恥ずかしいような気もしていた。なんだか空っぽの檻の中に、去年死んだゾウについて書かれた看板があるようなことだっていう気がした。

楓は僕を慰めるように、「オレは、悲しいのも好きだよ」と言った。僕が考えていることなんて、楓はなにも知らないはずなのに、やっぱり僕のことをわかってくれる素晴らしいお兄ちゃんだった。

　その電話をかけた夜――一一月六日の真夜中に、僕はそっと、お母さんがいる家を抜け出した。僕はいつも早く寝てしまうから、ずいぶん眠かった。

眠っているお母さんのほっぺたに、キスしてみようかと思ったけれど、なんだか恥ずかしくてやっぱりやめた。

14話　もう一度この人を殺すということ――牧野楓

愛さんからの電話で目を覚ますと、世界がまったく変わっていた。

冬明が消え、有住の名前がスマートフォンに登録されていて、そして父さんが目の前にいる。オレにはまだ、その光景が信じられなかった。

父さんはキッチンに立っていた。朝食を用意してくれているようだった。メニューはフランスパンのフレンチトーストと、レタスの上によく焼いたベーコンや潰したゆで卵をちらしたサラダだった。この人は昔から、休日によくフレンチトーストを作った。卵と牛乳とを混ぜたやつに、前日の夜からフランスパンをつけておくのだ。味つけは少し薄めにして、ジャムを合わせて食べるのが通例だった。コーヒーメーカーには、ホットコーヒーもできている。なんだかオレは、ずっと泣きそうだった。こんな朝がまたやってくるなんて、想像もしていなかったから。

フライパンを手にした父さんが言う。

「楓のぶんもすぐに焼くよ。ナイフとフォークを出しておいて」

オレはもしかしたら、首を振るべきだったのかもしれない。朝ごはんを食べている余裕なんてないんだ。だって、冬明がいなくなったんだから。本当は今すぐに、愛さんのところに駆けださなければいけない。でも、できなかった。

――この世界がどんな風に変わったのか、調べないといけないだろ。

なんて、自分に向かって見え透いた嘘をつく。本当は、父さんのフレンチトーストを食べたかった。どうしたって食べられないはずだったものを、もう一度。

ナイフとフォークを取り出しながら、オレは尋ねる。

「冬明を覚えてる？」

父さんは生真面目な表情で、フライパンにフレンチトーストを並べたところだった。じゅっと心地の良い音が聞こえた。

「いや。楓の友達？」

「うん。友達なんだ。とても大切な友達なんだ」

そう答えた自分の言葉が、オレにはずいぶん気持ち悪かった。今はあいつのことを、弟だって紹介したかった。貴方の子供なんだって。

父さんが冬明のことを忘れているなんて、信じられなかった。けれど、それは仕方のないことなのかもしれない。ジャバウォックの存在を受け入れられる想像力を持つ人だけが、あれに影響されないのではないか、と千守は予想した。人がゼロから想像できることなんてたかが知れていて、なにかきっかけのようなものが必要だとも言った。けれど父さんには、そのきっかけなんてなかった。本当は、五年も前に死んでしまっているのだから。オレや愛さんみたいに、冬明からジャバウォックの話を聞くこともなかった。なら、ジャバウォックに抵抗できるはずもない。

オレはダイニングテーブルに、ふたりぶんのナイフとフォークを並べる。どの席に父さんが座り、どの席にオレが座るのか、思い出すまでもない。

「父さんは、再婚するつもりはないの？」

とオレは尋ねた。

なんとなく、目の前の父さんがどんな人生を歩んだのか、想像ができた。このマンションでは、オレが八歳のころまで暮らした。父さんが愛さんと再婚したときに引っ越していった。今もまだ、オレたちがここで暮らしているなら、つまり父さんは再婚しなかったということだ。だから冬明も生まれなかった。

フライパンの前で、父さんは苦笑したようだった。

「今のところ、まったく予定はないな。急にどうした？」

「いや――」オレは思わず、うつむいて答える。「オレだっていつまでも、ここにいるわけじゃないだろ。父さんが寂しくなるかと思って」

「僕にだって、友達くらいはいるさ」

「本当に？」

思えばオレは、父さんの友達をひとりも知らなかった。うちに誰かが遊びにきた記憶もなかった。この人はいつだってオレの父親で、その他の顔をみせたことがない。

フレンチトーストをひっくり返しながら、父さんが答える。

「もちろん。別に友達っていうのは、子供だけの特権じゃない」

「そっか」

オレはまだ、父さんとの距離を上手くつかめないでいた。先にダイニングテーブルに着くわけにもいかないし、すぐ隣に立つのも違うような気がした。それで、キッチンの入り口に立ったまま、あの人をみつめていた。

「もうすぐ焼けるよ」と父さんが言う。「コーヒーを用意しておいてくれないか」

　オレは言われた通りにしようとする。でも、食器棚を覗いて、動けなくなってしまう。その棚には父さんのマグカップがあった。深い青色のマグカップだった。イラストも文字もないシンプルなもので、飲み口に対して、下の方がやや膨らんでいる。でもそのカップはもうこの世界に存在しないはずだった。ずいぶん前に、冬明が割ってしまったものだった。

　どうしてだか、オレはそのカップで、無性に悲しくなる。泣いてしまいそうで、口の両端に力を込めて、じっと堪える。父さんが言った。

「どうしたの？」

　父さんはまだ、フライパンをみつめたままだった。とても丁寧に、注意深くフレンチトーストの焼き加減を確認していた。オレはわけもなく首を振る。

「冬明が、いなくなったんだ」

　父さんがこちらに、顔を向ける。

「行方不明？」

「あいつは、オレの弟なんだよ。大切な奴なんだ。だから、放っておけないんだよ」

　父さんはしばらく黙り込んでいた。オレが言ったことを、どうにか呑み込もうとしているようだった。やがて、なんだかのんびりとした口調で言った。いつだって、どこか間が抜けているような人なんだ。

「楓はこれから、その冬明くんを捜しに行くんだね？」

「うん」

「僕も手伝おう。行き先に心当たりは？」

「大丈夫だよ」

冬明のことをなんにも覚えていなくても、父さんがいてくれたなら、ずいぶん心強いように思った。愛さんだって、もちろん喜ぶはずだ。でも。

冬明がいなくなって、父さんが戻ってきた。なら、あいつを取り戻すっていうのはつまり、もう一度父さんを失うということじゃないだろうか。もう一度、この人を、殺してしまうということじゃないだろうか。

「ごめん、父さん。やっぱり朝ごはんはいらない」

「フレンチトーストは、温め直してもわりと美味いよ。でも、車があった方が便利じゃないか?」

「ううん。車では、いけないところなんだよ」

オレはようやく、食器棚から父さんのマグカップを取り出す。そこにコーヒーメーカーから、熱いコーヒーを注いだ。これがもしただの夢だったなら、父さんのためにコーヒーを用意するだけの夢だったなら、どれほど幸せだろう。

ダイニングテーブルの、父さんの席にそのマグカップを置いた。

「ねぇ、父さん」

「うん?」

「どうしてオレの名前は、楓なの?」

これは、父さんへの最後の質問にふさわしいものだろうか。でも、オレは冬明って名前の理由が好きで、それになんだか救われるような気がしていた。オレの名前にも、似たようなエピソードがあるんじゃないかと期待していた。

父さんの答えは、オレの希望とは、少し違うものだった。

「ああ。母さんが決めたんだよ」

それを聞いて、オレはひどく混乱する。自分自身が、なぜそんなことで混乱するのかさえわからなかった。母さん――オレの母親。その人が、オレの名前を決めていても、なにもおかしなことはない。なのにこれまで、まったく考えもしなかった。

父さんが続ける。

「自分と同じ、木偏の漢字にしたかったようだよ。その中から、いちばん良いのを選んだんだ」

オレの、母親の名前。

それを思い出して、なんだか寒気がした。思い出す――オレはこれまで、たしかにその名前を忘れていたのだ。忘れていることにさえ気がつかないままだった。今はまだ、その意味はわからない。けれど、なんだかとても重要なことのように思えた。

「気に入らないかい?」

と、父さんが言った。

オレはどうにか、首を振る。

「嫌ってことじゃないんだ。本当に」

でもオレは、できるなら父さんに名前をつけて欲しかった。この人の価値観だとか、哲学だとかが込められた名前で生きたかった。

「なんにせよ、その名前の意味を決めるのは君だ。僕や母さんの考えなんて、気にすることはない」

父さんのその言葉は、「楓」ではなく「冬明」の説明のような気がした。オレの名前には含まれていない価値観ではないかと思った。代わりにオレの名前には――楓という字の木偏の部分には、もう家族ではなくなった人の、呪いのようなものが込められている。

その呪いを振りほどきたくて、オレはもう一度、首を振った。

「行ってくるよ。じゃあ」

父さんがしっかりと、こちらに向かって頷く。

「今日は寒いから、きちんと上着を着ていくんだよ」

いってらっしゃい、とあの人は言った。

＊

かつて父さんと暮らした部屋から愛さんのマンションに向かうには、新幹線に乗る必要があった。日曜の朝の新幹線はよく空いていて、オレは間もなく発車する一本の自由席に飛び乗ることができた。

席に座り、スマートフォンの画面を睨みつける。まずは父さんの名前でウェブを検索してみた。何件か、同姓同名の人たちの記事がヒットした。どこかの大学病院のスタッフ紹介ページや、市民マラソンの参加者のページに続いて、父さんが勤めている工務店のウェブページがみつかった。その検索結果は平和なものだった。五年前、父さんが受けたバッシングなんて、痕跡も残っていなかった。

いったい、どうしてだろう？　父さんと愛さんが結婚しなければ、あの事件も発生しないのだろうか。

続いてオレは、ツイッターを開く。少し迷ったけれど、キササゲと入力してみる。いくつかのアカウントがヒットする。その中に、あのアイコンがある。濃紺色の背景に、デフォルメされた顔のイラスト。けれどそのアカウントのユーザー名は、「jabberwock」ではなかった。おそらくランダムに割り振られたものなのだろう、意味のないアルファベットと数字の羅列になっていた。

キササゲのツイートも、オレの記憶とはまったく違っている。愛さんへのバッシングは綺麗さっぱりと消えてなくなっていたし、どれだけ遡っても、父さんの名前も登場しなかった。いくつかのニュースの記事を引用したツイートでは、やはり攻撃的な文章があるけれど、あとはドラマの感想や友人との食事のことなんかの平和な内容が並んでいる。それだけを読むと、キササゲもごく普通の、すぐ隣にいてもおかしくない人間にみえる。

じっとスマートフォンのモニターを眺めていると、ふいに着信があった。ＬＩＮＥの音声通話のようだった。

発信者の名前は、有住梓となっている。――有住。今はもう、名前があるアリス。

オレは席を立ち、車両の連結部に向かいながら応答のボタンを押す。

「私の名前を思い出した？」

と有住が言った。オレはその言葉に、安堵の息を吐いた。彼女も、ジャバウォックが世界を改変する前の出来事を覚えているのだ。

「有住梓」とオレは答える。「冬明がいなくなったんだ。なにか知らないか？」

有住は、冬の真水みたいに真剣な声で言った。

「君に謝らなければいけないことがある。図書館で会いましょう」

図書館。オレもあの図書館に向かうつもりだった。ジャバウォックから冬明を取り戻すために。でも、謝らないといけないこととはなんだろう？

オレは有住に尋ねたいことが、いくらだってあった。けれどあいつは「待ってる」と言い残して、電話を切ってしまった。

有住はいったい、なにを知っているんだろう。彼女も、ジャバウォックも、あの図書館も不気味だ。けれどオレには迷う余地もない。

がたん、と音をたてて車両が揺れる。オレはどこかへ運ばれていく。その行き先がどこであれ、冬明へと繋がっているなら、オレは進むしかない。

15話　名前と視点――有住梓

　五年前、私はジャバウォックに名前を盗まれた。そして気がつくと、奇妙な世界にひとり立っていた。のちに、便宜的に「向こう側」と呼ぶことになる世界だった。

　私自身は、自分の名前をまだ覚えていた。理由はとても単純で、私こそが「梓という名前」だったからだ。私はジャバウォックによって現実から盗み出され、そして「向こう側」に放置されていた。

　どうやらその世界には、変化らしい変化が存在しないようだ。街並みを眺めていても、下りたシャッターはいつまでも上がらず、赤信号はどれだけ待っても赤のままだ。太陽の位置さえ変わらず、終わらない夕暮れが続いていた。

　そんな世界に唐突に放り込まれたのだから、普通であれば、不安と暇とに耐えられないのではないかという気がする。けれど私は、そうではなかった。私もその変化しない世界の一部だった。電柱と同じように、郵便ポストと同じように、ただそこにいることは苦痛ではなかった。

　例外はひとつだけだ。ひとつだけ、私には苦しいことがあった。胸の中に、得体の知れない罪の意識を抱えていたのだ。

　――私は罪を犯した。でも、それはいったい、どんな罪だろう？

わからない。なにか大切な記憶が私の中から失われている。

私の罪悪感には、どうやら波があるようだった。あるときにふっと膨れ上がり、やがてまた萎んでいく。それを繰り返していた。罪の意識が膨らんだときにだけ、私は能動的に行動した。「向こう側」から現実へと、なんとか戻れないかと考えて、その奇妙な世界を歩いて回った。

そうしていると、あるときに声をかけられた。

「不思議なことだね。この世界には、時間なんてものは存在しないはずだ。オレはそう考えていたが、どうやら誤りだったようだ」

いつのまにか目の前に、ひとりの男が立っていた。いや、本当はそこにいるのが男なのかもわからなかった。その人物――のちに私が「館長」と呼ぶことになる彼には、顔がなかった。そこにあるはずなのに、どうしても私には認識できなかった。

私は館長の顔を認識できないことに、もっと混乱しても、驚いたり怯えたりしても不思議ではなかった。なのに「奇妙だ」と感じただけで、それ以上の動揺はなかった。今思えば、私の方もジャバウォックの影響で、大きく欠落していたのだろう。

ともかく館長は、首を傾げて続けた。

「君はどうして、現実でいうところの、水曜日にばかり活発なんだろう？　よければ僕にその理由を教えてくれないか」

「水曜日？」

「そう。水曜日。なにか思い当たることは？」

「わからない」私は咄嗟にそう答えて、けれどそのすぐあとに、首を振って続ける。「待って。思い出した。友達のお父さんが亡くなったの」

「水曜日に？」

「どうだろう。でも友達は、そのことを水曜日に知った」

館長とのやり取りで私は、自分自身の欠落した記憶に――つまり、私の罪悪感の出所に気づいていた。楓が父親の死を知った日に、彼の部屋で起こったことが、きっとすべての原因なのだ。

館長はずいぶん長いあいだ、私をみつめていた。顔を認識できない彼が私のどこをみていたのかはわからないけれど、それでも注視されるときの身体が硬くなるような緊張を感じた。

やがて、彼は言った。

「君は、ずいぶん変わった盗難品だね」

「盗難品？」

「そう。ジャバウォックに盗まれたもの。けれど君は、そのすべてが盗まれたわけではないようだ。片足がまだ、現実に残っているようだ。そうでなければ、盗難品が変化することなんて――つまり、自分からなにかに気づいたり、思い出したりすることなんてできるはずがない」

あのころの私には、館長の言葉をまったく理解できなかった。自分自身になにが起こったのかもわからなかった。

けれど館長が私を探し当ててくれたのは、幸運なことだ。そうでなければ、私は今もまだ「向こう側」で、週に一度の無意味な探索を続けていただろうから。

＊

「ジャバウォックは君の名前を盗んだが、名字は残されたままだ。だから君は半分だけ、現実にも存在できるのだろう」

　と館長は言った。

　そのとき私は「向こう側」から連れ出され、あの奇妙な図書館にいた。館長はしばしば、私の半分だけがジャバウォックに盗まれたのだと表現した。名前は盗まれたけれど、名字はまだ残っている。だから、半分。

　けれど、その説明には納得できなかった。

「半分というには、ずいぶんバランスが悪いようだけど」

　と私は言ってみた。半ば館長を責めるように。

　図書館を通れば、「向こう側」から現実に戻ることができるけれど、その世界に私の痕跡はなかった。まるで、パラレルワールド――「私が生まれなかったｉｆの世界」に迷い込んだようだった。うちの表札からは私の名前が消え、両親たちは私の不在を気にも留めずに平穏な生活を送っていた。

　そしてその姿を変えてしまった現実に、私はほとんどなにも干渉できないのだ。肉体を失ったわけではない。誰からだって私はみえるし、声も聞こえる。なのに、幽霊のように、私という存在がずいぶん希薄になっていた。

　たとえば前を行く人が、ハンカチを落としたとする。私はそれを拾い上げて「落としましたよ」と声をかける。けれど、相手が振り返ることはまずない。ずんずんと歩いていく。私はその人の肩をつかんだり、前に回り込んだりして、どうにかこちらの存在に気づかせる。ハンカチを差し出して、「落としましたよ」ともう一度声を張り上げる。相手はようやく私の存在に気づき、「ありがとう」と言ってハンカチを受け取り、ポケットだとか、バッグだとかにしまう。そしてまた歩き出したときにはもう、私のことを忘れている。

「私の感覚だと、もうほとんど現実からは消えちゃってるような気がするな。私がこっちに残っているのは、ほんの先っぽだけじゃない？」

私が「ここからここくらい」と人差し指で親指を弾いてみせると、館長は平気な様子で頷く。

「あるいは、名前というのがよくなかったのかもしれない」

「どういうこと？」

「名字よりも名前の方が、より君の本質に近いのではないかな」

本質、と私は胸の中で繰り返してみる。

館長の言うことは、なんとなくわかるような気がした。ロジカルな説明はできないけれど、「有住」という名字と「梓」という名前を並べたとき、どちらがより私なのかと言われれば「梓」の方を選ぶ。館長が続ける。

「名前というのは、本質そのものではない。けれどそれを入れる器のようなものだ」

「うつわ？」

「たとえば、リンゴの本質とはなんだろう？」

「さあ。よくわからない」

「では、まずは君が考えるリンゴの特徴を教えてもらえるかな？　なんだっていい。できるだけたくさん」

私は館長の言葉に従う。――リンゴは丸く、赤い。でもたまには青い、というか黄緑色のものもある。食べると甘く、少しすっぱく、食感はしゃりんとしている。お弁当箱の片隅ではウサギの姿になっている。アダムとイヴとが食べたから、なんだか神秘的な果物のような気もする。ウィリアム・テルが射抜いたことでも有名だ。

適当なところで切り上げると、館長は頷いてみせた。

「ではその中に、リンゴの本質があるだろうか？」

「いいえ。ない」

「どうして？」

「わからないけれど、なんだか本質って言われると、違う気がするもの。強いて言えば、いろんなイメージをひっくるめた全体が本質なのかもしれない」

「うん。そして、それが名前だ。名前とは漠然としたイメージの総体を入れる器のようなものだ。本質ではないが、結果的に多くの本質を含むものだ」

「なんとなくわかるような気がするけど――」

みんなただの言葉遊びで、なんだか騙されているような気もする。

こちらの疑惑なんて気にも留めず、館長は言った。

「君の名前だって同じだ。君に関する様々なイメージが、名前によってパッケージされていたのだ。けれどその名前が奪われた。器が奪われれば、その中身も共に奪われる。よって君は、ずいぶん多くのものを失った」

それは悲しい話だねと、私は答えた。

*

私が「向こう側」でずいぶん長い時間を過ごしたようだと気づいたのは、もう少しあとのことだった。しばしば図書館を離れ、現実をさまよって歩くようになり、目に入った広告の日付なんかで、楓の部屋での出来事からすでに五年も経っているのだとわかった。

私はどうにか、楓に再会しようと考えていた。けれどそれは、なかなか上手くいかなかった。彼がすでにあのマンションから引っ越してしまっていたのが原因だ。

現実から半ば奪われている私にとって、人捜しは困難なことだった。聞き込みをしようにも、私の友人たちの大半はすでに、私のことを忘れてしまっている。加えて楓は——当時の彼の状況を考えれば、当然のことではあるけれど——引っ越して以降、旧友たちとの交流をほとんど断ち切っているようだった。

まさか私は、日本中を——場合によっては世界中を、楓を捜してさまよい歩かなければならないのだろうか？　そんな風に、暗澹とした気持ちになったりもしたけれど、彼の居場所の手がかりは意外なところでみつかった。

図書館に並ぶ本の中に、冬明くんの居場所が書かれていたのだ。たとえば「絵具セットから消えた紫色」というタイトルの本には、あの子の学校の名前が載っていた。私には図書館の本を読むことはできなかったけれど、館長が教えてくれた。

それからの日々は、私にはずいぶん忙《せわ》しなく感じた。冬明くんに会い、そして楓に会った。

二〇歳になった彼は、私が知る楓によく似ていた。私は楓本人を前にして、「そっくりだ」とまず感じた。けれどそう感じた理由は、根っこのところじゃ反対で、むしろ彼のどこかが大きく変わっていたのだと思う。だから、なにもかもがそっくりな、けれど別人のようにみえたのだろう。

――五年前のあの日に、彼のなにかが失われたのだ。

わけもなく私は、そう確信していた。

あの日、私から名前が欠落したように、彼からもなにか重要なものが欠落した。そしてそれらはきっと、私の胸の奥底に残された罪悪感に繋がっている。

私はそれを取り戻したかった。

＊

事態が大きく変化したのは、一一月七日のことだった。

その、冬明くんが世界から消えてしまった日曜日の朝、私はベッドで目を覚ました。

私がいるのは八畳ほどの、真新しいワンルームマンションの一室だった。シンプルだが可愛らしい家具がひと通り揃っていて、冷蔵庫を開くとそれなりに真面目に自炊をしている痕跡があった。デスクの上には何冊もの教科書があり、引き出しからはいくつかの書類がみつかった。私はこの部屋で暮らし、塾講師のアルバイトをしながら大学に通っているようだった。

賃貸マンションの一室も、大学生という身分も、アルバイトも、名前を失くした私には手に入れようがないものだ。見覚えのない財布を開くと、そこには原動機付自転車の免許証が入っていて、私のフルネームが記載されている。——有住梓。

私の瞳には、いつの間にか涙が溜まっていた。フローリングに敷かれたラグに座り込むと、その涙がぽろぽろとこぼれた。名前を失ってから、泣くのは初めてのことだった。きっと私は長いあいだ、涙さえ失っていたのだろう。他の様々な感情と同様に。けれど名前と共に、胸の中に戻ってきた。

私がまず考えたのは、両親のことだった。私自身のお母さんとお父さんだ。あのふたりの子供という立場を取り戻したことが、なによりも嬉しかった。私は帰るべき場所を取り戻したのだ。いつだって、会いに行こうとすればあの人たちに会えるし、それは当たり前のことなのだ。

けれど私は、嬉しくて泣いたのではなかった。五年間ものあいだ失くしていた梓という名前に関するエピソードを思い出して、それで悲しくて泣いていた。両親との記憶が温かければ温かいほど、反対にその記憶を寒々しく感じた。

——私はもう一度、あの図書館に向かわなければならない。

そこで、楓に会わなければならない。

あの日のことを、彼に謝るために。

16話　みんな覚えている――三好愛

玄関には、冬明の靴がなかった。

通学で履いている白い運動靴も、あの子が気に入っていた赤いスニーカーも、この夏に買ったサンダルも、なにひとつなくなっていた。

私はリビングのテーブルに、帰ったらすぐに電話をするよう書いたメモを残し、鍵をかけずに部屋を出た。玄関は施錠されていたから、冬明も鍵を持って出たはずだ。でもあの子が帰ってくる部屋に鍵をかけるのが気持ち悪くてそうした。

近所の公園を覗きながら、小学校まで歩いた。日曜の朝の小学校は、門が開いていなかった。私は閉じた門の前から、学校に電話をかけた。連絡先に登録しているはずだったのに、みつからなくて、けっきょくウェブで番号を検索することになった。

もしかしたら冬明の友達なら、あの子の行き先を知っているかもしれない。連絡網を回してもらえば、それだけであの子がみつかるかもしれない。けれど、日曜だからか、時間が早すぎるからか、電話には誰も出なかった。

なんだか悪い想像ばかりが膨らんで、私はそのまま警察署に向かった。

「息子がいなくなったんです」

そう告げると、担当の警官は熱心に話を聞いてくれた。

まだ二〇代の半ばだろう、若い警官だった。彼は朝早くに自宅から子供が消えたというシチュエーションに、まずは家出を疑ったようだった。たしかに誘拐を疑うには不自然な状況だと私も思う。自宅で、母親の隣で眠っている子をわざわざ狙う誘拐犯なんていないはずだ。もしもなんらかの、たとえば宅配を装い冬明に玄関の扉を開けさせるような方法であの子を誘拐したとしても、その場合は玄関の鍵が開いていなければおかしい。けれど冬明が家出をするというのも、上手くイメージできなかった。

私は捜索願——正式な名称は、行方不明者届というらしい——に必要なことを書き込んだ。その書類を提出するのは、二度目だった。英哉さんが失踪したときにも、同じ書類を使ったから。

担当の警官は、コンピュータを操作しながら言った。

「お子さんの写真はお持ちですか?」

データでよければ、と私は答えた。

スマートフォンには、何千枚ものあの子の写真が入っている。そのはずだったのに、なぜだか、データフォルダを開いても一枚もみつからなかった。あの子の写真が、ことごとく消えていた。冬明だけではなくて、楓の写真や、それからまだ英哉さんがいたころの写真まで。保存していた枚数自体が大幅に減っていて、しかも残っているのは、記憶にない写真ばかりだった。

「どうかしましたか?」

と警官が言った。

私は、困ってしまって、顔をしかめる。

「すみません。データが消えてしまったみたいで」

これは本当に私のスマートフォンなのだろうか。見た目は記憶の通りなのに、中身がまったく変わってしまっている。そういえば、楓の番号も登録されていなかった。自宅に戻って写真を取ってきます、と私は続けた。

「では、お子さんの服装は?」

「昨夜、就寝したときはパジャマでした。濃紺色で、シロクマの小さなイラストがたくさんついているものです」

「今もパジャマのまま?」

「それは、わかりません。目を覚ましたらいなくなっていたので」

「もし着替えていたなら、脱いだパジャマがご自宅に残っているはずですよ」

「はい。でも――」

なんだか自分でも、ずいぶん非現実的な話に思えて、私は言い淀む。けれど警官に、誤魔化すようなことを言っても仕方がない。

「あの子のものが、家から消えていたんです」

「というと?」

「慌てて家を出てしまったので、はっきりとはわかりません。でも、寝具や衣類もなくなっていて」

「着替えを持って、家を出たということですね?」

「そうなるかもしれません。でも、なくなっているものの量が多すぎて」

とてもリュックに入る量ではないはずだ。段ボールのひとつやふたつではまったく足りない。気が動転していたけれど、今朝起こったことはあまりに異常だ。大量の荷物が運び出される隣で、私は呑気に眠っていたのだろうか。

「とにかく、部屋を調べてきます」

私は逃げ出すように席を立ったが、立ち去る前に警官が呼び止める。

「待って。三好愛さんで、間違いありませんね？　ご住所は――」

はい、と私は頷く。名前も住所も、捜索願に書いた通りだ。

彼は続けた。

「こちらのデータでは、貴女にお子さんはいません」

そんな、馬鹿な。ぞくりと悪寒が走った。まるで冬明がいない世界に、独りきり迷い込んだようだった。

言い繕うように、その警官は続けた。

「ちょっと事情はわかりかねますが、こちらのデータベースに不備があるようです。もしかしたら必要になるかもしれませんから、いちおう、お子さんの身分証明になるものをご用意いただけますか？　保険証でけっこうです」

わかりました、と、どうにか私は答えた。

＊

だが、冬明の保険証もまた、消えてなくなっていた。それは私の財布に入っていたはずなのに、跡形もなかった。

警察署からの帰り道、私は少し悩んで、コンビニに寄った。もっとも確実な、あの子の身分証明を手に入れるためだった。けれどマルチコピー機から発行された戸籍謄本は、私を心の底から絶望させた。その公的なデータによると、私に結婚歴はなく、もちろん冬明が生まれた痕跡もなかった。

私はその薄っぺらな一枚を握りしめて、よろめきながらコンビニを出る。視界が白く霞んでいた。ひどい脳貧血を起こしたようだった。私は――どこだろう？　とにかく、コンビニを出てすぐのところでしゃがみ込む。右手の指先で左手の中指を探るけれど、そこにはあの指輪もない。

――本当は、冬明なんていなかったんじゃないか。

私は、ずっと独りきりで生きてきたんじゃないのか。

その想像は突飛だが、奇妙な説得力があった。あの愛しい冬明が、みんな私の妄想だったなんてことがあるだろうか。あの子だけじゃなくて、英哉さんまで。私はそもそも、ティファニーの指輪なんて持っていなかった。だったら砂浜でそれを失くすこともないし、英哉さんに出会いもしない。ずっと独り。独りきり。

そんなはずがない、と私は胸の中で叫ぶ。

だって冬明との思い出が、いくらだってある。どれもリアルな思い出だ。

小さなころ、あの子が遊んでいた玩具を覚えている。はじめは振れば音がなるだけのシンプルな玩具や、歯固めのためのゴム製のものだった。それから車が好きになり、二歳のクリスマスにはトミカを走らせる道路のセットを贈った。一時期は塗り絵が気に入っていて、近所のスーパーに売られていた安いものを何冊も買った。コンピュータゲームができるようになってからは、私も一緒にそれで遊んだ。

一歳半のころ、昼寝のあとにひどく息をしづらそうにしていて、病院に連れていくと入院することになった。もちろん私も、それに付き添った。あの子はずっと足から点滴を入れていた。でもすぐに回復して、病院のベッドで動き回っていた。冬になるたびに乾燥性の皮膚炎が出ていて、私はまいにち、朝と夜に薬を塗った。二種類の薬を順に塗るのだ。四歳のときには、公園の遊具から落ちて強く頭を打った。左目の上が内出血してひどく腫れていた。慌てて病院に連れていったけれど、幸い後遺症が残るような怪我ではなかった。他にも、細かな病気や怪我は数えきれない。そのたびに私はひどく取り乱していた。飲み薬を素直に飲む子だった。でも、目薬はいやがった。

冬明はふだん、ずいぶん早く眠る。でもときたま、夜に寝たくないとぐずることがあった。そんなとき私は、あの子をドライブに連れ出した。チャイルドシートに座らせて、夜道を走りながら子守歌を唄って聴かせると眠りやすいようだった。とくにはっきりと記憶しているのは、英哉さんの葬儀の日だった。その夜も私は、寝かしつけのために冬明をドライブに連れ出した。私の方も疲れ果てていて、なんだかどうしようもなくて、「ゆりかごのうた」を大声で叫ぶように唄った。十代のころ、バスルームでシャワーを浴びながらロックンロールを叫んでいたのと同じ熱だった。そんな声でもあの子はすんなりと眠って、本当につらい時期だったけれど、帰り道に寝息を聞いているとなんだか笑えた。

ほかにも、いくらだって。冬明の思い出なんて、いくらだってある。あの子と過ごしたのは一〇年間なのに、今となってはもう、私の人生ぜんぶと同じくらいある。あの子が描いてくれた家族の絵を覚えている。私の誕生日に、小さな花束を贈ってくれたのを覚えている。

ささやかなケンカも、仲直りも、あの子の優しさも、子育ての日々の間延びした苦痛も、不安も、愛おしい手のひらや足のかたちも。みんな覚えている。

でも、この記憶は本物だろうか。本当に私の体験なのだろうか。私の記憶は、この手の中でくしゃくしゃになった一枚の紙きれより、確かなものなのだろうか。

どんな悪者にだって、戸籍謄本を書き換えられるとは思えない。たった一夜のうちに、私たちの部屋からあの子の痕跡を消し去って、スマートフォンのデータまで改変できるとは思えない。もしもそんなことができる巨大な悪みたいなものがいたとして、冬明を狙う理由がない。あの子はただの優しい小学生で、私はただの無力なシングルマザーだ。

どんな推測にも現実味がなかった。常識的に考えて、もっとも整合性がとれるのは、冬明のすべてを私の妄想にしてしまうことだった。

だとしたら、と私は考える。だとしたら私は、その狂気じみた妄想を受け入れよう。あの子がいない世界を認めてしまうくらいなら、私は独りで壊れていよう。だって、そうする他ないじゃないか。私は冬明の母親なのだから。

ずいぶん長いあいだ、私は独りきり、強く目を閉じてしゃがみ込んでいた。コンビニの駐車場か、道端か、とにかく私はどこかにいるはずなのに、どこにもいないような気がしていた。だってなんの音も聞こえない。車のエンジン音だとか、街の雑踏だとか、そういうものがなにも。太陽の光もよくわからない。それでも、冬明のことは覚えている。あの子の記憶だけが確かだった。

だが、思い出のほかはなにもかもみんな消えてなくなったような世界で、ふいに、音が聞こえる。それはなんでもない、チープな電子音の連なりだった。スマートフォンが震えている。

——冬明。

あの子が部屋に帰ったのだろうか。書き置きをみて、電話をかけてきたのだろうか。私はすがるようにその電話に出る。

聞こえてきたのは、冬明の声ではなかった。だが、温かな声だった。

「愛さん。どこにいるの？」

と楓が言った。

私は口を開く。自分の声が、大きいのか、小さいのかも、高いのか、低いのかもわからなかった。

「冬明がいないの」

「うん」

「どこにもいないの。本当に。初めから、いなかったみたいに」

「うん。でも、オレは覚えてるよ。あいつのことを、一〇年ぶんも」

その声は心地が良かった。安心とは違うけれど、希望というか、救いのようなものが、溶けるように胸の中で広がった。

いつの間にか滲んでいた涙を、私は拭う。

優しい声のまま、楓は言った。

「冬明は、ジャバウォックに盗まれたんだ。それであいつが、いなかったことになっちゃったんだ」

ジャバウォック。その、呪いみたいな言葉。

もうそれを、馬鹿げているとは思えなかった。消えた冬明の手がかりになるなら、なんだって信じられる。

楓が言った。

「冬明を取り返しに行こう」

ふっと息を吐いて、私は常識を捨てる覚悟を決めた。

17話　誰が為の怪物——牧野楓

愛さんのマンションの前で、あの人が帰ってくるのを待っていた。ちょうど、午前一〇時になるころだ。風が吹くと冷たい空気が、頬から熱を奪っていった。

日曜日の午前一〇時は、一見するとまるで平和だった。空はよく晴れていて、街路樹を通った木漏れ日が、葉っぱの影と一緒に揺れていた。向かいの家からミニバンが発進する。父親と、母親と、ふたりの幼い女の子が乗っている。家族みんなでどこかに遊びに行くのだろう。反対側から走ってくる三台の自転車は、たぶん部活に向かう中学生だ。律儀に制服を着て、白いヘルメットをかぶっていた。その子たちが騒ぐ声が、目の前を通り過ぎた。

この普段通りの休日を過ごす人たちは、誰もジャバウォックのことを知らない。ジャバウォックが大切なものを盗んで世界が欠けてしまっても、それに気づきもしない。今朝、ひとりの男の子が消えたことだって知らないんだ。あの素敵な冬明が、みんなからすっかり忘れ去られているのに、なんて平和な日曜日。

小さなくしゃみをしていると、やがて通りの向こうに愛さんがみえた。あの人は懸命に走っていた。オレの目に映る景色の中で、ただひとりだけ切実だった。

愛さんは、明らかに疲れていた。もちろん息が上がっているし、一一月なのに汗をかいている。髪は乱れ、目は泣きはらしたように充血している。けれどなんだか、オレの記憶よりも若々しいような気がした。今朝は化粧をする余裕もなかったはずなのに、肌が綺麗にみえた。

記憶の中の愛さんには――仕事に行くときじゃない、家でリラックスしているときの愛さんの顔には、もう少しだけ皺が目立っていた。もう少しだけ肌が荒れていて、左目の目尻には小さな染みがあった。それだってきっと、冬明と一緒に消えたんだろう。愛さんは冬明との生活で、やっぱりダメージを受けていて、その結果が消えたんだろう。あの皺や染みは、喜ばしいものじゃないけれど、でも綺麗だった。

オレたちはダイハツの青い軽自動車に乗り込む。ハンドルを握る愛さんの隣で、オレはジャバウォックについて、知っていることを順に話した。隠したのは、父さんのことだけだった。父さんが生き返ったことを話したなら、愛さんはいっそう混乱してしまうように思ったから。愛さんはじっとフロントガラスの向こうを睨みつけ、黙ってオレの話を聞いていた。そのあいだに車が高速道路に入った。

オレが説明を終えても、愛さんはしばらく無言だった。

「信じられる?」

とオレは尋ねた。

「信じるしかないでしょう」

と愛さんは答えた。

そうだ。ジャバウォックのことがどれほど嘘みたいでも、信じるしかないんだ。冬明が消えたのだから。冬明と愛さんは家族なのだから。

オレは父さんの姿を思い浮かべる。フランスパンで作ったフレンチトーストの焼き加減を、丁寧に確認している父さんの姿を。

「ねぇ、愛さん。オレ、家族ってよくわからなかったんだ」

「そう」

「生まれる前から勝手に決まってる関係に束縛されているのが、馬鹿らしい気がしてた。オレは冬明が大好きだよ。でもそれは、あいつが弟だからじゃなくて、なんていうのかな。本当に、ただ良い奴だから大好きだってことにしたかったんだ」

「うん」

「だからあいつは、弟じゃなくて友達だって思ってたんだよ」

とても大切な、オレの友達。それは千守と同じような。

そう信じていたけれど、でも間違いだったのかもしれない。どちらも大切ではあるけれど、なにかが――それは繋がり方の性質が、まったく違う。

「オレはもう、あいつのことを素直に弟だって紹介できる気がするんだ」

やっぱりオレが冬明に感じていた愛情は、千守に対するものより、父さんに対するものに似ていた。上手く言葉にできないけれど、つまり家族というものの意味は、オレと冬明のあいだにある感情なんだという気がした。

愛さんは、長いあいだ黙り込んでいた。オレの方も、もう話すこともなくって、口をつぐんでいた。車は高速道路を順調に走る。照明のポールが順に流れていく。

やがて、愛さんが言った。

「ずっと前から、なんとなくそんな気がしていたんだけど」

「なに?」

「貴方は家族に価値がないと思ってたわけじゃないんじゃない？　たぶんその反対で、とても大切なものだから、たまに重荷なんでしょう」

うん。そういうことなんだろう。

オレはずっと、家族というものに縛られて生きてきた。それに背を向けるという形だったとしても、じっと向かい合っているのと同じように。


イルセ記念図書館の前で、愛さんが軽自動車を止めた。

図書館は、門扉が一方だけ開いていた。オレたちは車を降りて、その敷地に踏み込む。窓の向こうに有住の姿を探したけれど、みつからない。あいつはここで待っていると言った。でも、まだ来ていないのだろうか。図書館の前庭を進み、その建物の前に立つ。玄関の扉は閉じていたけれど、鍵はかかっていなかった。

中の様子は、記憶にある通りだ。つるりとした板張りのホールの奥の扉を開くと、背の高い書架が深い森の巨大な木々のように並んでいる。その書架を埋める本の背表紙には、タイトルも著者名も書かれていない。書架のあいだを進みながら言った。

「本をみつけないといけないんだ。オレたちにも読める本を」

その本の名前が、ジャバウォックの世界を覗く足がかりになる。

オレはもう一度、「向こう側」の世界に行かなければならない。ジャバウォックに盗まれたものが集まってできた世界に。きっと、そこに冬明もいるはずだ。

目的の本は、間もなくみつかった。それは書架の奥の、ソファーと共に置かれたテーブルの上にあった。ぶ厚い、深緑色のハードカバーだった。

愛さんが驚いた様子でささやく。

「あの本を、冬明が読んでいた」

オレたちはそちらに近づく。

「表紙が読める？」

オレが尋ねると、愛さんが小さく首を振る。

「ううん。わからない。なにか、文字はあるみたいだけど――」

でも、オレにはそれが読めた。なんだか上品な宝石みたいな深い緑色をした表紙に、金色の文字でタイトルが入っている。

「砂浜で失くしたティファニーの指輪」

「指輪？」

「そう書いてある」

きっとそれは、愛さんが中指にしていた指輪のことだろう。以前、それを父さんが拾ったことでふたりは仲良くなり、結婚して冬明が生まれた。

オレはふいに理解する。この図書館にある本は、「ジャバウォックの盗難品」のリストなのだと聞いていた。なら、今回ジャバウォックが盗んでいったのは、そのティファニーの指輪なんだろう。指輪がなくなり、世界が改変され、そもそも父さんと愛さんが出会わなかった世界になった。

結果は劇的だ。まず、父さんが生きている。次に、有住が名前を失くしていない。それから、SNSを調べてみても、愛さんへのバッシングがみあたらなかった。指輪と冬明が消え、いくつもの問題が解決した――そもそも問題そのものが生まれなかった世界。

オレはテーブルに載った本を手に取る。前に読んだ本は表紙が真っ白で、そのタイトルは「バールのようなもの」だった。どうして今は、「砂浜で失くしたティファニーの指輪」を読めるんだろう？　はじめからオレには、複数の本を読むことができたのだろうか。それとも、この本を読む権利を――有住の表現だとその世界を覗く視点を、新たに手に入れたのだろうか。

オレたちは並んでソファーに腰を下ろした。深緑色の表紙を開く。

ページにはなにかが書かれている。でも、読めない。そんなわけもないのに、白いページの上の黒い線がうごめき、意味を変え続けているようだった。オレはもう一度、愛さんに尋ねる。

「読める？」

「読めない。でも、なにかがわかりそうな気がする。もう少しで読めそうな」

「うん。大丈夫。必ず読める」

きっとどこかに理解できる言葉がある。オレたちはジャバウォックの世界に繋がっている。それはつまり、オレたちが否定して、捨てたものの世界に。そしてオレは、自分が捨てたものをもう一度拾い上げなければならない。

「ページをめくってもいい？」

「好きにして。私のことは、気にしないで」

「うん」

オレは次々にページをめくる。やがて、少しずつ、ぼやけていた焦点が合うような感覚を覚えた。文字が意味を取り戻す。言葉がクリアになっていく。

そこに書かれているのは、タイトルの通りにひとつの指輪のことだった。

宝石がついていない、ホワイトゴールドのごく細いもので、とてもシンプルでソリッドな形状をしている。本来は結婚指輪としてデザインされたものだったけれど、結婚の予定のない女性――愛さんに買われた。その指輪をきっかけに、愛さんは父さんに出会い、のちに籍を入れることになる。

文章は途切れながら続く。ところどころ読めないけれど、でも大きな流れはわかる。その指輪の物語は、ほとんど愛さんの物語だった。ひとつの指輪を起点として、愛さんと父さんの関係や、冬明への愛情や、日々の苦労でページが埋め尽くされている。気がつけばオレはもう、そこに書かれた言葉の意味をひと文字残らず理解できるようになっている。けれど、すべてを読む時間はなかった。さらにページをめくり、オレは息を呑む。

深緑色の本には、オレの記憶の先の出来事まで書かれていた。あるブログの記事をきっかけに愛さんがSNSでバッシングを受け始める、その先の出来事まで。

まるで冬明が消える前の――ジャバウォックに改変される前の世界が、別の場所でまだ続いているようだ。この本はその世界を覗く小窓のようだ。愛さんの問題は急速に膨らんでいく。キササゲはとても上手にその炎の熱と範囲を増し続ける。あからさまな誇張や嘘を含みながら、不特定の多数が無責任に騒ぎ始める。

オレはその光景を知っていた。父さんに起こったことと同じだった。ジャバウォックのようなもの。昂揚した議論のたまもの。それは感情的に正しいものを求め、その他を拒絶し、世界を欠落させていく。愛さんはその暴力に晒され疲弊する。仕事を失い、逃げるように暮らす場所を変え、けれどダメージが癒されることはない。

――これを、冬明が読んだのか。

こんなものを。こんな、ただ残酷なだけのものを。

本の結末は、ティファニーの指輪が消える場面だった。

冬明自身がジャバウォックにそれを祈り、世界を変えようとする場面だった。いくつもの問題と共に自分自身が消えてしまうことを、あいつは願った。

きっと、冬明はここに書かれた通りに行動したのだ。なによりも第一に、愛さんの苦しみを世界から取り除くために。

オレは、目を閉じて息を吐き出す。家族なんてものに、こだわる必要はないと思っていた。ずっと自分にそう言い聞かせてきた。でも。

――冬明。そんなの、お前がすることじゃないだろう?

家族の関係において、親子の関係において。

お前が失われることで、愛さんが救われるわけがないだろう?

なんだかオレは泣きそうになって、目を開くと、世界が変質していた。

＊

その図書館にはもう、愛さんはいなかった。

代わりに、目の前に有住が立っていた。有住梓。彼女が言った。

「なんだか君に会うのは、ずいぶん久しぶりだって気がする」

「ああ。ひと月とちょっとってところか」

有住と共にこの図書館にきたのは、まだ九月が終わる前だった。けれど彼女は、そっと首を振ってみせる。

「違う。たぶん、五年と少しぶりなんだと思う」

五年前。父さんの死をオレが知った日。そして、おそらく、有住が梓という名前を失くした日。オレはソファーから立ち上がる。有住の視線がオレの動きを追うのがわかる。その瞳は切実で、授業ではじめてはんだ付けしたときみたいに幼いけれどシリアスだった。

「あの日のことを、私も忘れていた。今朝になって自分の名前を取り戻すまで」

「そっか。オレはまだ、大事なことを思い出せていないんじゃないかって気がするよ」

「君はなにを思い出したの？」

「梓って名前」

それが重要だったんだ。たとえば愛さんの指輪みたいに、それ自体が本質ではなくても、物事の根っこみたいなものだった。

有住は言った。

「私が名前を取り戻せたように、冬明くんを取り戻すこともできるはずだよ」

「うん。オレにもなんとなく、構造がわかってきた」

ジャバウォックに盗まれたものは、はじめから存在しなかったことになる。それに合わせて世界が改変される。たったひとつの指輪が消えただけで、父さんと愛さんは結婚せず、冬明も生まれなかった。なら今度は、その指輪が消えないように世界を改変すればいい。深緑色の本に書かれていた通り、冬明自身が望んで指輪を消したなら、あいつがそうしようと思ったきっかけを消してしまえばいい。

「覚えてる？　あの日、君がジャバウォックを呼んだ」

有住の言葉は、意外ではなかった。

「はっきりとは覚えてないよ。でも、そうじゃないかって気がしてた」

有住が言う通り、五年前のあの日、オレがジャバウォックを呼んだのだろう。オレ自身の感情を正義だと決めつけて、なにかを否定したのだろう。

有住は切実な顔つきのままオレをみつめる。

「君がすべてを思い出したとき、謝らないといけないことがある」

けれど、それはオレの台詞なんじゃないかと思った。

「有住が名前を失くしたのは、オレのせいじゃないのか？」

彼女はきゅっと眉を寄せる。なんだか苦しげに。ふいの頭痛に耐えているように。

「それは、わからない。そうなのかもしれないし、違うのかもしれない」

「でも、他には考えられないだろ？」

「いえ。もうひとり、犯人の候補がいる」

行きましょう、と有住が言った。頷いてオレは歩き出す。

書架のあいだを抜けて図書館の扉を開くと、その先は、オレが暮らしていた子供部屋だった。

五年前の、父さんの死を知った日。あの日のことを、オレは思い出す。

記憶のきっかけは、梓という名前だった。

＊

当時高校一年生だったオレは、子供部屋で身を縮こめて、ずいぶん長いあいだ有住と電話をしていた。あいつは話し続けていないと、オレが死んでしまうと思い込んでいるようだった。そんなわけもないのに。

有住は何度も、オレの母親を話題に出した。父さんが死んだとき、心の支えになるのは血の繋がった母親なんだと信じ込んでいるようだった。

それはきっと、間違ったことじゃないんだと、今だって思う。すでに別々に暮らしていたとしても、父親が死んで悲しんでいる子供を慰めない母親がどこにいる？　そんな風に考えて、当然なんだろう。

オレは、母親に連絡するのに抵抗があった。そういうのは愛さんと話し合ってからでいいんじゃないかと思っていた。「でも、仲が良くないから」なんて言うオレに、有住は大丈夫だよと断言した。

「だって楓のお母さんは、私と同じ梓なんだから」

そうだ。梓。

有住だけじゃなくて、オレの母親の名前も。ふたりとも梓だった。

けれどその名前を、今朝になるまで忘れていた。最近は母親について考えることもなかったから、名前を忘れていることにも気がつかなかった。冬明が消えて、世界が改変されて、ようやく思い出した。

有住とオレの母親が同じ名前だからといって、そんなのただの偶然でしかない。有住がどれだけ優しくても、善人でも、オレの母親とは関係ない。有住の言葉にはなんの説得力もなくて、あんまり馬鹿らしくて、あのときオレは少しだけ笑ったかもしれない。

「わかった。母さんと、話してみるよ」

そう答えて、オレは電話を切った。

両親が離婚して以降、オレは自分の母親に会ったことがなかった。父さんはそのことを気にしていたようだった。あの人も有住と同じように、血の繋がりなんてものに、なにかポジティブな幻想じみたものを持っていたんじゃないかと思う。「もし声を聞きたくなったら、いつでもそうすればいいんだよ」。父さんはそう言って、母親の連絡先を教えてくれた。

オレはスマートフォンにその番号を入力した。呼び出しの音で、少しどきどきしたかもしれない。けれど、父さんが死んだと知ってまだそれほど時間が経っていなかったから、久しぶりの母親との会話に緊張するような余裕もなかったように思う。

長いコールのあとで、相手が出た。「はい」とだけ言った声を聞いたとき、間違いなく母さんだとわかった。

オレは、牧野楓だと名乗った。そんな必要もないのに「貴女の子供です」なんてことまで言った。それから父さんが死んだことを伝えた。

スマートフォンの向こうは、しばらく沈黙していた。

やっぱりオレも、あのころはまだ、母と子の関係に期待していたんだろう。父さんの死を一緒に悲しめたり、それなりに優しく慰めてもらえたりするんじゃないかと思っていたんだろう。でもやがて聞こえた言葉は、オレの期待を裏切るものだった。

「そう。死んだの」

なんの感情もないような声で、彼女はそう言った。

そのひと言で、オレは電話をかけたことを後悔した。ふざけるなよと言ってやりたかったけれど、上手く言葉にならなかった。この人ではなく、父さんの子供として生きていこうと決めたのはオレなのだから、今さらなにを言っても仕方がないような気がした。——いちおう伝えた方がいいと思ったんだよ。じゃあね。そう言って、さっさと電話を切ってしまうつもりだった。

けれど、彼女の方が先に言った。

「ずいぶん、ネットで騒がれていたみたいじゃない」

「ああ、うん。知ってたの」

「貴方はどう思った？」

その質問の意図が、オレにはよくわからなかった。この人がなにに興味を持っているのかも、どんな答えを求めているのかもわからなかった。オレの方にも余裕がなかったものだから、思い浮かんだままを素直に答えた。

「怖いよ。ずっと」

「みんなが怒っているのが？」

「まあ、そうかな。なんだかジャバウォックみたいだ」

彼女は、ジャバウォックという言葉を知らないようだった。「なに、それ」と鼻で笑うように言った。

あのときのオレは、さっさと電話を切ってしまえばいいのに、律儀に説明した。

「そういう名前の、正体がわからない怪物がいるんだよ。『鏡の国のアリス』に出てくるんだ」

ジャバウォック。昂揚した議論のたまもの。

小学生のころ、オレはアリスについてずいぶん熱心に調べていた。インターネットで調べればわかるくらいの知識は頭に入っていた。有住に――初恋の女の子に紹介された本だったから。

そのときに知った「昂揚した議論のたまもの」という言葉は、妙に意識に残っていた。まるで今のこの世界に実在する怪物を言い表しているようだった。SNSなんかで、大勢の人たちが昂揚した議論を交わし、そして誰かを攻撃する。巨大だけど実体がない、怖ろしい怪物。

「怪物」

と彼女は反復した。なんだかこちらを馬鹿にしたような、見下すようなニュアンスの言い方だった。

オレはもうその声を聞いていたくはなかった。なにか適当な言葉で電話を切った。そのまましばらく、スマートフォンを握りしめていた。

＊

あのころの子供部屋に、オレは立っていた。

当時のことを思い出して、なんだか疲れ果てていた。電話越しの母親の声は、終始冷笑するようだった。オレだけじゃなくて、父さんの死まで嘲笑っているようだった。

後ろから、有住が言った。

「思い出した？」

オレは漠然と当時暮らしていた部屋をみつめたまま、首を振る。

「だいたい。でも、まだ足りない感じがする」

なにか、もっと。

もっと決定的なことが、あの日に起こっていなければ、おかしい。

――だってオレが、あの人を捨てたんだろう？

はっきりとはわからないけれど、たとえば母親との思い出なんかを、あの日のオレは捨てたんじゃないのか。そしてそれを、ジャバウォックが盗んでいったんじゃないのか。だからオレは、母親の名前を忘れていた。たぶんそのとき、一緒に有住の名前も捨てることになった。

けれどこの電話の記憶だけでは、まだ足りないような気がした。たしかにオレはあの人を好きにはなれないけれど、それでも、なんだか虚しく感じるだけで、母親を消し去りたいような怒りはなかった。ジャバウォックを呼び寄せる条件だと思っていた、身勝手な正義みたいなものが湧き上がらなかった。もっと、もっと強い感情を、オレは思い出さなければいけないんじゃないのか。

有住の声が聞こえる。

「あの日、私もこの部屋にいた。冬明くんと一緒に。覚えている？」

それに合わせて、子供部屋の景色が変わる。――いや。部屋自体はなにも変化していないのかもしれない。ただオレの視点が変わっただけなのかもしれない。なんにせよ、新たな発見があった。床にドーナツが散らばっている。いくつもの、たくさんのドーナツ。みんな同じ種類だ。有住が持ってきたドーナツ。

そうだ。あの日、有住がうちに来たんだ。オレを心配して。けれどインターフォンが鳴っても、オレはこの部屋でうずくまったままだった。頭がじんわりと痛みはじめる。そう気づいたとたん、痛みは激痛に変わった。両方のこめかみをがんがんと叩かれているようだった。きぃんと耳鳴りがして、その奥で、なにか別の音が聞こえた。ひどく耳障りな、ジャバウォックが笑うような。

ぶぅん、となにかが鳴っている。ぶぅん、ぶぅんと、続けて。

オレは頭痛に顔をしかめながら、そちらに目を向ける。左手にベッドがあった。向かいに学習机があった。ちょうどそのあいだの、壁際だった。——父さんの死体があったところ。違う。オレがバールを握ったところ。違う。そこに転がっているのは、一台のスマートフォンだ。当時、オレが使っていたスマートフォン。夕暮れ時の部屋の中で、その画面が淡く光っている。有住が言った。

「私がこの部屋に来たとき、そのスマートフォンが床に叩きつけられていた」

オレはそれを拾い上げる。画面には派手な亀裂が入っている。亀裂の向こうに、ツイッターのタイムラインが表示されている。たしかに五年前のオレは、これをみた。そうだ。そこには。そうだ。

タイムラインのいちばん上に、何度も目にしたアイコンがあった。これまでも執拗に、父さんのバッシングを続けてきたアカウントのひとつだった。あの人との電話のすぐあとで、キササゲがツイートしていた。

「君に謝らないといけないことがある。あのときの私も、きっとジャバウォックと同じものだった。まったく的外れなのに、君の力になれると思い込んでいた」

その有住の声は、オレにはもうほとんど聞こえていなかった。

割れた画面越しにみえたキササゲのツイートに、オレはひどく動揺する。

――こいつ、死んだらしいよ。

なぜキササゲが、父さんの死を知っているんだろう？　その答えはすぐにわかった。五年前だって、すぐにわかったんだ。

キササゲの正体はひとりしかいない。あいつ自身がそれを明らかにしていた。オレを苦しめるためだけに、オレにだけわかるサインを送っていた。そうだ。これまでは意味のないアルファベットと数字の羅列だったはずの、キササゲのユーザー名が書き換えられている。jabberwock――オレが彼女に話した、怪物の名前。涙が滲んだ。

ずっと父さんを追い詰めていた、父さんが死んでしまった原因を作ったアカウントの正体が、オレの肉親だったなら。本当に、本物の母親だったなら。

ああ。こんなことが、あっていいはずがないだろう。ああ。これが、悪でないわけがないだろう。こんなものが、存在していいはずがないだろう。

あの日と同じように、肩が痛いくらいに、思い切り腕を振る。スマートフォンをフローリングに叩きつける。それはバールを振り下ろすのに似ている。家庭という強固な幻想を叩き壊すのに似ている。指先が冷たかった。どちらも、実際に触れたわけじゃない。でも父さんの遺体の冷たさと、バールの冷たさが指先で重なって、凍えるみたいだった。

その指先をもう一方の手で握りしめて、強く目を閉じる。
——ああ。これだ。
この吐き気に似た感情で、あの日のオレはジャバウォックを呼んだ。

18話　視点と横顔――有住梓

　五年前に楓の部屋で起こったことを、私は長いあいだ忘れていた。きっとあの日の出来事は、楓によって捨てられ、ジャバウォックに盗まれていたのだ。けれど今朝、私の名前と共にこの世界に戻ってきた。それは私の罪の記憶でもあった。

　本当に悪いのはキササゲだ。でも、私にだって罪はある。あのとき私はジャバウォック現象によく似たものに――あるいは、まったく同じものに囚われていた。自分自身の正しさや、優しさなんかを身勝手に確信して、疑いもしなかった。

　五年前の私は、自分自身が善良な、愛にあふれた人間だと信じていた。こんな風に言葉にして振り返ると気味が悪いけれど、でも事実だ。無自覚でも無意識でも、私は心の奥底では自分の正しさを信じていた。

　だって、そうでなければあのころ、楓に繰り返しメッセージを送り続けることなんてできなかった。SNSでバッシングを受けて失踪してしまった父親を持つ彼の気持ちを、無遠慮に理解できるつもりでいたのだ。その傲慢な思い込みこそが想像力の欠落だとも知らないままで。

　あのころの私は、「部屋にこもりきりになってしまった楓に必要なのは、本当にくだらない、日々の雑談なのだ」と信じていた。雑談自体が重要というより、それに付随する日常を彼に差し出し続けなければならないと思っていた。だから一時期、彼からの返事が届かなくても、私は頑なに中身のないメッセージを送った。根負けしたように楓が返事をくれたときには「しめしめ」と喜んだし、他の彼の友人たちがもうメッセージのやり取りを諦めてしまったのだと知ったときには、密かな優越感を覚えてもいた。私だけが正しいことをしているつもりだった。

そして私は、決定的な間違いを犯すことになる。

楓の父親が遺体でみつかったと聞いたとき、私はこんな風に考えた。

——楓くんは、お母さんに助けを求めるべきなんだ。

彼に必要なのは確固たる日常で、それはつまり母親なのだと決めつけていた。今思えばなんの根拠もないのに、楓の母親は優しく彼を守り、彼を上手に慰めてくれるはずだと信じきっていた。

あの日、私は楓との長い電話をしながら、足早に彼の家に向かった。右手ではスマートフォンを持ち、左手では同じドーナツばかり八つも入った紙箱を抱えていた。楓が母親に連絡を取ると約束してくれたから、それで安心して通話を終えた。

当時の私は愚かだった。マンションのエントランスにあるインターフォンで楓の部屋の番号を入力したときには、彼に感謝されるものだと思い込んでいたのだ。「やっぱり母さんに連絡してよかったよ」とか、「有住のおかげで助かったよ」なんてことを言われる場面を想像して、ひとり浮かれていた。それはなんて非人間的なのだろう。楓が父親の死を知った日だというのに、そのリアルな傷を想像もせず、身勝手な英雄願望みたいなものに私は身を委ねていたのだ。

はじめ、インターフォンには誰も出なかった。楓はまだお母さんと話しているのかもしれない。私はそう考えて、少し時間を置いてからまたインターフォンを鳴らした。今度は通話が繋がって、まだ五歳だった冬明くんが幼い声で「はい」と言った。

「ドーナツを買ってきたの。お兄さんと一緒に食べましょう」

そう言って私は、エントランスの鍵を開けてもらった。エレベーターで彼の部屋の階まで上ると、玄関で冬明くんが待っていた。

私は冬明くんと一緒に、楓の部屋に向かった。「おじゃまします」と言って玄関で靴を脱いで、廊下の先に進んで。その部屋のドアを開けて、息が詰まった。

ちょうど、陽が沈むころだった。部屋に明かりはついておらず、白い壁紙が窓から射し込む茜色の光に照らされていた。私の目に入ってきたのは、フローリングの上で画面が割れたスマートフォンと、なんだか人形のように空虚な楓だった。彼の顔からは血の気が引いていた。その青白い顔色は、なぜだか夕陽の色には染まらず、ただ薄暗がりがわだかまっているようだった。

失敗したのだ、と私は確信した。なにか――それはつまり、楓と彼の母親との会話が、決定的に上手くいかなかったのだ。そうとわかったのに、私は強引に笑ったように思う。なんだか怖くて、慌ててしまって、誤魔化しようのないなにかを誤魔化したくて。

「ドーナツを買ってきたの」と私は言った。「たくさんあるから、一緒に食べよう」

それが場違いな言葉だということはわかっていた。でも、なにか奇跡みたいなことが起こって、楓が笑ってくれないかと期待していた。もちろんそんなことは起こらなかった。楓は本当に人形みたいに、なんの反応もしなかった。

私は実体のない笑みを浮かべたまま、楓に近づく。「ほら」とドーナツの箱を差し出した直後、彼の手がそれを払いのけた。

ようやく目が合った、楓の瞳は少し潤んでいた。怒りだとか、不満だとか、こちらを責めるような感情はそこにはなかった。楓はただ怯えているようだった。猫を前にしたネズミのように。あるいは、怪物を前にした少年のように。

私は笑みを引っ込めて、楓をみつめた。彼の方はふっと私から目をそらし、どこか高い位置をみつめた。彼の視線の先にあるのは天井だけだった。そのまま、よく聞き取れない声で、なにかつぶやいていた。

今なら、あのときに起こっていたことがわかる。

きっと彼の視線の先に、ジャバウォックがいたのだ。

楓の強い怒りに呼ばれて、ジャバウォックが現れた。あのとき彼は、独りきりジャバウォックと対峙していた。けれどなにも知らない私は、ともかく床に散らばったドーナツを集めた。彼の姿をみつめているのがつらくて、目をそらす理由が欲しかった。

「なにがあったの？」

と私は尋ねた。返事はないと思っていた。

けれど、楓は言った。その声はなんだか、独り言のようだった。

「キササゲの正体がわかったんだ」

「キササゲ？」

「父さんを殺した怪物だよ。ほら、そこにいる」

楓は床に転がるスマートフォンを視線で指したようだった。私はドーナツを拾う手を止めて、その画面を確認した。大きなひび割れの向こうに、ツイッターのタイムラインが表示されている。たしかにそこで、キササゲという名のアカウントが、ずいぶん不謹慎な発言をしている。——こいつ、死んだらしいよ。

私がその文面に顔をしかめていると、楓が言った。

「キササゲが、オレの母親だった」

私にはその言葉の意味が、咄嗟には理解できなかった。キササゲの発言を追うと、これまで執拗に楓の父親をバッシングしていたことがわかる。その悪意はまるで具体的な質量を持つようだった。一文字ごとが喉に食い込む殺意のようで息が詰まった。このアカウントが、楓のお母さん？　どうして。

ようやく楓の言葉を理解したころ、私の身体が震え始めた。キササゲへの怒りだとか、嫌悪感だとか、楓への同情だとか。そんなことよりもまず、私は自分がしたことに怯えていた。

——だって楓のお母さんは、私と同じ梓なんだから。

そう言った、自分の声を覚えていた。得意げな声だった。私はその説得が、ずいぶん気の利いた、洒落た台詞のような気がしていた。なんの理屈にもなっていないことを断言するところが恰好良いと思っていた。私が君の背中を押してあげているんだ、とヒロイックな想像に酔いしれてもいた。けれどすべてが反転した。私は正しいことをしているつもりで、どうしようもない呪いを楓に押しつけたのだ。

楓の声が聞こえた。

「わかったよ。もう、母さんなんていらない」

彼は相変わらず、天井の片隅をみつめたままだった。

私はなにも言えないまま、ひとり震えていた。後悔することさえ上手くできないまま、瞳に涙を滲ませていた。

次に口を開いたのは、冬明くんだった。きっと、まだ五歳だったあの子には、この部屋で起こっていることがなにも理解できなかったのだろう。平然とした口調で言った。

「だれと話しているの？」

それに、楓が答えた。

「ジャバウォック」

あの日、楓の前に、ジャバウォックが現れた。

そして楓は実の母親に関するなにかを捨てて、それは世界から欠落した。

＊

スマートフォンを投げ捨てて、壁の前でうずくまっている楓の姿は、まるであのころのままだった。傷つきやすい一五歳の少年がそこにいるようだった。

――私はこのときを待っていたのだ。

寒々しい気持ちで、そう理解する。五年前のことを後悔していた私は、ずっとあのときをやり直したかった。けれどそれは、五年前と同じ過ちではないのだろうか。

悩みながら口を開く。

「君に謝りたかった。五年前の私は無遠慮で、なにもわかっていなかった」

楓はうつむいたまま首を振る。

「有住は、優しかったよ」どうにかみえる彼の口元は、笑ったようだった。それはまったく笑みにはみえなかったけれど、ともかく口角が持ち上がった。「オレの周りにいた人たちは、みんな優しかったんだ。そうじゃないのは、血が繋がったあいつだけだった」

血の繋がりが、なんだっていうの？　――そんな風に言えたらよかった。けれど私の口からそれを言えるはずもなかった。

言葉がまとまらないまま、とにかく喋る。

「ごめんなさい。私は、どう謝ればいいんだろう。とにかく想像力が足りなかった。身勝手なものを押しつけて、それで正しい気でいた」

「有住は、間違ってなんかいないんだよ。間違っていたのは、もっと別のものなんだよ。だから有住が謝ることなんてなにもないんだ」

楓は明らかに無理をしていた。本当は泣き出して、叫び出したいはずだった。けれど私に気を遣っていた。まるで彼の方が私を慰めているようだった。

私は楓に謝りたかった。彼に断罪されたかった。けれどこの感情も、やはりジャバウォックみたいなものではないのか。今もまだ私は、私にとっての正しい物語を演じることを彼に押しつけているだけではないのか。

楓の前で、泣きたくはなかった。それはなんだかずるい気がして。よりいっそう、彼に気を遣わせるだけなのだとわかっていて。けれど、涙は堪えられたけれど、声が震えるのは止められなかった。

「五年前、私が君を呪ったんだと思う」

血の繋がりという呪いを、私が押しつけた。

楓がもう一度、首を振る。先ほどよりも力強く。

「違う。もしも呪いみたいなものがあるなら、それはオレが生まれたときからあったものなんだ。有住のせいじゃないんだ」

「でも」

なんだろう。でも。五年前、私が楓を傷つけたのだ。それは確かなはずなのだ。けれどこんなことを、言い争うようにして彼に認めさせて、いったいなんになるのだろう。私の自己満足以外の、なにに。

楓の声は、泣き笑いのようだった。

「オレの名前は、あいつがつけたんだって」

「名前？」

「たぶんそのことを、オレはずっと忘れられないんだよ。血の繋がりと名前とで、オレは初めからあいつに呪われていたんだよ」

彼は自分の言葉に傷ついているようだった。なのに、必死に笑おうとしていた。ここに私がいるから、無理をしていた。

なら私は、もうこの場所から立ち去るべきなんだろう。私にできることなんてなにもないんだと認めて、諦めてしまうべきなんだろう。けれどその前に、ひとつだけ話しておきたいことがあった。深く息を吸う。

「私の名前を捨てたのは、私自身じゃないかと思う」

真相はわからない。けれど、そう考えると納得がいく。

――だって楓のお母さんは、私と同じ梓なんだから。

あの言葉が、私の後悔の根っこだった。本質ではなくても、象徴ではあった。あの日、私は私自身を傷つけたかったのではないか。なにか自分に罰を与えなければ後悔を乗り越えられなかったのではないか。五年前のあの日、きっと私と楓は、ひとつずつ捨て合っていたのだ。

「私は、自分の名前が好きだった。梓っていうのは、まっすぐに育つ木なんだって。ずいぶん単純だけど、恰好いい由来だと思っていた。でも、今はもう嫌いだよ。だってまっすぐならいいってものじゃないから」

うつむいていた楓が、顔を上げる。こんなときでも彼は私を慰めようとしてくれたようだった。でも、上手く言葉がでてこなかったみたいで、わずかに口を開いて閉じた。

私は思わず、微笑んで続ける。

「名前の意味なんて、どんどん変わるものなんだよ。私は好きだった自分の名前を、嫌いになって捨てちゃったんだから。きっとこれからもその意味は変わり続けて、もしかしたらいつかまた、自分の名前を好きになれるかもしれない」

楓はまたうつむいて、なにか考え込んでいるようだった。ナイーブな少年みたいな、彼の繊細な横顔がみえて、胸が苦しい。けれどその息が詰まるような苦しさは、不快なものではなかった。

「君にとっては呪いでも、私は楓っていう名前が好きだよ」

私たちは名前を知ることで、相手を理解する視点を手に入れる。その視点から得たものを、名前という器の中に詰めていく。

私が楓に持っている視点は、ほんのささやかなものなのかもしれない。全貌には程遠い、暗がりの中でうつむいた彼のどうにかみえる横顔みたいなものなのかもしれない。けれど、どれだけささやかでも、私にとっては愛おしい視点だ。その視点からみえた彼のすべてが、牧野楓という名前に詰まっている。

だから彼の名前がなんであっても、私はその名前を好きになっただろう。どんな由来でも、どんな願いだとか、祈りだとか、呪いだとかが込められている名前でも関係ない。中身が素晴らしいのだから、そっちの方が本質だ。

長い沈黙のあとで、「ありがとう」と楓は言った。

＊

部屋をあとにすると、閉じたドアの向こうから、ほんの小さな嗚咽が聞こえた。

私の方は、できるだけ、音をたてないように気をつけて泣く。彼の苦しみだとか、悲しみだとかを邪魔したくはなくて、涙が床を打つ音にさえ怯えて。

ずっと昔から、名前を失っていた五年間も、覚えていたことがある。私は牧野楓に恋していた。その名前に詰め込まれたすべてのイメージだとか、本質だとかを支えたかった。少しでも彼の、救いでありたかった。けれどそうはなれなかった。

乱暴に涙を拭うと、廊下の向こうに、ひとりの女性が現れた。

19話　その愛情に名前がなくても——三好愛

深い緑色の本に書かれている文字が、私には読めなかった。

ページを睨みつけたまま考える。ジャバウォック。それが実在するのなら、私は冬明になんてひどいことをしたのだろう。私にはあの子を受け入れられなかったのだ。あの子は何度も、私にチャンスをくれたのに。

胸の中には、反射的な言い訳が浮かぶ。——だって仕方がないじゃないか。謎の怪物が世界からその一部を盗んでいき、盗まれたもののことは誰も覚えていない。こんな話、信じられるわけがないじゃないか。

けれど罪の意識は拭えない。冬明。あの子を抱きしめて、謝りたかった。もう一度冬明に会えるなら、どれだけ責められてもかまわなかった。冬明。冬明。あの子の名前を、胸の中で繰り返す。

やがて、ふいに、ページの文字が意味を持った。すべてではない。ほんの短い一行だけだ。けれど、たしかに私にも読めた。

——愛情を解体しないといけないんだよ。

私はその言葉を知っていた。いつか英哉さんが口にした言葉だった。愛情を解体しないといけないんだよ。その場所に、正常な愛情を築くために。

＊

あれは、冬明がまだお腹の中にいたころのことだ。

当時一〇歳だった楓はもう眠っていたはずだ。夜の遅い時間、私と英哉さんはリビングのテーブルで、向かい合ってホットミルクを飲んでいた。出産予定日までは、もうひと月を切っていた。

当時の私は、精神的に少し不安定だった。以前友人から、ひどいマタニティブルーの体験を聞いたことがある。それに比べればずいぶんましではあったけれど、ふいに正体のわからないネガティブな感情が膨れ上がり、なんだか泣きたいような気分になった。

「誰かの人生を背負おうとしているんだから、不安になって当然だよ」

なんて風に、英哉さんは言った。

私はその言葉に、少し苛立っていた。こちらの受け取り方次第なのだとわかっていたけれど、「なんだか他人事みたいだね」と私は口にした。こういったことを呑み込まずに伝え合えていたのが、私たちの素敵なところだった。

英哉さんが、苦笑して答える。

「そうかもしれない。楓のときよりは、いくらかましになったと思うんだけど」

「あの子のときは他人事だったの？」

「親になるってことが、よくわからなかったな」

「今は？　わかった？」

「多少は」

英哉さんは、しばらくのあいだ黙り込んでいた。こんなときの彼は、頭の中で次に言うべきことをまとめているのだと知っていたから、私はじっくりと続きを待ってミルクを飲んでいた。温かなミルクは甘く感じた。

やがて英哉さんが言った。

「子供への愛情は、自己愛に似ている。僕は自分のことが大切なように、楓のことだって大切だよ。でも、もちろん楓は僕自身ではない。そのギャップを自覚して、受け入れないといけない」

当時の私には、英哉さんの話は、少し難しかった。具体的なようでいて、よく理解しようとするとずいぶん抽象的な話に思えた。

ギャップ、と私が繰り返すと、英哉さんは頷いてみせた。

「まるで楓は僕自身みたいだ。あの子が怪我をしたときに、僕の身体から血が流れないのが不思議なくらいだ。なんだか僕は、あの子に僕のすべてを押しつける権利を持っているような気がするんだよ。あの子の価値観だとか、善悪の基準だとか、そういうものを自分のことみたいに、みんな決めてしまっていいような気がする」

「でも、そんなわけがないでしょう？」

「うん。そんなわけがない。まるで自分みたいなあの子を、自分とは違う人間として愛さなければいけない。その愛の獲得が、つまり親になるってことなんじゃないかな」

あのときはよくわからなかった。けれど今思い返せば、英哉さんに共感できた。

誰がなんと言おうが、冬明は私のものだ。私だけのものだ。本心ではそう言い張りたいのだ。けれど心の理性的な部分は、そうじゃないことを知っている。この自己愛に似たものを、本当に自己愛のまま冬明に押しつけてしまうと、あの子にとって苦痛でしかないことを知っている。なら私はその愛情を、別の形に置き換えなければいけない。つまり親から子に向けた愛情に。

だから英哉さんは、お腹の中の子に冬明と名づけることを提案したのだろう。あのころはまだ、冬明という名前に決まっていたわけではないけれど、ともかく私たちの願いみたいなものが含まれていない名前にしたいと言っていた。自分と愛しい子供とを、決して混同してしまわないように。

ふと気になったことを、私は尋ねた。

「楓のお母さんはどうだったの？　やっぱり、出産の前は不安そうだった？」

私たちのあいだで、英哉さんの前妻を話題に出すのは稀だった。私にとっても気まずい話だったし、英哉さんも同じように感じていただろう。

「あんまり、そんな感じはなかったな。僕が気づけなかっただけかもしれないけど」

「そう」

「あの人は、純粋だったから。子供が生まれてくるのを、ただ喜んでいるようだった」

「まるで私が純粋じゃないみたい」

そう言ってみると、英哉さんは困った様子で、ううん、と小さなうめき声を上げた。それから慎重に、ゆっくりと言葉を選びながら答えた。

「君は、とても注意深い人だよ。でも注意深さと純粋さっていうのは、共存できない場面があるんじゃないかな。そしてきっと、注意深い人の方が、親になるのには向いているんだ。

ただ純粋な人は――」

英哉さんの言葉は、そこで途切れた。

思えば私の母親も純粋な人だった。それはもちろん、褒め言葉ではなかった。とくにあの人の子供だった私からみると。母はいつも素直ではあったけれど、周到さというか、我が子への想像力がない人だった。

やがて、英哉さんが言った。

「楓の母親は、まるで自分を愛するように、楓を愛していたよ」

あのとき私は、以前楓から聞いた話を思い出していた。どうして母親ではなく、英哉さんと暮らそうと決めたのか尋ねたときのことだった。

――お母さんの方は、自分が選ばれて当然だって顔をしてたんだよ。話し方も、こっちの好きにさせるって言いながら、答えは決まってるでしょって感じだったんだ。

私にはその女性の価値観を、理解できるような気がした。私の根っこにもある、冬明は私のものだという傲慢な感覚によく似ていた。

まるで自分に言い聞かせるように、英哉さんは言った。

「愛情を解体しないといけないんだよ。それは新しい家を建てる前に、古い家を更地に戻すようなことなんだ。バールで壁や柱を打ち壊すようなことなんだ。その場所に正常な愛情を築くために、知らないうちに生まれていた歪な愛情を解体しないといけないんだ」

それが、貴方が離婚を選んだ理由なの？　とあのときの私は尋ねたかった。楓の母親には愛情を解体して築き直す作業ができなかったのではないか。けれどさすがに、その質問は無作法で、当時の私は黙り込んでホットミルクを飲んでいた。

もしも今、私の前に英哉さんがいたなら、こんな風に尋ねただろう。

——それが、貴方が自殺した理由なの?

あの人は自分が死ぬことで、土台から歪んでしまった家庭を自分の手で打ち壊したのだろうか。そして残された私に、新たな家庭を築かせようとしたのだろうか。なんて身勝手なんだろう。

悲しいというよりは寂しくて、叫び出したかった。

けれど、その前に泣き声が聞こえた。

*

それは奇妙な泣き声だった。ほんの小さな、すすり泣きのような音なのに、はっきりと聞こえた。耳元で鳴っているようでもあったし、とても遠くからここまで届いているようでもあった。

私にはその声が、楓のもののように感じた。けれどそんなこと信じられなかった。あの子が八歳のころから一緒に暮らしていたのだから、泣いている顔をみたことはある。けれど思えば、楓の泣き声を聞いた記憶がない。

私はソファーから立ち上がり、声が聞こえる方に足を踏み出す。それは、入り口の扉の向こうから聞こえるようだった。扉を開く。

先は狭い玄関で、廊下が奥へと続いていた。その景色に眩暈がした。傘立てだとか、そこにある傘だとか、ウィルトン織の玄関マットだとか、壁紙も天井も。すべてにはっきりと見覚えがあった。そこは、五年前まで私たちが暮らしていたマンションだ。図書館の扉の向こうにこの廊下があることが、不思議だとは感じなかった。私はすでに——きっと、もうずいぶん前から、私の常識の外にいる。

突き当たりが、楓の部屋だ。そのドアの前に、ひとりの少女が立っている。

アリス。私はそちらに歩み寄る。もう数歩というところで、彼女が口を開く。

「覚えていますか？　昔、会ったことがある」

私は彼女のことを忘れていた。けれど、そう言われたとたんに思い出した。何度かうちに遊びにきたことがある、楓の友人だ。

私が頷くと、彼女は言った。公園で冬明といるところをみかけたときとはずいぶん印象が違う、幼い切実さを持つ顔つきだった。

「助けて」間近でみると、彼女の目は赤くなっていた。「あのときも、こうすればよかった。楓くんが泣いているの。助けて」

彼女が壁際に立ち位置を変えて、私とドアを遮るものがなくなる。

——どうして、楓が泣かなければいけないんだろう。

私にはわからない。今日はずっと、わからないことだらけだ。けれど私は、先に進まなければならない。

ドアを開けると、子供部屋の窓の外には、夜を迎えつつある空がみえた。くすんだような紺色の、夕暮れが風化したような空だった。その窓の反対側の壁際で、楓がうずくまっている。あの子のすぐ隣にスマートフォンが落ちていて、画面がぼんやりと光っている。その光とのコントラストで、楓の周囲はずいぶん暗くみえた。暗がりにいるあの子の姿は幼かった。

冬明とそう変わらない歳のようだった。けれど、そこにいるのは間違いなく二〇歳の楓なのだ。楓は涙を流しながら肩を震わせて、私はその姿に、無性に動揺する。

楓は私が入室したことに、気がついていないようだった。私は楓に歩み寄る。アリスという名前の少女がそうしたのだろうか、背後でドアが閉まった。その音で楓が顔を上げ、たまらず私は呼びかける。

「どうしたの？」

楓の表情は、みたことがないものだった。口元は引きつり、目を見開いていた。その瞳は涙で歪んでいた。顔色は、下手な化粧のようにまっ白だった。罠にかかった野生の獣が怯えながら威嚇しているような顔だった。

私は咄嗟に膝をついて、楓を抱きしめる。「大丈夫」しわけもなく口にしていた。

「大丈夫だから、なにがあったのか教えて」

楓の背に回した手に力を込める。そうすることに、私は罪悪感を覚える。この子には無作法に近づいてはいけない気がして。

ようやく自覚した。私は本心では、この子を本当の息子だとは思っていないのだ。冬明とはまったく違う。この子は私のものではなく、私がこの子に向ける愛情は自己愛のようではない。けれど間違いなく、楓は家族のひとりだった。長い時間を一緒に過ごした、私が無条件で愛情を向ける相手だった。

「わかったんだ」楓がほんの小さな、掠れるような声で言った。「わかったんだよ、どうすれば冬明が戻ってくるのか。オレが捨てないといけないものが、わかったんだ」

その言葉を、素直に喜ぶことはできなかった。楓の声は重たく、この子自身を擦り潰すようだった。楓が息を吸うと、ひゅうと高い音が聞こえた。私はどうしようもなくて、ただその背中を抱いていた。楓の口調が徐々に速くなる。

「オレなんだ。あのとき、オレがジャバウォックを呼んだんだ。だってそうだろう？　あんなものを悪者にしないでいられるわけがないんだ。でも、それがきっかけだった。オレが呼び寄せたジャバウォックに、冬明が出会ったんだ」

この子の話を正確に理解することはできなかった。けれど、言葉を遮ることもできなかった。私は今、楓の言葉を聴かなければならないのだと感じていた。

「だから、そのせいで冬明はジャバウォックにとりつかれたんだと思う。とりつかれるって表現が正しいのかわからないけど、ともかくあいつが、ジャバウォックの目みたいなものになったんだ。オレがジャバウォックを呼ばなければ、初めからなんの問題もなかったんだよ。有住も名前を失くさなかったし、愛さんが余計に疲れることもなかったし、冬明だって消える必要はなかった」

私はいっそう強く楓を抱きしめる。

楓は自分の言葉で傷つくように身体を震わせていた。そのことが悲しかった。どうして楓が苦しまなければいけないんだろう。この子はいつだって繊細で、ただ優しいだけなのに。

楓が続けた。

「簡単な話なんだ。あの日、オレがあれを許せばよかった。それだけなんだよ。それだけでジャバウォックは現れなかった。でも、ねぇ。わからないんだ。いったいどうすれば、あんなものを許せるっていうんだ」

最後の言葉は、叫ぶようだった。

なんだか私は、その声に断罪されたように感じた。この子の苦痛の正体もわからず、この子を支える術も知らなかったから。貴方の母親だ、なんて口先では言いながら、なにもできないでいる私の罪が問われているようで、胸が痛かった。

　楓が口をつぐみ、私はようやく尋ねる。

「貴方はなにを、許さなければいけなかったの？」

　楓の両手が私の肩をつかみ、そっと押しのける。この子の腕の長さだけ距離が開いてみえた楓の顔は、少し理性を取り戻したようだった。顔色は相変わらずひどいままだったけれど、その瞳がしっかりと私をみつめているのがわかった。

　フローリングの上にあったスマートフォンを、楓が拾い上げる。その画面には大きな亀裂が入っている。

「キササゲを知ってる？」

　名前だけではわからなかった。けれどスマートフォンの画面をみると、鮮明な記憶が蘇った。キササゲは英哉さんを執拗にバッシングし続けていたアカウントの名前だ。楓の手のスマートフォンにも、見覚えのあるアイコンが表示されている。――こいつ、死んだらしいよ。なんてひどい言葉。

　楓はすぐにスマートフォンの画面を伏せて、フローリングに置いた。それから、眉根をきゅっと寄せる。その表情は、この子の父親に似ている。

「ごめん。愛さん。どんな風に謝ればいいのか、よくわからないんだけど」

「どうして貴方が、私に謝らないといけないの？」

「キササゲは、オレの母親だ」

ぐわん、と音をたてて世界が歪む。それが錯覚なのか、あるいはこの特殊な世界では当たり前に起こることなのか判断がつかない。私は息を呑む。

本当に？　本当にこの子の母親が、英哉さんを死ぬまで追い詰めたのだろうか。凍えるような悪寒を感じた。血の気がひいて、鼻頭が押さえつけられたように痛んだ。なんだかひどく気持ち悪いものを、それはたとえばずいぶん長いあいだ放置された死体に蛆がわいているのをみたように、胸で不快感が膨らんだ。でも。

「それこそ、貴方が謝ることじゃないでしょう？」

私でさえこれほどショックなのだから、この子が感じた苦しみが、どれほど大きいのかわからない。私よりもずっと、この子自身が被害者だ。世界でいちばんこの子を傷つけてはいけない人間が、この子を深く傷つけたのなら。

楓の声は震えていた。

「オレは、どうしたらあの人を許せたんだろう。どうしたら、あんなものを悪だと決めずにいられたんだろう。そんなのできるわけがないんだ。でも、今からだってそれをしないといけないんだ」

どうやら私は、呼吸を忘れていたようだった。詰まっていた息を無理やりに吐き出す。細く長く、なんとか自分を落ち着けようとする。

「ごめんなさい。私には、よくわからない。でも、とにかく貴方は、お母さんを許さないといけないいんだね？」

楓が頷く。

「世界をもう一度、改変するんだ。五年前にオレが、ジャバウォックを呼んだことが問題なら、それを捨ててしまえばいいんだ。それで冬明を取り戻せる。あいつはジャバウォックなんかに関わらずに生きられるはずなんだ」

私は顔をしかめていた。楓の話を信じられないわけではなかった。もう、なにかを疑うような気力もなかった。けれどこの子の話は、あまりに悲惨だ。

キササゲの正体が他の誰であっても、この子がこれほど動揺することはなかっただろう。もしも肉親でさえなければ、悲しみ、苦しみ、失望することはなかったのだろう。家族には前提がある。肯定的な、安らかな約束のようなものがある。子供が無条件に親を信頼するのは、生きる上で当然の本能だ。そして、その本能は、決して裏切られてはならない。

キササゲはいったい、なにがしたかったのだろう。英哉さんが死ぬことを望んでいたのだろうか。自分の元を離れた楓が健やかに育つことが許せなかったのだろうか。

冬明が消えた――英哉さんが私と結婚しなかった世界では、SNSでの激しいバッシングも起こらなかったようだ。ならキササゲが本当に許せなかったのは、私たちの結婚だったのかもしれない。自分を排除した英哉さんと楓が、新たに幸福な家庭を築くことが、許せなかったのかもしれない。だとすれば私もまた、キササゲの標的のひとりだったのだろう。私のささやかな家庭を叩き壊すことで、楓が自分の元に戻ってくるとでも思っていたのだろうか。それとも、ただ、すべてが嫌になっただけなのだろうか。――楓の母親は、まるで自分を愛するように、楓を愛していたよ。そう英哉さんは言っていた。なら、自傷するように、この子を傷つけて良いと思っているのだろうか。

理解できるか、できないか。そのどちらかを選ぶなら、私にはキササゲの感情を理解できるような気がした。なんらかの前提がひとつ違えば、私もキササゲのようになってしまうのではないか。身勝手な怒りで、自分の中の決して欠けてはならないものが欠ける恐怖を、生々しく想像できた。

けれど、許せるか、許せないか。そのふたつでいえば、もちろんキサザゲを許せるはずがなかった。私の家庭に手を出した相手を叩き潰すことに躊躇いはない。形は違っても、同じような怒りを、キサザゲも抱いていたのだろうか。私や、あるいは英哉さんが、キサザゲの家庭を――それはつまり楓を奪ったと、彼女は信じていたのだろうか。

私は言った。答えは、ひとつしかなかった。

「貴方は、キサザゲを許さなくていい」

当たり前だ。こんなこと。

どうしてそんな、気持ち悪く歪なものを許さなければいけないんだ。否定すればいいんだ。拒絶すればいいんだ。思い切り殴りつけて、踏みつけて、唾を吐きかけてやればいい。触れることさえ気持ち悪ければ、黙って目を背けていればいい。

なのに楓は、力強く首を振った。

「でも、それじゃあ冬明を取り戻せない」

「ほかの方法はないの?」

「あるかもしれない。でも、わからない。友達が言っていたんだ。ジャバウォックの影響は想定しきれない。ほんのささやかなことを変えただけでも、世界がまったく違う形に改変されてしまうかもしれない。だから、ジャバウォック現象のきっかけを消すのが、いちばんフェアなはずだ」

「フェアってなに? そんなの、どうだっていい。貴方が苦しむ必要はない」

「違うだろ」

とても笑顔にはみえなかったけれど、楓は笑ったようだった。なんだか諦めたような、脱力した顔で私をみつめて、言った。

「愛さんは、そうじゃないだろ。冬明のことだけ考えていればいいんだ。あいつの、お母さんなんだから。冬明のためなら、オレのことなんか気にしなくていいんだ」

「でも」

「オレは、そういうのが好きなんだよ。こっちの理想ばかり押しつけてるみたいで申し訳ないけど、オレが持っていないものをみせて欲しいんだ。冬明のお母さんは、オレが信じられる母親であって欲しいんだよ」

違うんだ、と叫びたかった。私は冬明の母親であるように、楓の母親でもある。ずっとそうなれる自信があった。強く。本当に強く。

けれど、本心では違う。

「貴方も冬明も、どちらも大切で、順番なんてつけられない」

「うん」

「本当に、できるなら、私はそう言いたい」

「うん」

「でも、ただ言いたいだけだ」

私はなによりもまず、冬明を取り戻したいと思っている。もしもどれほど、楓を傷つけることになったとしても？　うん。その通りだ。なんて身勝手なんだろう。私は楓を苦しめてでも、冬明を取り戻さなければならない。

楓の笑みはいつの間にか、見慣れたものになっていた。

「そうだよ。やっぱり血が繋がっているっていうのは、大切なことなんだ」

違うのだ、と言える資格が、私にあればよかった。

キササゲの正体がこの子の肉親だったとしても関係ない。私と貴方に血の繋がりがなくても関係ない。そんな風に言えればよかった。なのに私にはそれができなかった。どうして？理由なんて、ひとつもないのに。本当に、ただのひとつも。血の繋がりなんてものに呪われる必要なんて、どこにもないはずなのに、私はその呪いに縛られていた。

家族とはなんだろう。血の繋がりとはなんだろう。私にはそれを、まだ解体できない。

なのに、楓は言った。

「それでもオレは、愛さんのことを、家族だと思っていていいのかな？」

気がつけば、涙があふれていた。それは私が言うべき言葉だった。私が、なけなしの意地を、最後に張っていなければならないことだった。

「当たり前だよ。そんなの、当たり前だ」

私には、この子の母親を名乗る資格なんてない。この子の前で泣いている場合じゃないのに。情けなく声を上ずらせている場合じゃないのに。私は当然、この子に与えなければならないものを、なにも与えられないでいるのに。

それでも、楓を愛していた。冬明に向ける愛情とは、その形が違っても。親子のようにわかりやすい呼び名がなくても、楓は世界中の他の誰とも違う特別なひとりだった。名前さえ必要のない、前提条件のないものが、ここにはたしかにある。

ありがとう、と楓が言った。それもまた、私が言うべき言葉だった。

楓は、床に伏せられていたスマートフォンを手に取る。

「ひとりにしてもらえるかな」

「どうして」

「ジャバウォックを、やっつけないといけないだろ？」

「それは、私には手伝えないことなの？」

「もうずいぶん手伝ってもらったよ。だから、ひとりで大丈夫」

もしもこの、傷ついた顔で笑っているのが冬明だったなら、私は決して隣を離れはしなかっただろう。けれど、ここにいるのは楓だった。この子まで無条件で私が守りたいと考えるのは、ただ傲慢なだけなんだろう。私は涙を拭う。

「わかった。でも、もう一度抱きしめさせて」

「うん。それから、できればオレの名前を呼んで欲しい」

私は楓の背中に両手を回し、楓、とささやいた。楓。楓。私も名前を知らない愛情を、目一杯に込めて。息を止めて、この愛おしいものを強く抱くと、耳元で楓は少し笑ったようだった。

息が続く限りそうしてから、私は楓を手放した。

*

部屋を出ると、もうアリスの姿はなかった。

私は楓の部屋のドアを閉め、それから廊下を進んでリビングに向かう。そこは、私たちが暮らしたリビングだ。英哉さんと、楓と、冬明と。私が、家庭と呼べる部屋だった。

そのリビングにはまだ、英哉さんの痕跡がいくつも残されていた。ラックの写真にはあの人の姿があり、筆立てにはあの人のボールペンがあり、カレンダーにはあの人の文字がある。それだけでまた、涙が出そうになる。

――私たちは、この部屋で幸せに暮らしていた。

完璧ではなくても、子供のころに思い描いた通りでなくても、それは世界でもっとも素晴らしいものだった。

けれどこの部屋はもう解体されてしまったのだ。だから私は、また新たなものを築き直さなければならない。同じように素晴らしいものを、楓や冬明と共に、正常な愛情を土台にして。

私はダイニングテーブルに、小さな箱が載っているのをみつけた。

箱を開くと、中には、いつか砂浜で失くした指輪が入っていた。

20話　バールのようなもの――牧野楓

　五年前のあの日、オレはジャバウォックに出会った。

　あいつの声は、まるでにたにたと笑っているようだった。

「なんだ、ひどい顔じゃないか。いったいなにがあったんだい？」

　当時のオレには、その言葉を無視できなかった。ジャバウォックの声はまるでオレの胸の中で鳴っているようで、あいつとの会話は自問自答に似ていた。

「キササゲの正体がわかったんだ」

「へえ。キササゲっていうのは？」

「父さんを殺した怪物だよ。ほら、そこにいる」

　オレが床のスマートフォンに目を向けると、ジャバウォックはそれを覗き込んだ。

「へえ。こいつが君には、ずいぶんショックなんだな」

「キササゲが、オレの母親だった」

「なるほど。それはひどい」

　そんな風に話していたけれど、あいつは初めから、オレの身に起こったことを全部知っていたんだろう。その巨大な身体で、オレにのしかかるようにして、相変わらずにたにたと笑ったままで言った。

「なら、君を苦しめているものの正体は瞭然ってわけだ。キササゲなんて、これまでどうだってよかったはずだろう？　そりゃ、むかつく奴ではあったけれど、でもそれだけだ。君が怒りを燃やしているのは、あいつの正体が母さんだったからだろう？　君は家族が大好きなんだね。ずっと、大好きで大切だったんだね。大切なものに裏切られたから、そんなに顔を歪めているんだろう？」

ああ。その通りだ。

六歳のときに両親が離婚して、父さんとふたりで暮らした。あのころのオレは、ふたりきりでも幸せなんだと言い張るしかなかった。それは、嘘ではなかったはずだ。本心からそう信じていたはずだ。けれど強がりでもあった。どうしようもなく寂しい夜なんかに、オレは母親を求めていた。本当は家族というのは素晴らしいものなんだと信じていた。

ジャバウォックの声が、耳元で鳴り続ける。

「むろん、君はまったく悪くない。ごく善良な少年だ。でも、正しい君がこんなにも苦しまなければいけないのはなぜだろう？　決まっているさ。世界の方に間違いがあるんだ。なら君は、それを断罪しなければならない。間違っているものを、くしゃくしゃに丸めて捨ててしまって、この世界から取り除かなければならない」

そうだ。ジャバウォックの言う通りだ。世界の方に間違いがあり、オレはそれを否定しなければいけない。

だって、そうだろう？　キササゲ。オレの母親がしたことは、まともじゃない。あいつはオレを壊そうとしたんだ。遠くから、自分は安全な場所にいるまま、何度も何度もオレを床に叩きつけたんだ。それでオレが壊れてしまっても、悪いのはキササゲだ。オレがどれだけひどくあいつを否定しても、それはみんなあいつのせいだ。

なんだか頭がふらふらしていた。上手く脳まで血が回っていないようだった。もしかしたらオレの心臓は、もう動いていないのかもしれない。そんな、突拍子もないことを考えた。けれどその心臓は、どくん、どくんと音をたてて、激しく動いていた。空気が薄い。上手く息が吸えない。まるで溺れているみたいだ。どうして、自分の部屋で溺れないといけないんだ。いや。ここはオレの部屋なんかじゃないのかもしれない。オレの居場所なんてものは、本当はあのひどい母親の元にしかないのかもしれない。胸の中には奇妙に重たいものがあった。感染症で死んだネズミの死骸のような、不気味なものがそこに埋め込まれているようだった。オレはそれを吐き出そうとするけれど、どうしても上手く吐けなかった。背中に寒気が走るのに、肌からは汗が噴き出した。手のひらがじっとりと湿っていた。あのときのオレはまともじゃなかった。

キササゲ。なんなのだろう、あの気持ちが悪いものは。どうしてあんなものが、この世界に存在するんだろう。どうしてあれが、オレの母親なんだろう。どうして。

オレの耳元で、ジャバウォックがまたささやく。

「さあ、君が捨てるべきものを捨てよう」

もしかしたらあれは、本当はジャバウォックの声ではなかったのかもしれない。みんなオレの妄想だったのかもしれない。けれど、声が偽物だったとしても、ジャバウォックはたしかにそこにいた。

ふと、冬明の姿が目に入った。あいつは妙にぼんやりとした顔つきで、オレの頭上をみつめていた。猫がふいに、なにもない場所を凝視するみたいだった。きっとあいつには、ジャバウォックの姿がみえていたんだろう。

――いいよな。お前は。

と胸の中でささやく。まともな母さんがいて。

指先が冷たかった。まるで父さんの、オレにとって唯一自然に信じられる家族というものの亡骸に触れているようだった。けれどその感触は、人の肌よりもずいぶん硬い気もしたから、やっぱり少し違うのかもしれない。あのとき、オレが触れていたものは、家を解体するための道具だったのかもしれない。

オレはジャバウォックの声に応えた。

「わかったよ。もう、母さんなんていらない」

あの人との思い出だとか、あの人への感情だとか、そんなもの全部いらない。みんなオレを苦しめるだけなんだから、早く捨て去って楽になりたい。

冬明が言った。

「だれと話しているの？」

オレに向いた目があんまり綺麗だから、こいつはなにもわかってないんだと思った。オレが苦しんでいる理由なんか、ひとつも。

「ジャバウォック」

とオレは答えた。

五年前のあの日、冬明の前に、初めてジャバウォックが現れた。

オレが呼んだジャバウォックは、オレが捨てたものをみんな奪っていった。そしてあとに残されたオレは、もうジャバウォックのことなんて忘れていた。

＊

ジャバウォックは、「鏡の国のアリス」の詩に登場する怪物だ。

そしてその怪物は、ヴォーパルソードという名前の剣で打ち滅ぼされる。ヴォーパルという言葉について、ルイス・キャロル自身は「よくわからない」と言っている。けれどそれは言葉を意味するverbalと、福音——絶対的な真理を意味するgospelを合わせたものではないかとも言われる。ふたつの単語を交互に、一文字ずつ拾うとvorpalとなり、ヴォーパルの綴りと一致するから。昂揚した議論のたまものの怪物は、真理の言葉の剣によって首をはねられた。

オレの手の中にはすでに、ヴォーパルソードがあった。それは先っぽが折れ曲がった、ひょろりとした鉄の棒で、ずいぶん重たい。そしてオレは、すでに二〇歳のオレではなかった。一五歳のオレが、バールのようなものを握っていた。

オレは愛さんのことを考える。あの人を、母親だと思えたことはなかった。ただの一度だって、そんな勘違いはできなかった。けれど、初めて、それに似たものを感じた。あの人に抱きしめられた感覚が、まだ身体の芯に残っている。オレのために流してくれた涙の熱が、オレの身体を温めている。

「オレは、あの人を母さんって呼んでもよかったんだよ。本当に」

それは独り言ではなかった。

目の前に怪物がいた。ジャバウォック。それは、オレには読めない文字みたいに実体がない。けれど間違いなくそこにいる。ジャバウォックが応える。

「いいや。君の母親はひとりだけだった。そして、君がそのひとりを捨てた。あんなものは捨ててしまって、当然だった」

「違う。オレは、捨ててはいけないものを捨てた」

「あの母親が大切だというのかい？」

「そうじゃないよ。でも、愛さんも冬明も、オレの家族だ」

あの日のオレは、本当は母親を許したかったんだろう。ただの血の繋がりだけを理由にして。けれど、許しようがなかった。どうしようもなかった。だからあの人への——それはつまり、家族というものへの思いを、捨ててしまうしかなかった。

でも、違うんだ。

「オレが本当に受け入れないといけなかったのは、あの人が嫌いだって気持ちの方だったんじゃないかと思うよ。オレは別に、血の繋がる母親が本当に大嫌いで、心底恨んでいたってよかったんだ」

「でもそれは、苦しいことだろう？　無駄な重荷を抱えて生きていく必要なんてないよ。そんなもの、捨ててしまうのが正解だ」

「別に、無駄ってことはないよ」

あのときのオレには、どうすることもできなかったんだと、今だって思う。そこにいくつか大切なものが混じっていたとしても、重たいものをまとめて投げ捨ててしまうしかなかったんだろう。けれど、今はもう違う。

オレの、楓という名前は、まるで呪いみたいだ。

けれど有住は、その名前が好きだと言ってくれた。だからオレは、涙を流すことができた。五年前は、泣くこともできなかったんだ。それくらいの余裕もなかった。

情けなく泣くオレを、愛さんは抱きしめてくれた。それから一緒に、オレのために泣いてくれた。あれを許す必要なんてないんだって、オレに言ってくれた。優しく、本当に優しくオレの名前を呼んでくれた。あの人がオレを呼ぶ声が、オレの名前に温かな意味を与えてくれた。これまでもずっと、オレはその熱をもらい続けてきたんだと思い出させてくれた。だからもう大丈夫だ。

「わかったんだ」

「へえ。なにが？」

「つまり、ただ投げ捨てればいいってことじゃないんだ。作り直すために壊すんだ。それが、バールの役割なんだ」

「なにを壊し、なにを作り直す？」

「家族かな」

本当はもっと適切な言葉があるのかもしれない。でも、言葉なんてなんでも良いような気もする。ともかくオレの中の、家族という概念に与えられた名前。

オレは今も深く、自分の母親を憎んでいる。思い浮かべるだけでも吐き気がするくらいに気持ちが悪い。けれどそれを、オレへの呪いにしてしまうことはない。家族というもののすべてを否定してしまう根拠にはならない。初めから手の中にあったひとつがどれほど醜くて、壊れてしまっていたとしても、次を求めちゃいけないってわけじゃない。

「オレは今だって、素敵な家族に憧れてるよ」

そして、それはたぶん、認めてしまえば手に入るものだった。ずっとオレの隣には、愛さんがいて、冬明がいた。本当はあのふたりを、オレの家族だと呼んじゃいけない理由なんてなかった。

だからオレは否定する。五年前、家族というものへの希望を捨てた自分に向けて、バールのようなものを叩きつける。ジャバウォックはまだなにか言っているようだった。でもその声はもう、オレには聞こえなかった。いつかあいつが盗んでいったガラクタは、今のオレにとってもだいたいガラクタのままだけど、でもあちこちがきらきらと光っている。

バールがぶつかる直前のジャバウォックは、オレ自身のようでもあった。まったくオレとは無関係な、遠いところにいる人たちの騒ぎ声のようでもあった。

もしかしたらジャバウォックは、そのふたつの境界で生まれたのかもしれない。オレは個人的な正義を世界におしつけ、世界は無責任な正義をオレにおしつける。本当は繋がらないふたつを強引に接続し、実態のない、たとえば「常識」みたいな言葉でまとめてしまった不気味なものの名前が、ジャバウォックだったのかもしれない。そんな気がしたけれど、結局あいつは最後まで正体のわからない怪物のまま、まったく無意味な雄叫びを上げて消えた。

オレはバールを手放す。最後の仕上げをするために。

ジャバウォックが消えたあとには、画面が割れたスマートフォンが残されている。

＊

そしてオレはまたあの子供部屋で、壁際に座り込んでいる。

耳に当てたスマートフォンからは、長いコールの音が聞こえている。

彼女はもう、オレの電話にはでないんじゃないかと思った。けれどやがて、不機嫌そうな声で「なに?」と聞こえた。オレは言った。

「あんたが、キササゲだったんだな」

彼女はずいぶん長いあいだ、黙り込んでいた。あちらの方から自分の正体を明かすようなことをしたのに、なぜ沈黙するんだろう。それはずいぶん馬鹿げている。

やがて彼女は、短く答えた。

「それが?」

彼女の声は、相変わらずこちらを見下すようだった。けれど、無理に去勢を張っているようでもあった。

「別に。ただ、あんたが大嫌いだって伝えたかったんだよ」

その言葉は、今もまだオレの胸を騒がせた。けれどやがて、慣れてしまうのだろうという気もした。オレにはこの人を恨んだまま、幸せになれる自信があった。

スマートフォンの向こうで、彼女が言った。

「ええ。それでいい。貴方はずっと、私を恨んで生きればいい」

その声は奇妙に明るかった。なんだか安心しているようだった。オレは彼女の心情を想像しようとしたけれど、すぐに止めた。そんなものわかるわけがないし、もしわかったとしても、得るものもない。

代わりにオレは、ふと思い浮かんだことを尋ねてみる。

「どうして、楓なの?」

返事を待っていたけれど、彼女は長いあいだ沈黙していた。質問の意味が伝わらなかったのかもしれないないと思い当たって、オレは補足する。

「オレの名前は、あんたと同じ木偏の字にしたって父さんから聞いたよ。でも、どうして楓を選んだの？」

それでも彼女は、まだなにも言わなかった。

別に、どうしても知りたいわけじゃない。オレはもう電話を切ってしまうつもりだった。けれどそうする直前に、彼女は言った。

「私の名前が、あまり好きじゃなかったから」

「梓って名前？」

「わざわざ、辛いなんて字が入っている名前にすることはないでしょ」

「それで、どうして楓なの？」

「なんとなく。辛いものが、吹き飛んでいきそうだから」

オレは、思わず笑う。

なんてつまらない理由なんだろう。この人はきっと、どこまでも自分本位なんだ。オレは冬明という名前で生まれたかった。あいつの名前は素晴らしくて、オレの名前は大嫌いだった。左半分はこの人の血を継いでいることの証明で、右半分はこの人のくだらない願望でできているんだから。

けれど、ただ嫌いなだけでもない。オレは強がって嘘をつく。

「あんたはオレが欲しかったものを、なにひとつくれなかった。でも、この名前だけは気に入っているよ」

この嘘は、いつか——そう遠くないうちに、本当にできる自信があった。だって大好きな人たちが、何度もオレを呼んでくれた名前だから。有住が言った通り、これからもオレの名前の意味は変化し続ける。それは、きっと良い変化だ。

「知らないわよ、そんなの」

と彼女は言った。

オレはさよならの挨拶もしないまま、電話を切る。それから、スマートフォンの電源を落とす。

オレがもう、彼女に電話をかけることはないだろう。彼女の声を聞くのは、これが生涯で最後かもしれない。けれどまだその声が耳の中で反響していた。

——貴方はずっと、私を恨んで生きればいい。

本当に、そうなるのだろうか。これからのオレは、そんな風につまらない生き方をするんだろうか。

なんだかいつかは、彼女のことを忘れられるような気がしていた。ジャバウォックなんてものに頼らなくても、自然と。でもそれは、ずいぶん楽観的な想像なのかもしれない。父さんのことを思い出すたび、やっぱり一緒にあの人のことも考えるのだろう。楓って名前を目にするたび、しばらくはあの人の声が耳の奥で鳴るのだろう。どうしたところで、血の繋がりなんてものは、祝福にできなければ呪いだろう。

なら、別にそれでもいい。あの人を恨んだままでも、誰かを家族と呼んで愛せたならそれでいい。

窓の外にみえる空は、もう夕暮れと呼べるものではなくなっていた。できたての夜空が、月明かりで淡く輝いていた。
オレは立ち上がり、子供のころに暮らしていた部屋をあとにする。
早く、愛さんと冬明がいるところに帰りたかった。

21話　どんな世界でだって——三好愛

目を覚ましたとき、私はリビングのソファーにいた。

不思議な本のページを覗き込んでいたあの図書館のソファーでも、五年前まで暮らしていたマンションのソファーでもなかった。今現在の私や冬明が生活する部屋の、ずいぶん安っぽい——そして実際、アウトレットで安く買った——ソファーの上だった。

私の両側に熱があった。左隣では楓が、右隣では冬明が眠っていた。それで、楓のジャバウォック退治が成功したのだとわかった。

私は冬明を抱きしめる。強く、強く、力の限りに。この子がもう、どこにも行ってしまわないように。それで冬明は目を覚ましたようだった。「苦しいよ」と耳元でささやくように言った。

私は冬明を睨みつける。

「どこに行っていたの？」

叱ってやるつもりだったけれど、冬明の方はなにもわからないようだった。きょろきょろと辺りを見回して、「別に、どこにも行ってないよ」なんて呑気なことを言った。

「覚えてないの？　貴方は、ジャバウォックに連れ去られて——」

いいや。連れ去られたのとは違うか。盗まれた？　よくわからないけれど、この世界ではないどこかに消えていたはずだ。けれど冬明は真面目な顔で眉根を寄せる。

「ジャバウォック？　なにそれ」

「貴方が言ったことでしょう。世界から、いろんなものを奪っていく」

「知らないよ。ゲームの話？」

私は呆気にとられてしまう。まるで私の方が、悪い夢をみていたようだ。本当にそんな風に納得してしまうのが、もっとも現実的なのかもしれない。けれど、冬明が消えたあの恐怖と、それからのすべての出来事を、みんな嘘にしてしまうことはできない。

胸の中にじんわりと安心が広がって、なんだか泣いてしまいそうな予感があった。それで私は、慌ててもう一度、冬明を抱きしめた。この子の視界を塞ぐために。

それは上手くいったはずなのに、私の腕の中で、冬明は言った。

「泣いてるの？」

泣くわけないでしょ、と私は答えた。けれど、どうしようもなく涙が滲んでいた。未だに私にはジャバウォックのことがよくわからない。でも、なんにせよ、私たちは冬明を取り戻したのだ。このなによりも大切なものを。それ以上の結末はない。

私はしばらく、そのまま冬明を抱きしめていた。いつかこの子は、私の手の中からいなくなってしまうのだろう。だいたい今だって、冬明が私の手の中にいると考えていることが間違いなのかもしれない。私の身勝手な願望なのかもしれない。それでも、できるだけ長くこの子を抱きしめていたかった。

冬明は私を慰めるように、その小さな手のひらを私の背中にそえた。そして、諦めの良い猫みたいに、私に抱きしめられていることを受け入れた。私の胸に額の熱が押しつけられていた。

楓はまだ、よく眠っているようだった。まるで子供みたいな、純粋な顔で、小さな寝息をたてていた。

楓の話では、「冬明がジャバウォックに関わったきっかけを消す」予定だったはずだ。きっとこの子はそれをやり遂げたのだろう。だから再び世界が改変されて、冬明さえジャバウォックのことを知らない世界になった。

その世界は、具体的にはどう変化しているのだろう？　この広くもないリビングのドアを開くと、先にはなにがみえるのだろう？

まったく想像もつかなかった。けれど、不安もなかった。

私の隣には今、冬明がいて、楓がいる。左手の中指にはあの指輪もある。私の土台となるものがみんな揃っている。私が生きていく上での、習慣だとか哲学みたいなものを築くための地盤はしっかりと踏み固められ、強固で、どれほど重たい家屋だって支えられるだろう。なら私はここがどんな世界でも、しっかりまいにちを生きていける。

ううん、と楓が小さな声を上げた。そろそろ目を覚ますのかもしれない。

この子のためにクリームシチューを作る約束を思い出して、私はまず、冷蔵庫の中を確認することに決めた。

エピローグ

今、オレが暮らしている世界のことを、少しだけ説明しておこうと思う。

有住はどうやら、すっかりジャバウォックのことを忘れているようだった。実際に会って話をしてみても、彼女はごく当たり前に生活を送る二〇歳の女の子で、実家を出て大学に通い、週の半分はアルバイトをしていた。主に中学受験をする小学生に向けた、個別指導塾の講師のアルバイトだそうだ。

彼女が暮らしているのは、オレのワンルームマンションから電車で一時間ほどの距離にある街だった。それなりに遠いとも言えるし、意外に近いとも言える。オレは昼食の約束を果たすために、彼女がいる街まで向かった。代わりに、という意図だったのかはわからないけれど、食事は彼女が用意してくれた。

オレたちは有住の部屋で、向かい合って彼女が作ったラタトゥイユと、輪切りにしたレモンが載った小ぶりなチキンソテーと、近所では有名だというベーカリーのバタールを食べた。どれも充分に美味しくて、盛り付けが綺麗だった。けれどなんだか、リアリティみたいなものが少し欠けているように感じた。同い年の女の子が作ってくれた料理を食べた経験が多いとは言えないけれど、そのたびにオレは同じ感想を抱く。なんだか不思議と、少しだけ嘘みたいな気がする。

どうやら有住の記憶では、オレたちは五年前のあの父さんが死んだ日から、少し疎遠になっていたようだ。彼女はキササゲの正体を知っていた。あの日、オレの口から聞いたそうだ。あんなことがあったあとで、間もなくオレは引っ越してしまったから、距離ができるのは当然だった。けれどオレたちは互いの連絡先を知っていたし、まったくなんのやり取りもないということもないようだった。

有住はあの日のことをずいぶん気にしていた。彼女がオレに、母親に連絡するよう強く主張したから。その彼女の後悔は、世界が変わっても同じだった。

「もしかしたら、君を傷つける言い方かもしれないけれど」と前置きして有住は言った。「私はあの日から、お母さんのことをよく考えるようになった。なんていうか、あの人にも当たり前に自分の人生があって、その人生のかなりの部分を私のために割いてくれたんだっていうようなことを」

それはよかった、とオレは言った。本当にそう感じていた。有住の方も、「うん。よかった」と応えた。

彼女の記憶でも、オレたちは少し前に駅のホームで再会したそうだ。けれどそのとき、図書館に行く約束はしなかった。そもそもこの有住は、イルセ記念図書館の存在も知らないようだった。代わりに、昼食の約束をした。その約束がこれで果たされたことになる。

有住はあの日、大学のレポートのために希少な本を参照する必要があり、わざわざうちの近くの――もちろん、しっかりと中身を読める本が並んでいる――図書館まで来ていたらしい。その帰りに、向かいのホームでオレと冬明をみつけ、慌てて走ってきた。

オレと有住はずいぶん熱心に、日が暮れるころまで話し込んでいた。たいていは近況の報告で、オレの話の半分くらいは愛さんと冬明のことだった。有住はそのことを、ずいぶん面白がっていた。「友達と話していて、家族の話題になることなんて滅多にないもの」と彼女は言った。

有住の部屋を出る前に、近々一緒に図書館に行く約束をした。彼女はもうしばらく、レポートのために遠方の――うちの近くの――図書館に通う必要があるそうだ。なんだかオレには、その約束が愉快だった。けっきょく、オレたちは図書館に関する約束を交わすのだ。世界がまったく変わってしまっても。

「それじゃあまた」

と有住が言った。同じ言葉でオレは応えた。

今はもう名前がある有住は、ずいぶん長いあいだ手を振ってくれた。

*

こちらの世界でもオレは、千守遼とは仲良くやっている。

ある月曜日の朝、ふたりきりの文芸サークルのボックスで、オレはあいつにずいぶん長い話をした。「作り話だと思って聞いてくれればいい」と話し始めて、それからジャバウォックに関して覚えていることを、できるだけ丁寧に伝えた。

話しているオレにだって、まったく現実的とは思えない内容だ。それでも千守は、オレの話を遮ることも、途中で投げ出すこともなかった。ひと通りすべて聞き終えてから、呆れた風に苦笑して言った。

「それで？　君は、ジャバウォックの問題がすべて解決したと思うの？」

わからない、とオレは答えた。

「でも、もうジャバウォックに関わるつもりはないよ」

「どうして？　君の話に即して考えるなら、今後もまたジャバウォック現象が発生するかもしれない。あるいは、世界のどこかで、すでに発生しているかもしれない。そしてそれは、人類が滅亡するくらいの大問題だ」

「知らないよ、そんなの」

「へえ。君らしくもない」

「そうかな」

オレにはもともと、ジャバウォックをどうにかしようなんて気持ちはなかった。そこに冬明が巻き込まれていなければ、積極的に関わろうとはしなかっただろう。別にジャバウォックなんていなくても、世界の危機はあちらこちらに散らばっているんじゃないかって気もした。それはたとえば、キササゲのような形で。

一度だけ、人差し指の爪で机を叩いて、千守は言った。

「じゃあ、人類滅亡の危機に関しては、いったんおいておくとしよう。その他の問題は、とりあえずみんな解決したの？」

「どうかな」

五年前のあの日、オレはジャバウォックを呼ばなかった。それだけでいくつかのことが変化した。

なによりもまず、冬明がジャバウォックに関わることがなくなった。もちろんあいつが消えることもなく、この世界で元気に生活している。

父さんの件は、オレの記憶となにも変わらない。やっぱりあの人は五年前にＳＮＳで吊し上げられ、自ら命を絶っている。そのときのログが簡単にみつかる。あの人の死は、ジャバウォック現象とは関わりがない。

一方で愛さんへのバッシングは、綺麗に消えてなくなっていた。愛さんの話では、問題になった土地の売買契約自体が、すぐに白紙撤回されたようだった。この出来事の因果関係が、オレにはよくわからなかった。

ただひとつだけ思い当たるのは、キササゲ——オレの母親だ。イルセ記念図書館から繋がっていた、あの子供部屋で体験した奇妙な出来事は、現実の過去にも影響しているようだった。五年前、オレは実際に、キササゲの正体がわかったあとでもう一度あの人と話をしたのだ。それは短い通話だったけれど、あの人に「大嫌いだ」と告げて、そしてオレの名前の理由を訊いた。それで、彼女はとりあえず満足したのかもしれない。愛さんを陥れることを思いとどまる程度には。

キササゲの感情が変わったことで愛さんへのバッシングが回避されたなら、それもまた怖ろしいことだった。キササゲは裏側で、愛さんの仕事先の誰かとも繋がっているのかもしれない。愛さんも同じように考えたのか、別の理由があるのかわからないけれど、転職を真面目に考えているようだった。

オレは今もまだ、キササゲの感情や、思考の成り立ちを理解できないでいる。けれど彼女のことを考えるたびに、怖ろしいような、悲しいような気持ちになる。

巨大な怪物を、彼女は作り上げたのだ。ひとりの人間の孤独な怒りが世界に反響し、やがて大勢の声になる。そんなことが起こるのだ、と証明された。もしも一方のジャバウォックが自分の巣穴で大人しく眠っていたとしても、もう一方のジャバウォックは常にこの世界に存在している。そしてオレは、そのジャバウォックから身を守る具体的な方法をなにも持っていない。愛さんや冬明と身を寄せ合っていることしかできない。

だから、ジャバウォックの問題が、みんな解決することなんてないんだろう。目に入らなくなったとしても、いつだってすぐ隣にある問題なんだろう。

「なんにせよオレは、自分の名前をもうちょっと好きになるつもりだよ」

なんて風に言ってみる。巨大な問題に立ち向かうための、ささやかな目標として、とりあえず。

千守は、ずいぶん真面目な顔で頷く。

「僕はけっこう、君の名前が好きだよ」

「それはありがとう」

「どういたしまして」

それからオレたちは、もうしばらくジャバウォックの話を続けた。

千守は純粋なフィクションとして、その話を面白がっているようだった。

＊

この世界でジャバウォックのことを覚えているのは、オレと愛さんだけだ、ということになっている。けれど本当はもうひとりいることを、オレは知っている。

愛さんが仕事で帰りが遅くなった夜、オレは冬明を食事に連れ出した。食べたいものを尋ねると、「ホットドッグ」というものだから、わざわざ電車に乗って海岸のすぐ近くのホットドッグ屋まで出かけた。夜風は冷たく、ホットワインがいっそう似合う時季になっていた。

食事のあと、砂浜に出て、あいつに尋ねてみた。

「本当は、覚えてるんだろ?」

冬明は困った風に笑って、唇の前で人差し指を立てた。その動作は、ずいぶん大人びていた。

オレには冬明の心情が、なんとなくわかるような気がした。冬明はこいつにとっての大切なものを守るために、自分自身が消えてしまう方法を選んだのだろう。それはもちろん褒められたことではない。きっと、こいつ自身にも罪の意識みたいなものがあるだろうし、相手が愛さんだったとしても——あるいは、愛さんだからこそ——あのときの自分の心情を話して聞かせたくはないのだろう。なら、みんな忘れているふりをするしかない。

なんだかそれは、少しだけずるいような気がした。けれど、それでいいんだって気もした。親子のあいだに、ただのひとつも秘密があっちゃいけないなんてことはない。

オレたちは並んで、夜の海をみつめていた。水面を照らす月明かりが、海上に生まれた道のように、途切れながら続いていた。どこかから、ぼう、と間延びした汽笛が聞こえる。けれど船の姿はみつからない。

ジャバウォックはオレたちから様々なものを奪っていき、オレたちはその中のいくつかを取り戻した。そしてオレは、家族ってものへの憧れを思い出した。まとめてしまうと、この数か月間の出来事は、それだけのことなんだろう。

「ジャバウォックはもういないのかな？」

とオレは尋ねてみる。冬明はオレなんかよりもずっと、あの怪物のことに詳しいような気がして。

「ジャバウォックは、いるよ」

「今も？」

「うん。ずっと」

「まだお前には、あの声が聞こえるの？」

「ううん。聞こえない。僕もジャバウォックを受け入れて、それでシグナルは鳴らなくなった。僕はきっともう、あの怪物と戦う意地みたいなものを持っていないんだよ」

それは、なんだか悲しいことのような気がした。三好冬明という純粋なものが、少しだけ欠けてしまったような。けれどその欠けも、きっと美しいものなのだ。満月と三日月とに優劣をつけられないように。

「でも、ならどうしてジャバウォックがまだいるってわかるんだよ？」

「僕の絵具セットは、一二色入りなんだよ」

「一二色？」

「一色は戻ってきたけれど、もう一色は欠けたままなんだ」

「どうしてだろうな」

「わからない。でも、たぶんそういうものなんだ」

「そうか。そうだな」

冬明が言う通りなんだろう。この世界はまだ、オレの知らないところで、欠け続けているんだろう。誰かが信じた正義が、世界を切り取っているんだろう。

オレたちはぽろぽろと欠けていく世界で、それに気がつかないまま暮らす。ジャバウォックの存在は、悪でも善でもなくて、ただ自然にそこにあるものなんだろう。

けれどオレは、決して失いたくないものも持っている。それが少しでも損なわれてしまったなら、すぐに気づいて、なんとしてでも取り戻そうとするものも。

冬明が言った。

「ねえ、楓」

「うん？」

「本当は僕は、楓をお兄ちゃんって呼びたかったんだよ」

オレは冬明の横顔に目を向ける。あいつはまだ、夜の暗い海をみつめたままだった。月明かりだけが水平線を照らす、そのまま夜空に繋がる海だった。

「オレも、実はお前に、そう呼ばれたかったんだ」

「本当に？」

「うん」

これまでオレが、そう言えなかったのは、やっぱりオレの中のなにかが欠けていたからなんだろう。ジャバウォックなんて関係なく、オレ自身の問題として。家族というのはまるで、「常識」ってやつの強固な象徴みたいに感じていた。本当はなんの根拠もないのに、当然正しいものとして世の中からおしつけられているようだった。でも、常識なんてものに頼らなくても、オレは自分の感情で家族という名前のそれを愛せるんだとわかった。

冬明が少しうつむいて、はにかむような顔で「そっか」とつぶやく。

オレはスマートフォンの時刻表示を確認する。そろそろ、うちに戻らないといけない。愛さんが仕事から帰ってきたときに、ふたりで「おかえり」と言えるように。

オレたちはこれからも、ジャバウォックがいる世界で暮らす。欠け続けていく世界で、それでもたまにはなにかを取り戻したり、新たに獲得したりしながら。

それはきっと当たり前で、だからここは、悲しいだけの世界じゃない。

本書は書下ろしです。

この作品はフィクションで、
実在する個人、団体等とは
一切関係ありません。

【参考資料】

「詳注アリス 完全決定版」 著：Martin Gardner, Lewis Carroll 訳：高山宏 亜紀書房

「科学革命」 著：Lawrence M. Principe 訳：菅谷暁、山田俊弘 丸善出版

「ガリレオ裁判――400年後の真実」 著：田中一郎 岩波書店

【引用】

「運命の人」 スピッツ

河野裕（こうの・ゆたか）

徳島県生まれ、兵庫県在住。2009年角川スニーカー文庫より『サクラダリセット CAT, GHOST and REVOLUTION SUNDAY』でデビュー。主な著作に「サクラダリセット」シリーズ、「つれづれ、北野坂探偵舎」シリーズ、『ベイビー、グッドモーニング』、15年に大学読書人大賞を受賞した『いなくなれ、群青』から始まる「階段島」シリーズ、山田風太郎賞候補となった『昨日星を探した言い訳』などがある。

君の名前の横顔

2021年11月11日　第1刷発行
2021年11月30日　第2刷

著者　河野 裕
発行者　千葉 均
編集　三枝美保
発行所　株式会社ポプラ社
〒102-8519 東京都千代田区麹町4-2-6
一般書ホームページ www.webasta.jp

組版・校閲　株式会社鷗来堂
印刷・製本　中央精版印刷株式会社

落丁・乱丁本はお取り替えいたします。

電話（0120-666-553）または、ホームページ（www.poplar.co.jp）のお問い合わせ一覧よりご連絡ください。
※電話の受付時間は月～金曜日、10時～17時です（祝日・休日は除く）。

読者の皆様からのお便りをお待ちしております。
いただいたお便りは著者にお渡しいたします。

N.D.C.913/382p/19cm　ISBN978-4-591-17182-0
NexTone　PB000051946号
P8008364